唤溪

HUAN XI

完结篇

明桂载酒 著

正在进入游戏……

湖南文艺出版社
HUNAN LITERATURE AND ART PUBLISHING HOUSE

博集天卷
CS-BOOKY

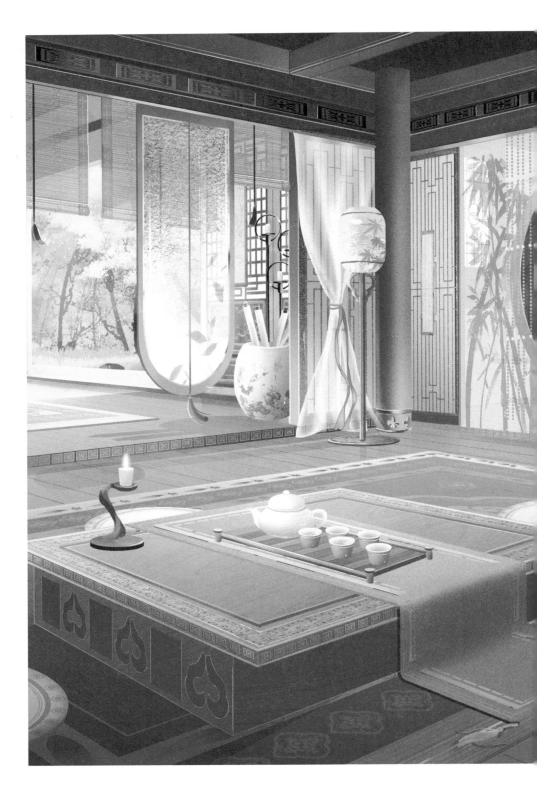

目录

CONTENTS

98%

正在进入游戏……

自动　　快进　　返回

这会儿正是夕阳西下的时候，整个街市犹如浸入了橙黄色的染缸之中，明暗交界线一点点朝着西边移去，街市上摆摊的小贩正在大声叫卖，茶肆酒铺为了招揽生意大声吆喝，有的棚子里摆好了刚出锅的热气腾腾的包子、馒头，再加上糖葫芦、桂花糕等香气糅杂在一起，扑鼻而来，令人食指大动。

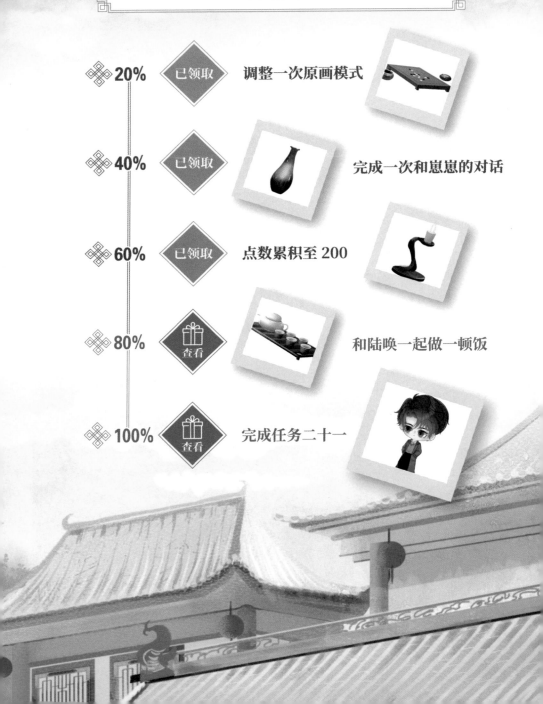

攻略奖励

❖ **20%** 已领取 调整一次原画模式

❖ **40%** 已领取 完成一次和崀崀的对话

❖ **60%** 已领取 点数累积至 200

❖ **80%** 查看 和陆唤一起做一顿饭

❖ **100%** 查看 完成任务二十一

任务五

想见到你所思之人吗？想知道她长什么样子吗？玩这款游戏，成为一个为国为民、胸怀天下的明君，便能实现你心中所愿！

接受　　　　　　不接受也得接受

第一章

身世

　　崽崽要带宿溪去见的是燕国很有名的一位云游道人，出身于长春观，听说已经年过百岁，被几国的皇帝接见过，还留下了许多将已进入转世轮回的灵魂召回来的事迹。

　　这位云游道人近年来游历各地，根本寻不到踪影，因此，崽崽通过镇远将军，花了数月才找到此人。

　　崽崽以前是断然不相信鬼神之说的，但是他将宿溪误认为是鬼神之后，却开始相信此道。

　　虽然不知道先前流传下来的那些关于这位云游道人的事迹是真是假，但是燕国许多有关问灵召生的书籍的确都是他以及他门下弟子编纂的。

　　因此，找到他便相当于找到了一线希望。而若是从这位云游道人那儿也得不到结果，那么普天之下就没有能让宿溪现身的办法了。

　　此时此刻，镇远将军的手下正将那位云游道人带往长春观，他们只需要前往长春观等候，便能见到那位闻名遐迩的云游道人。

　　宿溪在屏幕外看着崽崽欣喜若狂地令人备马，打算立刻前往长春观，充满了希望的样子，心情一阵复杂，一时间不知道怎么办才好。

找个借口说自己今晚有事，没办法跟他去长春观，然后几天不上线，刚好错过这位云游道人？

这个念头一冒出来，就被宿溪赶紧否决了。

不不不，这样做太对不起崽崽了，也太不负责任了。而且，这次没见到这位云游道人，崽崽肯定还会想办法再带她到这位云游道人面前的。

躲得过初一，躲不过十五。

既然崽崽迟早有一天会知道他们是两个世界的人，她可以陪他到老，却永远不可能出现在他面前，那么，还不如今夜就让他知道。他虽然会难过，但是，宿溪想，他还有野心，现在也有他自己的朋友、恩师、同盟了，他不会有事的。

宿溪心中七上八下的，她犹豫了很长时间，还是拉了拉崽崽的左袖，示意：好，我和你一道去。

可能是即将前往长春观的行为触发了新的任务，屏幕上弹出了一条消息：【请接收主线任务十（中级）：为主人公寻觅一位在朝中具有威望的、正二品以上的官员，让他下定决心站在主人公身后，扶持主人公登上帝位。】

宿溪觉得这个任务根本无从下手，现在朝中赏识崽崽的大官倒是已经有几个了，但是崽崽的皇子身份尚未揭开，他们再赏识崽崽，也不可能扶持一个宁王府的庶子登上帝位，这就变成谋朝篡位了！

按理说，这个任务应该是崽崽恢复身份之后才能触发的。

就在她这么想的时候，屏幕上跳出了提示：【提示：此任务与主线任务九并行，乃是主线任务九的附属任务，点数奖励 +8。】

原来如此。

宿溪顿时明白了，也就是说，在找到长春观那个道姑，让崽崽知道他自己身世的同时，也要弄来一位正二品以上的官员，让崽崽九皇子的身份也为那人所知！

那么，现在跳出来这个任务就说明，今晚去长春观，会同时触发任务九和任务十！

宿溪本来还沉浸在崽崽无法见到自己的淡淡忧伤中，现在接到任务，立马紧张了起来。

此时崽崽正策马飞驰，前往长春观，时不时朝身侧看一眼，叮嘱她快点跟上来。

宿溪安抚性地拽了拽他的衣袖，示意自己跟着呢，实际上早就暗促促地把页面调到别的地方了。

朝中正二品以上的官员很多，但是目前看来，满足任务十的要求——在知道崽崽身世之后，就会动扶持崽崽上位心思的却只有三个：云太尉、镇远将军、兵部尚书。

这三个人的官阶分别为：正二品、正一品、正二品。

宿溪先打开将军府的地图，发现今晚虽然主人公已经提前离席，但是将军府还是灯火通明。许多官员喝得酩酊大醉，镇远将军难得高兴，也多喝了一点，此时正醉醺醺地打拳。

这种状态，没办法把他架到长春观去，只能放弃他。

当宿溪把页面切换到镇远将军这里时，屏幕上突然跳出【恭喜，主线任务八（中级）：在完成主线任务七后，成为镇远将军的继承人，并前往北境镇乱，立下军功，已经完成1/2。获得金币奖励+1000，点数奖励+6！】

这说明，经过这几个月的努力，崽崽已经彻底取得了镇远将军的赏识和信任，镇远将军也已下定决心带着崽崽前往北境进行历练了。

宿溪不知道是该喜还是该忧。

喜的是任务完成一半，点数增加，崽崽也如愿以偿官升从四品。忧的是去北境镇乱时，任务难度搞不好会越来越大，崽崽难免会受伤。

不过，多想无益，先把当前任务解决掉才是首要的。

宿溪将页面切换到太尉府，太尉不在。

云太尉今晚似乎有事，正在皇宫里面见皇上。

宿溪有点急，生怕这三个人都有事，那样就没办法完成这个任务了。好在此时兵部尚书正端端正正地坐在席位上，劝身边的一个官员少喝点，他看起来是清醒的。

就他了。

得想个办法尽快把兵部尚书弄到长春观去。

眼瞅着崽崽骑着马一路狂奔，已经抵达了城门口，宿溪感到一阵头秃[1]，崽崽这也太心急了吧?! 别待会儿长春观的剧情已经结束，自己还没能把兵部尚书弄过去！

有了。宿溪忽然想起出现在崽崽可扩展后宫栏里的一位，那位兵部尚书之女函月姑娘。怪不得函月有了姓名，原来她是个能派上用场的关键人物。

宿溪赶紧将页面切换到兵部尚书府。

此时夜已深，函月已经在她的闺房里睡下了。

宿溪迫不得已从商城兑换了一些催眠药粉，撒在她房间里，然后用被子将她卷成一个蛋卷，随即推开窗，故意发出非常大的响声。

"哐啷。"

昏昏欲睡的丫鬟们听到声音，反应过来，却见房间内空空如也，窗户大开，人已经不见了。

一个丫鬟迅速尖叫起来："有刺客，小姐被绑走了！"

另一个丫鬟冲到院外去找侍卫，焦急道："老爷呢? 赶紧去将军府告诉老爷，小姐被刺客绑走了！"

而桌上，被风吹动的是宿溪留下的一张图，上面画着长春观，一支毛笔摆在上面。

这个兵部尚书很聪明，肯定能理解这是让他孤身前来，否则就撕票的意思。

做完这些，宿溪又慢慢将页面一点点挪到长春观，找到一间空房间，将还在昏睡的兵部尚书之女函月好好地放在床上，并给她盖好了被子。

她做得轻手轻脚，长春观很大，没人发现。

宿溪松了口气，接下来，就等着崽崽和兵部尚书先后赶到了。

长春观在距离京城几里的一座山上。秋日的深夜空气干燥，满山是桂花的清香。远远可以看到山峰上有一些昏暗的灯火，正是来自长春观，这些灯火勉强能将上山的青石台阶照亮，四处冷冷清清的。

崽崽只带了那个传信的侍卫前来，二人的马到了山下，就不能再往上了，

---

[1] 网络用语，形容非常郁闷。

于是崽崽翻身下马，让侍卫把两匹马都拴在山下的树上。

他踏着青石台阶往上走，衣袍卷起台阶上枯黄的落叶。

他的眼睛亮得惊人。

这一夜，大约只有屏幕外的宿溪知道，即便崽崽付出了几个月的艰苦努力，最后也不可能得到任何结果。

她心头微酸，仍是硬着头皮看着崽崽大步流星，不知疲惫地爬上了山，抵达了长春观。

云游道人还没有来。

不过，长春观有两个道长已知晓这件事情，镇远将军派去找人的属下提前知会过了，因此入了夜他们也没睡，还在观门口等着迎接崽崽。

见到崽崽和侍卫衣袍略带寒意地出现在观门口，他们急忙行礼。

屏幕外的宿溪吓了一跳，过了一会儿才反应过来，现在崽崽已经是从四品的官员了，这些道人见了他自然要行礼。

自己养的崽突然拥有了权势，真让人反应不过来呢。

"请骑都尉先去侧殿稍做休息，待道祖来了，我们会派人来请。"其中一位道长说道。

陆唤心中急切，也顾不上讲究这些礼仪，便点了点头，快步朝着侧殿走去，走了几步，他扭头对那两位道长以及身侧的侍卫道："你们不必跟来了。"

若是跟来，他便不能与鬼神说话了。

陆唤独自一人朝侧殿走去。

先前宿溪将页面切换到长春观时，根本找不到那个能触发崽崽身世真相的洒扫道姑NPC（非玩家角色），但是此时，她的屏幕上却不断弹出显示省略号的对话框。

宿溪心情一阵激动，拖拽着页面四处转动，终于在后院看见了两个小人，其中一个年长的手里拿着戒尺，正在呵斥另一个拿着扫帚的中年道姑。

随即弹出对话：

"别以为你在宫里当过宫女，就比别的道姑高一等，就可以偷懒了。我告诉你，不要拿膝盖疼当借口，再不好好扫地，便将你扫地出门！长春观可不是什么可以白吃白喝的地方！

"就你，听说今晚新上任的骑都尉要来，还眼巴巴地想出去见人，做什么梦呢你，难不成想巴结朝廷命官？"

这对话信息量有点大啊。这道姑曾经是皇宫里的宫女，今晚还拼命想见到崽崽，看来，任务九中所提示的洒扫道姑就是她了！

宿溪赶紧去侧殿，揪住崽崽的衣袖，示意他跟自己走。

快快快。

崽崽在等云游道人来，心情焦灼，坐立不安，正在侧殿内走来走去，见衣袖被她拽住，有些不解地问："你想带我去哪里？"

幸好云游道人还没来，宿溪想，要是来了，崽崽还能顾得上去后院见那个道姑？趁这个机会，赶紧把崽崽拽过去！

于是，她更加用力地拉扯。

陆唤衣袍都要被她揪破了，不由得笑道："好，我跟你去，别急。"

崽崽从侧殿移步去了后院。他一出现在后院，那名恶声恶气教训人的老道姑就闭嘴了，而另一名道姑瞧着他，面上激动，张了张嘴巴，像是有千言万语想要说出口，但是又未吐一字，渐渐地，连眼圈都红了。

陆唤也瞧出来了，这道姑有话要对自己说。鬼神将自己拽到这里来，莫非是想让他听听这道姑说什么？

他便对那老道姑道："慧净道长，能否让我与她单独聊几句？"

慧净道长讪讪地离开了。

后院中便只剩下了崽崽与这中年道姑两个人。

崽崽瞧着这道姑，道："你是有话要对我说？请长话短说，我还有重要的人要见。"

那道姑心里知道这是唯一能对他说出那件事的机会了，今夜不说，恐怕日后再也没办法让他知晓。于是，她定了定神，开口讲了一个故事。

宿溪的屏幕上也弹出这道姑所讲述的关于崽崽身世的故事，或者说，是崽崽身世的始末。

【宫中所有宦官、宫女、侍卫，甚至皇子们，都知道皇宫里有一个忌讳，那便是不要在皇帝面前提及还未出世便已经死在卿贵人腹中的九皇子。十多年前，皇上有个最宠爱的妃子，乃云州知府之女，皇上对她一见钟情，将她带进了宫，从此专宠于她，不再将其他妃子看在眼里。

可是，如此一来，卿贵人便树敌无数，她娘家又并非什么有势力的家族，无法为她提供倚仗，她在宫中就只能靠着皇上的宠幸度日。只是，虽是帝王，却保护不了自己最心爱的人。卿贵人怀胎八月有余，跌入池塘，被救上来之后，一尸两命。

皇上痛不欲生，抱着卿贵人的尸身整整恍惚了三日，才不得不将她厚葬在皇陵。此前他无比期待卿贵人腹中的九皇子出生，但这事之后，宫中便没人敢在皇上面前提及死去的卿贵人和还未出世的九皇子了。卿贵人家中原本就只有孤寡父亲，他在得知此事之后，深觉此生无望，便在家中自缢。这样一来，卿贵人一家彻底断了血脉。

但没人知道的是，早在坠塘之前，卿贵人便在一个下着大雨的夜晚早产，将那孩子生了出来。卿贵人知道自己处于深宫之中，没有能力保护这孩子，这孩子未必能平安长大，于是托她曾经帮助过的一名年满二十五岁即将出宫的宫女，想办法将孩子带了出去。

站在主人公面前的这道姑，便是当时的那名宫女。她知道自己无法将孩子养育长大，况且，她从宫中出来，突然有了孩子，难免会引起那些害死卿贵人之人的怀疑，必须得想办法将孩子送到一处安全的地方。

而就在这时，宁王府中的一个姨娘刚刚生产，没料到生出来的是个死胎，姨娘害怕自己生出死胎，宁王府的人觉得晦气，会将她驱逐出门，于是央求身边的奶妈替她找一个婴儿来瞒天过海。

就这样，主人公通过这个道姑和当年的那个奶妈进入了宁王府，成为姨娘所生的一个庶子。姨娘在生产之后没过多久便死在了一个寒冬天里，而奶妈勉强将主人公养到稍微大一点之后也去世了。在这个世界上，唯一知道真相的人，便是主人公面前这位曾经的宫女。】

道姑讲述的过程中，宿溪时刻注意着观门口，待到兵部尚书急切地出现，她便用一些轻微的响声将他引到后院。

道姑低声讲述完，已是泪水涟涟。对她而言，卿贵人是她的恩人，卿贵人所生的九皇子自然也是她的恩人。

她原本打算将此事埋在心底，带进棺材里，但是近日听说新上任的那位骑都尉竟然就是自己当年从宫中带出来的那个孩子。

她虽然不知道当年害死卿贵人的是谁，但是害怕陆唤未来辅佐的君王与卿贵人的死有关系，这才千方百计想要找到骑都尉，说出当年的真相。

宿溪虽然早就猜到了崽崽的身世有可能是这样的情况。毕竟深宫之中，一个妃子要想好好地活到老，几乎是不可能的事。尽管她早就做好了心理准备，此时此刻，见到道姑满脸的泪水，她心头还是微微有些酸楚……

崽崽脸上却露出了怀疑的表情，十分煞风景地打断了这哭哭啼啼的道姑，问道："你可知你今夜胡诌的这一通，是要杀头的，你有什么证据能证实你所说的话？"

宿溪："……"

那道姑便详细地说出了当年将崽崽养大的那位奶妈的外貌特征，还说有奶妈留下的信物。

崽崽看了信物，的确是那位奶妈的东西，然而崽崽还是不信。"这些并不能说明什么，或许你只是捡到了奶妈的东西，然后编出这么一个故事来。"

那道姑万万没想到骑都尉竟然不信，最后只好拿出一块玉佩交给崽崽，道："这是当年卿贵人从娘家带来的，应当只有陛下和少数几位参加过娘娘入宫时的夜宴的官员见过，若是殿下您交给陛下，必定能恢复您的身份！"

崽崽扫了那玉佩一眼，似乎是在斟酌她所说的话是真是假。

宿溪急了，恨不得替崽崽将那玉佩收下，这可是证明九皇子身份的信物！崽崽你不想恢复皇子身份吗？

崽崽接下了玉佩，放入怀中，但脸上看起来并无波动，他对那道姑道："此事我自会查明，若你对我有恩，我定会报答。但今夜之事，不要有第三个人知道。"

道姑连忙激动地点了点头。

崽崽接下信物之后，宿溪的屏幕上就跳出了任务九完成的消息：【恭喜，完成主线任务九（中级）：找到长春观一名在后院中洒扫的道姑，从她口中得知主人公的身世。获得金币奖励 +300，点数奖励 +12！】

宿溪还沉浸在道姑所讲述的往事里，右上角的点数就已经跳到了 90，而人物介绍中"九皇子"的资料里，也终于出现了崽崽的头像。

看着头像，宿溪的心思一下子跳到了别的地方，这头像用的竟然是原画！她都大半年没氪金[1]看崽崽的原画了，猛然一看，被俊得愣了一下。

与此同时，立在墙角，无意中听见了这一切的兵部尚书神情凝重。

他便是十多年前夜宴时，见过卿贵人那块玉佩的官员之一。那玉佩独一无二，下面垂着的璎珞也是由卿贵人亲手所制。陆唤可能不相信这道姑所说的话，但是无意中听见此事的他信了八分。

怪不得当年卿贵人从池塘里被救上来后，断出胎儿已经死于腹中的那位太医没过多久便辞官回乡，原来是替卿贵人隐瞒了胎儿早已生下的真相……

兵部尚书与镇远将军在朝中并没有完全站队任何皇子，二人一心为百姓着想，考虑自己私利的时候极少。

此前镇远将军认为几个皇子当中，太子太过平庸，三皇子太过荒淫，五皇子好大喜功，都并非明君，也就二皇子低调诚恳，听得进建议，若是辅佐他，倒也能培养出一位利国利民的好帝王。

但是先前北境暴乱一事，却又暴露了这位二皇子自私自利的缺点。他明知道百姓处于水深火热之中，却因为担心走了之后京城中势力有变，故意称病不去北境。当时镇远将军便对二皇子非常失望！

而现在，若这出类拔萃的少年就是当年早逝的九皇子殿下的话，那么……

一瞬间，兵部尚书心里闪过诸多想法。

崽崽转身离开后院，快步回到侧殿，而宿溪也看到兵部尚书快步离开此地，将已找到的小女儿连同被子一道扛起，头疼不已地带下山去。

宿溪知道兵部尚书全都听见了，任务十应该也完成了。果不其然，屏幕上跳出消息：【恭喜，完成主线任务十（中级）：为主人公寻觅一位在朝中具有威望、正二品以上的官员，让他下定决心站在主人公身后，扶持主人公登上帝

---

[1]原为"课金"，指支付费用，特指在网络游戏中的充值行为。

位。获得点数奖励 +8！】

右上角的点数一下子跳到了 98！

这可能就是厚积薄发吧，崽崽管理了一年的农场，花了无数心思拿到万三钱提供的粮草，得到兵部尚书与镇远将军的赏识，此时才能接二连三地快速完成好几个主线任务。

宿溪还记得系统说的点数累积到 100 时能与崽崽交流，以及赠送一个大礼包，不知道大礼包是什么，她有点激动，想着接下来再努力完成一个支线任务，便能开启 100 点后的新地图了！

崽崽回到侧殿，将那块玉佩拿出来仔细端详了一下，低声问宿溪："你相信这道姑今夜所说的话吗？"

他有很多疑惑，他是不相信的，这道姑所说的一切实在太过匪夷所思。

但是他相信身侧的鬼神，是她将自己拉到后院去的，她必定希望自己知道这一切，难不成……

宿溪拉了拉他的袖子，表示自己是相信的。

崽崽笑了一下，将玉佩重新放入怀中，摇摇头，道："所谓信物完全可以捏造，我目前并不相信，不过，无论实情如何，总会有水落石出的时候。"

宿溪本来以为崽崽知晓自己的真实身份后，应该会开心。任谁从一个宁王府的庶子变成皇上的九皇子，都应该高兴，不是吗？

何况，除此之外，崽崽也终于知道了自己生母、生父的情况。

可是，崽崽的神色看起来却没什么波动。

宿溪不由得拽了拽他的手，而他望着虚空，想了想，对宿溪道："生父、生母是谁，我固然想知道，但却也不知是否该知道。一世为官，造福一方百姓，做一些有意义的事，是我的愿望，至于其他的，我没有想过。"

崽崽漆黑的双眸很澄澈。

他似乎还想说什么，但张了张嘴，又闭上了，只静静地注视着前方，想象宿溪的样子。

宿溪明白了他的意思，他虽然踏入了京城的权力旋涡，但实际上从来没有过做皇子，或者是做帝王的想法。他有野心、有抱负，但是野心和抱负不在权势，也不在争名夺利。

宿溪一时之间不知道崽崽的想法是好是坏。

帝王之位，高处不胜寒，崽崽也许并不愿意去做，但是有的时候，人的命运一出生就已经注定了。

她头一次听崽崽对她说这些，心里也有点乱。

还没等宿溪多思考些什么，外面就传来两个道长的声音："骑都尉，道祖来了。"

这……这就来了？！

崽崽激动地快步朝门口走去，准备前去观门口相迎。

而宿溪的心脏一下子跳到了嗓子眼儿！

崽崽很快就将云游道人带到了侧殿。

从观门口到侧殿的路上，崽崽已经迫不及待地对云游道人说了前因后果，当然，他没有提及身边的鬼神与他之间相处的那些事情，只隐晦地说，他认为自己身边有非人之物，希望云游道人能帮忙，让他见上她一面。

云游道人踏进侧殿的门时，宿溪硬着头皮朝他看去，只见那是一个白发苍苍、仙风道骨的道士，面容清癯，双目有神，看起来的确有几分洞悉万物的本事。

那云游道人进来以后，径直朝着空中看来，从宿溪的角度看，就像是他在和自己对视一样。

宿溪脊背倏地一凉，有种被这仙风道骨的云游道人看出了她并非他们世界中人的感觉。

陆唤走到桌案边，替云游道人斟茶，他见云游道人定定地看向空中某个方向，不由得也朝那边看去。

她……是在那边吗？

他心脏狂跳，喉咙间也万分干涩，仿佛一根绷紧了的弦，紧张万分。

他此生从未如此紧张过。

他想象过一百遍，一千遍，一万遍与她相见时的场景，但是当努力数月，最期待的一刻就要出现在眼前时，他却有点胆怯，只得屏住呼吸，一动不动，任凭心脏怦怦地快要跳出胸腔。

见云游道人许久没有开口，陆唤艰涩地问："……道长？"

云游道人回头看了他一眼，沉吟片刻，道："陆公子，你所求之事我已知道了，只是……"

陆唤心脏高高吊了起来。

"只是，你与你想见之人，并不在同一个世界。"

陆唤觉得手脚有点发冷，他不太能理解，十分艰难地哑声问："不在一个世界……这是何意？"

云游道人摇摇头，目光中有几分不易察觉的怜悯，对他道："上下四方曰宇，古往今来曰宙，一花一世界，一叶一菩提。在你我所不知道的地方，有千千万万个宇宙，即便花中之人可以看见叶中之人，可花叶枯败不在一个轮回，又怎么可能聚首呢？"

屏幕外的宿溪惊愕地看着这位已经年过百岁的云游道人。

陆唤脸色煞白，他仍是不死心，张了张嘴，像是想说什么。

那位云游道人又道："你所思所想，并非寻常鬼魂，贫道办不到，天底下也无人能办到，相隔千年的时间，又怎能轻易跨越？放弃吧，陆公子，你想要的，得不到。"

他说完，摇摇头，也没喝崽崽给他斟的茶水，径自转身离开了。

宿溪忘了呼吸，呆呆地看着屏幕上的崽崽。

崽崽立在那里，脸上已经毫无血色。

他不知道在想什么，像是刹那间被夺走全部希望一样，看起来有些茫然，找不到方向。

是吗？终其一生无法相见吗？

陆唤仿佛浑身血液都冻住了，整个人宛如坠入冰窖，几乎无法思考。

他转身，似乎是想找到身侧的鬼神，但是袖袍无意中将桌案上的茶杯带翻，茶杯"砰"的一声砸在地上，四分五裂。

响声让他稍微清醒了一些。

陆唤的脸色有些发白，他死死抿着唇，蹲下去捡茶杯的碎片。

宿溪看着屏幕上的这一幕，心里也有些难受，她拽了拽崽崽的袖子，想说：崽，其实也没多大关系的，反正我这不是还陪着你吗？

崽崽失魂落魄，他沉默了片刻，竭力打起精神来，望向虚空，反而安慰宿溪道："你不要害怕。即便你永远是这样，没有实体，我也会陪着你的。"

宿溪："……"

"你想要什么，便让我知道，即便你不能吃到那些好吃的，用上那些胭脂，但凡你想要的，尽管与我说……"

崽崽努力镇定地说道，声音却还是有些哑，眼圈也有些红。

他像是下定决心般，忽然道："我上次与你说的绝不娶妻生子一事，我是认真的。"

宿溪："……啊？"

怎么突然又提起这件事了？

崽崽凝视着虚空之中的某处，像是有千言万语想要说出口，但最终还是咽了回去，只是对她解释道："若是我娶妻生子了，你觉得有人陪着我，便要走了，是吗？既然如此，我不愿意。"

屏幕外的宿溪眼眶酸涩。该死，竟然被游戏小人弄得心头又酸又热，她想扯起嘴角笑，又想哭。

崽崽低头去捡那些碎片，道："不过，虽然传闻这位云游道人十分厉害，但今日一见，不能解决你的事，倒也不过如此。你放心，我会找到别的办法……"

刚刚感动得心里酸涩的宿溪顿时一个激灵，手机差点从手上滑出去。不是吧，崽，你还没死心，还要想办法?!

提及这些，崽崽沉寂的眸子又迸发出一点亮光，他见身侧的鬼神一直没动静，以为她也在难过，便抬起头，对她安抚地笑了一笑。

宿溪："……"

啊啊啊，崽，别笑了，阿妈心脏疼。

云游道人行踪不定，等到崽崽不死心地想要追出去的时候，那道人已经消失了。

这一夜，回来时的崽崽，与去时的他判若两人。

去时他策马飞驰，眸子里全是希望，像是赶着去见心上人的少年。回官舍的路上，天际已经露出鱼肚白，他却让侍卫先行一步，他在后头将马骑得非常慢。

宿溪知道他心中难过，眼眶上的红晕一直没有消退，可他还是在不停地对宿溪说一些话，想要安慰身侧的鬼神——即便没有身体也无碍，和正常人没什么两样。

宿溪第一次见他这般话痨，见他头顶不断冒出对话框，有些想笑，但是心中又有些苦涩。

待到崽崽回了官舍，天已经彻底亮了。

他意识到鬼神已经陪了自己整整一夜，早就到了她素日会离开的时间，于是对她道："你定然累了。"

宿溪捏了捏他的脸。

他一贯有些嫌弃被当小孩子对待，此刻也不例外。

宿溪又抓起他的手，再一次确认那些茶杯碎片没有伤到他。而他以为人在他身前，于是对着前方弯了弯眉眼，低声道："去休息吧，明日见。"

宿溪见他没有受伤，自我调节能力也比较强，这才彻底放下心来，再加上宿溪确实也有些困，于是最后揉了揉崽崽的头，下线睡了。

待她走后，陆唤脸上的笑容再也强撑不住，他沉默地走到床边坐下。

此时已经辰时了，该换上官服去官衙了，可他浑身的力气像是被抽干了一般，连手指都抬不起来。

门外冷冷清清的，屋内死寂一片，他静静地坐了许久，心里有一股绵长的痛楚。

一夜之间，所有的希望完全破灭，他虽然料到想要见到她绝非易事，告诫自己不要抱太大期望，可是那云游道人所说的话，却将他所有的希望全都送入了地狱里。

"你想要的，得不到。"他喃喃地重复着云游道人的那句话。

宿溪睡着了，所以也就不知道游戏里又悄悄地新增了 2 个点数，是这三四个月以来，陆唤每日勤勉学习、练剑骑射的奖励。

点数 +2。

他每天鸡鸣而起，辛劳无比，本应该增加 4 个点数的。但是由于体力与武艺方面的点数是呈边际递减效应的，所以尽管陆唤这几个月比先前那一个月付出得更多，但系统仍然只是评估为 2 个点数。

此时，系统弹出一条消息：

【恭喜，完成初级、中级主线任务共计十个，点数达到 100！即将开启大礼包。】

【大礼包倒计时：三——】

【二——】

【一——】

这条消息弹出之后，游戏屏幕里陆唤周遭的空气似乎发生了一些变化，但又似乎什么也没变。

只是，陆唤身前凭空多出了一块半透明的，类似悬浮的屏幕一样的东西。

陆唤正神情低落，察觉到不对，登时警惕地抬起头，便见到了那块莫名其妙出现的东西。

他瞳孔猛缩，怔了一下，猛地站了起来。"何物?!"

然而，屋子里空荡荡的，并没有人回答他。

陆唤拿过床头的剑，朝那悬浮在半空中的东西走去，他拔剑砍了一下，剑却径直穿了过去。

而就在这时，屏幕上缓缓出现一个画面，画面中似乎是一间屋子，可是里面的东西却是陆唤从未见过的，正中间是一张床，可是那床的花纹未免也太……太令人眼花缭乱了些，画着不知道是什么的玩意儿，像是熊，又像是猫。

陆唤眼皮子一抽，正要仔细看，还没等他看清，悬浮的那物上便跳出了一行字，将那个画面盖住了。

这行字竟然是陆唤所能读懂的文字。

【想见到你所思之人吗？想知道她长什么样子吗？玩这款游戏，成为一个为国为民、胸怀天下的明君，便能实现你心中所愿！】

陆唤有一瞬间怀疑自己在做梦，可是这一幕又如此真实。

他如同利箭般的目光牢牢锁住那半透明之物上面的第一句话，"所思之人"。

接着，没等他做出反应，那块半透明之物上又弹出一句话，同时伴随着机械的声音，在陆唤耳边响起。

"崽崽你好，欢迎来到刺激的 100 点之后的游戏世界。"

陆唤的脸色一瞬间有些古怪，他顾不上去考虑这匪夷所思的一切，一字一顿反问出了口："你叫我什么？"

屏幕上弹出两个字：崽崽。

那机械音用解释的语气念道："z-ǎi-zǎi，z-ǎi-zǎi，zǎizǎi。"

"……"

陆唤的表情一瞬间精彩纷呈。

第二章

一块神奇的幕布

陆唤今日本应该去官衙将兵部二部的事务交接给几个主事，直到下一任员外郎上任，然而，他却告了病假。

他一向勤勉，从未请过假，前几日甚至玩了命地处理公务，因此，陡然请假，实在让人觉得有些奇怪。

不过听说陆唤昨晚出了一趟城，想来是回来的路上吹了风，着了凉，因此，现如今官阶已经比他低一级的二部郎中十分爽快地同意了他的告假。

而此时，兵部尚书正愁眉不展，不知道昨夜所听见的关于九皇子身世的真相，是否应该告知镇远将军。

算了，镇远将军略微有些武人的莽撞，此事还是暂且不要告诉他了，待派人查证核实，再找他商谈。

昨夜若不是函月又玩离家出走那一套，竟然跑到长春观去睡大觉，只怕他还不能误打误撞地知道此事。

这样想着，待家丁来说函月已经睡醒了后，兵部尚书便决心教训她一番。

谁知函月却一头雾水地说："爹，昨夜我早早就睡下了，之后什么也不知道，怎么可能是我自己跑到长春观去的呢？"

函月任性，先前也不是没玩过假装被绑架的花招。昨晚他见窗户大开，而屋内没有丝毫挣扎的痕迹，还以为又是函月自己行动，跑去了长春观，留下线索骗他，心中虽无奈至极，但还是配合地去将她带了回来。

可谁知，她说没有。

兵部尚书顿时神情一变。

这一日，兵部尚书府上上下下严肃警惕。

当然，这是后话。

此时此刻，陆唤还在官舍内，盯着那块凭空出现的半透明诡异幕布——他不知道这究竟是何物，于是先用"幕布"来称呼。

他从院中叫了几个下人进来，没一会儿就让他们出去了。

通过这几个下人的茫然反应，陆唤很快便确认了三件事情：第一，现下这一切并非做梦；第二，这块莫名其妙出现的幕布，别人都看不到，只有他一人能看到；第三，幕布可以从右边拉出，也可以随意关闭。

这实在是匪夷所思，若是让别人知道，恐怕会以为陆唤精神出了问题。

陆唤盯着这块古怪的半透明幕布，面色难看，心中也有些疑虑，可是幕布弹出来时，上面的那句"想见到你所思之人吗"却一直萦绕在他心头。

陆唤告了假之后，关上屋门，仔细研究起幕布来。

幕布上的那几行文字消失之后，便露出陆唤先前所见到的那间屋子来。

陆唤眉头紧蹙，用审视的目光扫视着这间屋子里的一切。

他没猜错，正中间的确是一张床，只不过和自己所处朝代的雕花床完全不同，而是有着一种非常古怪的、难以形容的风格，床头的两个枕头也很古怪，非常蓬松，不知道里面是何物。无论是在民间还是在宫廷，陆唤都从未见过这种枕头。

床的旁边是一面非常大的类似铜镜的东西，宽约三尺，又比铜镜更加光可鉴人，里面倒映出房间的另一边。

陆唤姑且当这是面镜子。

窗户也非常奇怪，陆唤知道那是窗户，因为隐隐可以见到从外面透进来洒在地上的阳光，可是他从未见过那窗户边框的材质，像是一种银，但又不全然是。

地面、桌案、椅子……这些物件给陆唤带来视觉上的冲击。

他大约能猜到那都是些什么东西，可是落在他眼里，就像是见到天上的月亮突然掉下来那般新奇。

陆唤仔细地考察完这些之后，发现这间屋子外还连接了个正厅，正厅也没有多大，墙上还挂着一块长方形的黑色东西。

他错愕了一下，那是什么？

所有的东西对他而言都是全新的存在，他努力地分辨着那些东西。

在转完了整个屋子之后，陆唤下意识地想要看到更多的地方，可幕布上立刻弹出新的文字：【抱歉，崽崽，你目前的点数不够，无法解锁新的板块。请尽快完成主线或者支线任务，从而解锁你想去往的板块。】

这句话被用机械音读了出来。

陆唤听见"崽崽"二字时，眉头微皱，竭力忽视这让他脸色精彩纷呈的称呼。

他读懂了这句话的意思，问："什么任务？"

幕布上出现文字：【目前主线任务已经完成十个，第十一个暂未开启。请完成支线任务八：离开之前，将兵部二部所有的事务处理完，赢得主事们的敬佩。】

这些话虽然有些天方夜谭，但或许是陆唤心中想见到鬼神的执念实在太深，因此竟然也顾不上先去搞清楚这到底是怎么一回事，便径自收了幕布，匆匆骑马去往官衙。

他掀起衣袍往桌案后方一坐，半个时辰内，将兵部二部累积下来的所有疑难卷宗的解答之策一一写下，然后，在那些主事错愕的视线中飞奔上马，赶回官舍，气喘吁吁地从右边拉出幕布。

幕布似乎对他的速度感到震惊，略微卡了一下，才出现新的文字：【恭喜，完成支线任务八。获得点数奖励+2！崽崽，你可以选择开启一个新的板块。】

陆唤盯着那块幕布。

下一秒，幕布上跳出一张图，似乎是一张地图。

陆唤看着地图上各种新奇的名词，有"学校""医院""CBD大厦"等等，只觉得世界观受到了冲击。他微微张大了嘴巴，表情空白了几秒。

他试图将那些名词与自己所能理解之物对应起来。学校，意思是私塾吗？医院，意思是医馆吗？至于那一串歪歪扭扭的外族文字"CBD"，他便全然猜不出是什么意思了。

等等，陆唤猛然想起鬼神赠予自己的那盏灯笼，柄上的那些小字 made in the game mall 中就有和这三个小字相似的。

他赶紧走到檐下，将灯笼取下来，对照着地图上的一些歪扭如虫的小字看，发现当真有一个能对得上！

陆唤心头狂跳，血液上涌，失落了一夜的心在此刻重新昂扬。

他强忍住激动，先将灯笼放在一边的桌案上，抬头继续看那幕布。

他暂时不知道应该解锁哪个板块，但是想来，这幕布首先出现的画面是那间屋子，那它必定有什么特殊之处。

于是，他选择解锁的是那间屋子周围的地方。

幕布上很快就出现了新解锁的画面。

陆唤的世界观再次受到了冲击！

他仰着头，看见长街上竟然有四个轮子的扁平马车以飞快的速度蹿了过去！而长街上来来往往的人衣着也异常古怪，多数人衣着简单，男子头发非常短，大部分人手中还拿着一块黑色的长方形板砖，或对着黑色板砖嘀咕些什么。

陆唤心头疑惑重重，但是他想起昨夜云游道人所说的那句"你与你想见之人，并不在同一个世界"。

他一下子明白了什么。

莫非这就是她所在的世界？

那些竖起的高楼像是要冲到天上去，让人恍若可以摘星。

如此高的楼宇，在自己的朝代绝无可能做到，即便是行宫里的观星台也不可能！那些速度极快的四个轮子的马车，飞驰的速度说是一日千里也不为过，再好的宝马也做不到如此。那些行人手中所持之物，像传说中的有千里传音功能的神器一般，他看见其中一个人对着那黑色板砖说了什么，很快，长街对面就有另外一个人朝那人招了招手。

陆唤又想起鬼神赠予自己的防寒棚、温室大棚的图纸，那些图纸所展示的内容也十分新奇，不只是在燕国，在整个大陆也闻所未闻。

难不成，她所在的世界，是若干年后的……未来？

陆唤将与鬼神相遇之后所经历的种种事情从头到尾回想了一遍，血液仿佛蹿到头顶，后脖颈上也掠过一层细细的电流，他几乎是在电光石火之间，确定了自己的这个猜测。

他下意识地上前几步，激动地想冲进那半透明的幕布中，追过去，但是，他这一步却径直穿过了幕布，扑了个空。

幕布上跳出一行文字：【崽崽你好，目前点数还没累积到200，无法解锁下一个大礼包，请勿心急。请多多完成主线任务和支线任务，尽早提升点数。】

陆唤脸色一下子变得刷白，自己无法去到她的世界吗？

他虽然不明白"点数"是什么，但是大约能理解，必须得像方才那样做一些任务，才可以去她的世界见到她。

想到这里，陆唤认为还是有一线希望的，于是揉了下脸，冷静下来。

他开始继续了解这个全新的未来世界。

只是……

陆唤看着长街上的那些人，他不明白，为何这些人全都像是侏儒一般，手脚短小，画风奇特，一张张脸犹如一个个包子。

幕布上弹出文字：【崽崽，请问是否要氪金切换到原画品质？一文钱可以维持单人原画一个时辰。】

陆唤不太理解"氪金""原画"这些字词都是什么意思，于是触碰了一下幕布上"是"的选项。"啪"的一下，雾气散后，幕布里整个长街上的行人都恢复了正常模样，不再是短手短脚的包子脸形象。

他便大致明白了幕布方才那句话的意思。

但是因为长街上的人数众多，一会儿便耗费了许多银两。陆唤怀中的银票直接少了一张。

秉持着节约的原则，陆唤又让幕布恢复了之前所有人都短手短脚的模样。

今日所见之事已经够古怪、够匪夷所思、够震撼世界观了，因此再见到银票凭空消失，陆唤也不怎么吃惊了。

只是，幕布里的这个世界看起来非常大，他要去哪里找她？

他暂时先将画面调到一开始的那间屋子里。

一切都只能摸索着来，好在陆唤十分聪颖，他发现这块幕布居然是可以触摸的，并且一触摸，画面便会随之浮动，于是他很快就学会了切换页面。

陆唤正专心摸索学习，这间屋子的大门处突然传来开门的声音。

陆唤顿时屏住呼吸，喉咙有些发干。他紧紧盯着那扇铁门，是她吗？他几乎有种近乡情怯的情绪，像是即将见到日思夜想的心上人一般，心脏跳动得非常快。

接着门打开了，一个可爱的短手短脚的包子脸小姑娘走了进来，她似乎是刚从外面跑步回来，额头上挂着晶莹的汗珠，睫毛浓密卷翘，白皙的脸颊微微发红。很小的一个小人，小短腿飞快迈动，她拿了一条毛巾，擦掉额头上的汗水。她的头发束成一束，是陆唤从未见过的发型。

是她吗？

陆唤心中隐隐有一些预感，可是仍然不敢确定。

下一秒，他就见到那包子脸小姑娘一屁股在正厅的一个长方形软榻上坐下来，跷起了二郎腿，然后从兜里掏出一块长方形的黑色板砖，似乎是打算用板砖做些什么。

“你是她吗？”陆唤不禁问出了声，他有些茫然。

可是，她好像没办法听见他这边的声音，只在软榻上斜躺下来，脸上挂着亮晶晶的笑意，点亮了她手里的那块板砖。

突然亮起来的板砖令陆唤眼皮子一跳，下一秒，板砖上出现了画面，从陆唤这个角度刚好可以看得清，竟然是他居住过的宁王府的那间柴院！

陆唤的呼吸陡然急促起来，他突然明白了。

是她。

云游道人所说的两个世界是没错的，她手里的那块板砖应该与自己眼前的半透明幕布无异。这么久以来，她便是通过她手里的那块小幕布看到和接触到自己的。

她并非什么鬼神，而是来自千年之后另一个世界的女子。

而现在，或许是自己执念太深，自己这边竟然也出现了能看到她的幕布。

是她！

陆唤双眸陡然发红。他凝望着她，让幕布开了原画，于是，幕布上卡通包子脸的小姑娘倏然变成了一个美丽的少女，皮肤雪白，头发乌黑，额头上还有些许汗水没有擦干，眸子很亮，鼻梁挺翘，嘴唇微微抿着，很认真地盯着手里的板砖。

那是一种非常奇妙的感觉。

陆唤虽然是第一次见到她，却觉得异常熟悉，连她每一根头发丝都如他所想象的那般。

身处两个不同的世界，他立在这间屋子里，任由木窗外日头渐渐西斜，他眼眶通红地注视着半透明幕布上的她，心脏宛如过了一道电流，重重地跳动了一下。

他从未想过，老天当真会眷顾他，让他见到了她。

这一瞬，他屏住了呼吸，只觉得时间都静止了。

陆唤暂时还未弄明白，她到底是如何通过一块幕布陪伴了自己一年之久，他脑子有些空白，充斥着终于见到日思夜想之人的喜悦，近乡情怯的不知所措和微微的羞赧。

可她似乎并不知道他终于能见到她了，还在专心致志地在她那块板砖上按来按去。

今天是周六，宿溪早上起来帮宿妈妈买好菜之后，就去晨跑了一会儿，她心里惦记着昨天晚上情绪低落的崽崽，于是也没跑多久，就赶紧冲回家，打算上线了。

这游戏每回上线都在初始页面，因此宿溪还得切换页面才能找到崽崽。

这会儿游戏里正是夕阳西下的时候，她本来以为崽崽应该在官衙，却见两个主事头顶弹出对话框，说崽崽今天因病告假。

宿溪吓了一跳，不会吧，昨天着凉了？

她赶紧将页面切换到官舍。

然后就见崽崽站在官舍屋内中央处，望着虚空，一动不动，两只大眼睛发红，像是委屈，又像是惊喜，欣喜若狂、惊愕不已等各种神色交织在他脸上。

他一动不动，宿溪以为游戏卡了，于是她将页面切换到院中，看了眼外面，见外面一些下人还在走来走去地打扫。

没有卡啊……

而此时此刻的陆唤，看着另一个世界中她手里的那块板砖上的画面，脸上的表情有一瞬间的凝滞——屏幕上，院子里那些走来走去的人全都是小人，和自己先前所见到的她的世界里短手短脚的小人并没什么两样，头顶还顶着名字：仆从甲、仆从乙、仆从丁……

而自己——她将屏幕切换到屋内时，立在中间的那个分明是自己——同样也是短手短脚，仰着一张硕大的包子脸，表情一片空白！

陆唤："……"

为何自己在她屏幕上看起来这样蠢?！头顶还有硕大的两个字：崽崽。

陆唤："……"

陆唤终于知道为何这幕布管自己叫崽崽了。

如果和自己这边一样，必须消耗一些银两才能切换成正常人的画面的话，那么她肯定是没有花钱。

意识到这一点的陆唤："……"

宿溪确定游戏没卡之后，把画面重新切换回屋内去，见崽崽还是没动，只呆呆地站在那里，一张包子脸上流露出了十分精彩又一言难尽的表情。

怎……怎么了？

宿溪被他弄得莫名其妙。

她正准备拽一拽崽崽，示意自己来了，突然发现，右上角的点数变成了102。

宿溪受到了惊吓，这是怎么回事???

她差点从沙发上弹起来。"崽，你昨晚干了什么，怎么突然就102点了?！"

该不会是昨晚狂做了几十万个俯卧撑吧?！

她吼出这句话之后，就见屏幕上的崽崽眉梢抽搐了一下，接着，他做了一个动作，上前一步，在面前的空气上按了一下。

　　然后宿溪就发现，"啪"一团雾气过后，自己的屏幕上卡通脸的崽崽突然转化为原画，成了一个俊美少年，他眸子隐隐发红，凝视着空中。

　　宿溪："……"

　　宿溪一头雾水，游戏今天怎么了，突然卡成了原画？她还没氪金，崽崽怎么就变成原画了？而且还这么持久，足足半分钟过去了，还是个少年模样。

　　宿溪当时叫得顺口了，就氪金把崽崽的姓名从"陆唤"改成了"崽崽"。

　　而此时，正当她摸不着头脑的时候，只见屏幕上又"啪"地闪过一阵雾气，崽崽头顶的姓名突然变成了一行新的名称：十七岁在燕国已经可以娶妻生子了的陆唤。

　　宿溪："？？？"

　　这破游戏绝对是出 bug（漏洞）了！

　　宿溪不知道游戏出了什么问题，但是立刻想到，莫非系统所说的 100 点之后的大礼包，就是可以不用氪金直接看到原画？！

　　可是为什么只有崽崽变成了原画，外面院子里洒扫的下人还是卡通小人的模样？

　　宿溪不由得在心里吐槽，这算什么大礼包嘛，太小气了吧，有本事把整个燕国的人都切换成原画啊！

　　不过，即便只有崽崽变成了原画，她也还是挺惊喜的。

　　虽然短手短脚的包子脸崽崽"萌得要命"，她很舍不得，但是原画的崽崽俊美无比，也容易让人忍不住一直盯着看。

　　可是，看习惯了短手短脚的画风，陡然变成这样，宿溪还有点不习惯。

　　她在屏幕上摸索了一会儿，想看能不能变成原来的卡通画风，很快就在系统页面找到了，立刻高兴地切换了回去。

　　但是，切换过来还不到两秒钟，"啪"的一下一阵雾气闪过，屏幕上的崽崽又变成了原画！而崽崽脸上的神情似乎还有点不满。

　　难不成，这还是强制性的大礼包？

　　算了，宿溪心想，反正不用氪金，那就让崽崽保持原画状态吧，原画还赏心悦目一些。

同时，宿溪也发现，100点之后，游戏里的时间流速稍稍发生了变化。

先前游戏里的时间流速和现实的时间流速比是3：1，包括宿溪玩游戏时也是，屏幕上的所有画面都是三倍速滚动的。不过对经常三倍速看电视剧的宿溪而言，这种速度刚刚好。

但是，点数到达100点之后，她关掉游戏时，游戏的时间流速和现实的时间流速比似乎变成了2：1，这也是为什么她这边过了一夜，而游戏里才过了一天一夜。

而她打开游戏后，这个比例又变成了1：1。所以刚才她打开屏幕后，见到一向迈着小短腿动作飞快的崽崽站在屋内一动不动，才会觉得游戏是卡住了。

宿溪心中倒是没有生出太多的疑惑，只将这理解为点数过了100点之后，到达第二阶段，游戏难度更大了，所以时间流速会稍稍变慢的设定。

现在最让她激动的，莫过于先前系统所说的，达到100点之后可以和崽崽交流的话。

到底怎么交流？

宿溪早就不把崽崽只当成游戏里的人物，而更倾向于是另一个世界真实存在的人。这个突然出现在自己生活中的游戏为自己和崽崽架起了桥梁，虽然的确匪夷所思，但是既然系统说能交流，宿溪便相信必然能办到。

可是，整个页面上都没有可以输入文字的对话框啊。

宿溪摸索来摸索去，也没有发现哪里新增了可以在线聊天的对话框。

难道可以直接语音？

宿溪戴上耳机，清了清嗓子，尝试着说了句话："喂，喂喂，喂喂喂。"

就在她说完之后，她手机屏幕上竟然真的出现了一个飘浮在空中的对话框，将她所说的话转成了文字！

宿溪睁大了眼睛，只觉得心脏狂跳，血气上涌。

哇，系统说的是真的！

那么，她所说的话能传达到崽崽那边吗？

她又傻乎乎地继续尝试，竭力让自己的声音好听点，温柔点："崽，喂，你能听到吗？"

屏幕上崽崽的脸上流露出几分愕然和震惊。

是听到了？下一秒，屏幕上崽崽的脸上闪现出欣喜若狂的神色，他头顶弹出一个对话框，显示"我在"。

宿溪一瞬间鸡皮疙瘩都起来了，她攥紧了手机，震惊得脚指头都蜷缩了起来，忘了怎么呼吸。

天哪，这也太神奇了！

她本来以为 100 点之后，游戏里会多出一个对话框，能将她发出去的文字转化成字条，落在崽崽桌案上，她以为系统所说的沟通是通过这种方式进行的，但万万没想到，竟然是直接语音！

不，也不完全算语音，她还是听不到崽崽的声音，崽崽所说的话也还是和以前一样从对话框显示出来。但是，此刻的崽崽是不是终于听到了她的声音？！是不是以为鬼在和他讲话？！

幸好早就让崽崽把她认作是鬼，鬼突然会讲话能发出声音，就和问灵、招魂、起死回生一样，应该还算崽崽的世界观里能接受的事情。

宿溪又兴奋又激动，眼泪都快流下来了，同时她还有种非常新奇、异常震惊、被颠覆世界观的凌乱感。总之，她突然卡了壳，不知道该说什么。

而另一边，陆唤也同样震惊地看着他面前的幕布。

就在方才，幕布上的她忽然往耳朵上戴了两个圆形的白色小东西，接着张嘴说了什么。

陆唤本以为自己这边听不到她那边的声音，心中正微微有些失望，却没想到，下一秒她的头顶就跳出来一个长方形的框，框里还跳出了一行文字！

"喂，喂喂，喂喂喂。"

陆唤瞳孔猛缩，她方才的口型似乎正是这个，所以，这行文字是她方才所说的话吗？！

这一切的一切都让陆唤的世界观彻底碎裂，他万万没想到，几千年后的技术竟已经发展到了如此地步，竟然可以凭借着一块幕布，跨越千年和他进行对话！

但是想来，既然如今靠着一匹汗血宝马可以日行千里，在空间上进行快速移动；那么，几千年之后的未来，发生了在时间隧道里进行穿梭与通信的事情，也未必不可能。

而就在这时，她又在千年之后对他说了第二句话。

依然是跳出来的长方形框里浮现出文字。

"崽，喂，你能听到吗？"

这一瞬间，陆唤的心脏都要跳出喉咙了。

虽然，此时的一切与想象中不同，她不是什么鬼神，而是来自千年之后的人，陆唤也并未如愿帮她塑一副肉身，但是，他反而觉得更加幸运了些，至少，知道她在千年之后好好地生活在一个看起来富饶和平的朝代，与她见面的念想也终于有了指望。

他喉咙干涩，声音沙哑无比，回应她："我在。"

隔着千年的光阴，通过一大一小两块屏幕，二人终于有了认识以来第一次成功进行的对话，而并非以前那样，手脚比画，用"是否"作答。

宿溪屏住呼吸，只觉得这一切都不可思议，内心的自己化作了尖叫鸡。

陆唤亦如是，他立在屋内中央，完全感知不到窗棂外渐渐消失的夕阳，心脏疯狂地跳动着，眸子里熠熠生辉，眼角眉梢都染上了欣喜若狂。

而且，陆唤发现，在她那边的屏幕上，自己所说的话似乎也是变成了对话框出现在自己头顶的。

原来如此。

陆唤尝试着去理解这跨越时空将他二人连接起来的媒介的逻辑。怪不得她先前能听到他说了什么，却无法说话，也无法留下任何信息，只能靠着"是否"的方式来回答他。

那时候，应当是只有她那边有一块媒介，只有她能单方面看到自己，而自己当时没有媒介，所以看不到她。

也因此自己就想当然地将她误以为是鬼神了。

而她或许是不知道如何解释。毕竟，她生在千年之后的一个朝代，无论怎么解释都让人难以置信，所以她便选择默认了。

目前所见到的这两块媒介的特征：他的很大，半透明；而她的较小，但是比较袖珍，能够握在掌心。介质是差不多的。

他所说的话转化成了她屏幕上的长方形框。而她开口说话，也变成了他面前的幕布上的长方形框。对话方式是差不多的。

他所见到的她那个世界的人一开始全是短手短脚的小人，需要花费银两才能变成正常的样子。而她那边所见也一样。

也就是说，这两块媒介所具有的功能都是一模一样且共通的，那么，据此可以推测出很多东西：自己方才需要完成一个任务，才能解锁一个幕布所说的新"板块"，也就是千年之后的地图。她那边应该也一样，所以她才会经常突然消失，而在自己从宁王府离开，穿过巷子抵达卖花灯的长街后，她又突然出现。

现在想来，应当是她没有解开自己所在朝代的地图上"长巷"的那个板块。

但是随着她完成的任务越来越多，她能够陪自己去的地方也越来越多。

只是任务。

陆唤很早之前便在猜测，鬼神是因为什么目的才来到自己身边的。

他当时以为，她大约是受他死去的亲人所托，才来陪伴他、帮助他，让他卷入京城的纷争，帮他得到更多的权势。直到此时，陆唤才知道，并不存在那些原因，她是为了解锁那些板块，才来到自己身边，帮助自己处理一件又一件的事情。

换句话说，她那边也有一个古古怪怪的机械音，让她去做这些事情。

知道她出现在自己生命中或许仅仅是因为任务，陆唤心头说不失落，自然是假的。

只是，他与她已经相处了近一年的时光，他早就知道，她是天底下最善良的人，她一开始的目的为何姑且不说，至少她对他的关心、在意，她给予他的温暖、善意，全都是真的。一日一日的陪伴，那些缱绻的时光，是什么都无法抹去的。即便她一开始是怀着目的的，陆唤也不愿意因此而心存芥蒂。

而除此之外，陆唤还揣测出，此前两边的时间流速应当是不一样的。

她既然不是鬼神，那么自然需要睡觉、吃饭，以及做一些别的事情。而之前她出现的时间十分不定，有时候是在自己这边的清晨出现，有时候又是在深夜。现在想来，应当是两边时间不一致的缘故。

陆唤在心中细细回想着这一切，渐渐地也将这些事情理解了。

至于这幕布还有什么更加新奇的地方，陆唤还不知道，他打算再观察一段时间。

　　两人都非常激动，激动过后，宿溪就见屏幕上的崽崽按捺住欣喜若狂的神色，迫不及待地问了第一个问题："我该如何唤你？"

　　陆唤想知道她的姓名，姓名对一个人来说是证明其身份的存在，若是知道她叫什么，日后去寻，便不会找不到她。

　　宿溪见崽崽的头顶弹出这么一个对话框，内心顿时充满了和网友见面的羞耻感。

　　天哪，崽崽要问阿妈姓名了。

　　养了崽崽这么久，崽崽还不知道阿妈的姓名。

　　幸好 100 点之后只是开启了语音对话，崽崽只能听到她的声音，把她当成可以突然说话的鬼神，要是让崽崽知道屏幕前的她是什么样子，她岂不是要满脸通红，羞恼欲绝？！光现在这样就让宿溪面红耳赤，喘不过气了。

　　她先咳了咳，努力镇定地解释道："我昨晚到处飘荡，遇见了一个有法术的大鬼，就让那个大鬼施了法，让我能够说话啦！"

　　宿溪感觉自己胡诌得很不错，否则怎么跟崽崽解释他突然能听到自己说话的事情，崽崽听到半空中传来声音，不会觉得很惊悚吗？

　　但是，崽崽脸上露出欲言又止的神色是怎么回事？！

　　宿溪有点不解，又继续道："我的名字叫宿溪，你可以叫我……"

　　她还没说完，就觉得有点不大好，于是暗促促地闭上了嘴，看崽崽有啥反应。

　　而陆唤一脸错愕地看着幕布，她头顶的对话框里弹出"我的名字叫宿溪，你可以叫我……"那句话之后，她头顶又冒出一大堆椭圆形的白色气泡，气泡里显示：

　　"我的名字叫宿溪，你可以叫我阿妈，噗哈哈哈哈！"

　　又一个气泡："崽崽脸上呆愣的表情好可爱！！"

　　全都是气泡……

　　"崽崽问阿妈姓名了！崽崽怎么无论干什么都'萌得要命'？阿妈每天都被崽崽萌死！"

"阿妈爱崽崽一辈子！"

"呜呜呜，我名字不太好听，要不编个好听一点的'陌上花开'什么的网名，或者 × 什么骨？作为鬼神好歹得仙风道骨一点，不能太没面子，搞得崽崽总以为我是会被别的鬼欺负的小鬼。"

…………

陆唤脸上的表情逐渐崩裂："……"

阿妈？

第三章

一无所知

陆唤虽然不知道那些冒出来的白色气泡是什么，但是看她口形分明只说了一句话，却冒出来这么多句子，很显然，长方形的黑色框框内是她所说的话，而椭圆形白色气泡内的文字应当是她内心的想法了。

陆唤眉梢都在抽搐，感到又好气又好笑。他现在知道她为何总是将自己当成小孩子了，先前还以为是错觉，原来自己在她面前的样子一直都是幕布里那种短手短脚、小身子大脑袋的小孩子模样……

对着小孩子模样的自己看了一整年，她能不把自己当成幼崽吗?!

回想起之前她摸自己脑袋的行为，陆唤越想脸色越难看……

他咬了咬牙，走到桌案前拿了一支长毫毛笔，蘸取墨汁之后走到墙边，背贴墙站着，然后用毛笔在自己头顶处画了道线，随后拿来长尺，将自己标记的横线距地面的高度量出来，给幕布那边的她看，十分严肃地说："小溪，我身长八尺二，你是不是还不知道?"

宿溪有点蒙，不知道为什么崽崽突然炫耀起了他的身高。她很认真地算了一下，燕国的一尺约等于 0.223 米，那崽崽岂不是有一米八三?

夭寿了，小孩子家家的为什么长这么高?

　　不过，之前确实因为一直都是卡通画风，人物除了胖瘦略微有区别以外，高矮是看不出来的。所以在自己眼中崽崽一直都是个小团子。

　　而现在，游戏强制性给她开了原画之后，宿溪才发现，崽崽的确已然是个长身玉立的俊美少年了。

　　但是，才十六七岁就长这么高……宿溪想到那些用药喂大的母鸡，顿时有点心虚。咳了咳，对崽崽道："崽，我现在知道了。"

　　陆唤见屏幕上的她还是一副什么都没意识到的样子，眉毛不由自主地狠狠跳了两下，恨不得解开衣服给她看看，自己真的并非什么幼崽了！

　　但此举太过失礼，他自然做不出来。

　　只是无论怎么想都十分懊恼。相处的这一年，自己在她眼中竟然是那种大头小身子的模样，走得稍微快一点就要蹦起来，那般丑陋，她连脸都不想看清楚……

　　陆唤有些哭笑不得，又有些咬牙切齿。最终，他只是揉了揉眉心，懊恼地对宿溪道："不许叫我崽。"

　　宿溪权当崽崽在撒娇，笑眯眯地道："哈哈哈，知道了。"

　　陆唤："……"

　　先前两人只能用"是否"来交流，但现在交流更顺畅了。

　　陆唤从宿溪头顶的那些白色气泡联想到，难不成此前自己的一些内心想法也通过此种方式被她知晓了？

　　陆唤想到这里，顿时面红耳赤，可是，从小溪的反应来看，她应当是不知道他内心那些关于占有欲的阴暗想法才对，否则她就不会对他一如既往了……

　　这样想着，陆唤稍稍安下了心。

　　他还要说什么，却见他和宿溪的幕布上同时弹出了相同的文字，是一个任务：【请接收主线任务十一（高级）：燕国皇帝即将前往云州行宫，在云州会遭遇刺客，请及时救下皇帝。任务难度二十颗星，金币奖励+1000，点数奖励+15。】

　　陆唤的视线立刻通过自己的幕布，落在宿溪手中拿着的小块屏幕上，只见她看到弹出的任务后，像是早就习惯了一般。

　　陆唤心想，果然，他之前的猜测没有错，她那边早就出现了幕布，也正是因为幕布发布的一系列任务，她才会与他相识。

而现在，自己这边亦有了幕布，她却还不知道。

陆唤正欲开口，却见宿溪将新任务关闭之后，"板砖"上方弹出了一个绿色的长方形框。她将那长方形条往下一拉，整个小幕布便被另外一个页面占据。

似乎是有人发来消息。

还未等陆唤下意识地回避她的隐私，那消息便已经映入了他的眼帘。

顾沁：溪溪宝贝儿，周末了也待在家里吗？出来玩呀。

宝贝儿？有人叫她宝贝儿？

陆唤眼皮子一跳。

接着，就见幕布里的她先是随手抓过一包东西，笑了笑，手指在"板砖"上飞快地敲敲打打，然后，她手中与那人沟通的长方形框里便多了一条信息：亲爱的，我没空，作业还没写完，亲亲。

亲爱的？她还叫别人亲爱的？

虽然这两个词的含义陆唤并不能完全理解，但是"亲亲"二字他又怎能不懂？！

在燕国，只有有了婚约的男女才能做亲昵之事……

陆唤盯着幕布，看着幕布里的她一脸开心的笑容，整个人如遭雷击，脸色一刹那便白了。

这……成何体统！

他竭力让自己镇定下来，或许，千年之后的文化与燕国并不一样，未成婚之人也可以做出比较亲昵的事，彼此间的称呼也较为亲昵呢？

只是，他原本以为，自己的世界里她最重要，而在她的世界里，自己即使不是唯一，也是非常重要的一个，但在看到她十分随意地就把幕布关掉，去回复别人的信息，还喊别人"亲爱的"的一瞬间，陆唤心中难免生出一些夹杂着焦虑的阴沉情绪。

更何况她打开的那个页面上，一条条，似乎还有很多她与别人的对话，光是页面上能够看见的，就有七八个不同的人了。

陆唤看着幕布，她还没来得及切换回与自己交流的那个页面，小"板砖"

便又亮了，这次屏幕的右边是一个绿色的弧形小按钮，左边是一个红色的弧形小按钮。

她用手指向右滑了一下，然后走到靠近窗户的地方，将"板砖"贴在耳边，不知道和谁说起了话。

陆唤这才发现，方才自己全然沉浸在能够见到她，能够顺利与她对话交流的欣喜当中，完全忘了自己对她的世界一无所知的事情。

他现在能辨认出那些高楼应当是类似于他这个朝代的屋舍之类的建筑，而长街上那些飞驰的有四个轮子的东西应当是类似于马车之类的代步工具。

他只能认出这些。

那些弯弯扭扭的蝇头小字他看不懂，而那些小字不仅出现在代表她内心想法的气泡中，还出现在了她与别人的交流中。

除此之外，自己根本不知道她的生活是怎样的，平日里会吃些什么，做些什么，会去上学堂吗？有没有交好的朋友？她的父亲母亲在哪里？她放在她屋内桌案上的那些厚厚的书籍又是做什么的？以及方才叫她宝贝儿的那人，是她心悦之人吗？

他完全无法弄懂她所在的那个全新的未来世界。

陆唤宛如被泼了一盆冷水，方才激动到上涌的血液顿时冷却下来。

他仰头看着幕布里的那个世界，发现即便看得到她，她依然离自己很遥远。

他心中不由得生出密密麻麻的低落情绪，或许是妒忌方才那人，或许是因自己对她的世界一无所知而感到恐慌。

宿溪接完宿妈妈打的电话，回来后立刻打开了游戏页面，发现恶恶正在屋内收拾行李，刚才还一脸雀跃，这会儿好像变得失落了。

她有点疑惑，戳了戳恶恶的肩膀，问："怎么啦？我刚刚有点事，离开了一小会儿。"

陆唤本来打算告诉她，自己也能看到她了，但是此时又改变了想法。

他想：自己目前对她的世界一无所知，必须得早日学会她那边那种弯弯扭扭的文字，尽快了解那些新奇迥异之物都是怎么个用法，等摸索清楚这一切之后，再告诉她。

若是真如幕布所说，等累积到 200 点之后，就有机会去往她那个世界见到她的话，自己也不至于因为生活在古代，而在她那边彷徨无措，还需要她的帮助。

　　当然，最重要的一点是，陆唤害怕一旦告诉她自己这边出现了一块和她那边类似的幕布，同样可以看到她之后，她会感到害怕，会不愿意让自己进入她的世界，不愿意让自己见到她身边的人……

　　他暂时不清楚自己这边为何会陡然出现这样一块幕布，只能先将其归因于哪里出了差错。

　　而这种跨越千年光阴的幕布必定是她那个世界制造出来的东西，换句话说，主动权完全在小溪手里。倘若小溪想要关掉自己这边的幕布，那他绝无法阻止。

　　自己这边是十分被动的。

　　对陆唤来说，她是他最重要的人，也是唯一，但她身边却有很多人。对她而言，自己或许就只是一个来自千年之前的玩伴，或者按照她内心的那些想法，只是她养的一个崽。

　　倘若她得知，这个来自千年之前的古人想要了解她所在的世界，想要真正地、面对面地见到她，拥抱到她，甚至还对她生出了独占欲……她会想要逃开，会单方面切断与他这边的联系吗？

　　陆唤的心情有些复杂。

　　不过，当务之急只有两件事：一件便是早些完成那块幕布上所提示的一系列任务，若他没料错，那些任务都与他的身世有关；而另一件便是早些理解她那个世界的新奇之物。

　　想到这里，陆唤定了定神，仍如往常一样，当她是鬼神，他对身侧笑道："镇远将军的大军即将前往北境，我不日便要随军出发了，趁着这几日从兵部二部卸了职，便先将行李收拾一番。"

　　宿溪在屏幕外点点头，也是，刚才弹出来的主线任务十一已经是高级任务了，看来崽崽的帝王之路已经走了一半。

　　前往北境要经过云州，正好可以救下在行宫遇刺的皇上。

　　这应该是他头一回和皇上正面接触——大半年前的夜宴上人那么多，皇上又喝了酒，想必都没怎么看清崽崽的样子。

　　而这一次，皇上和崽崽见面，应该会发生点什么。

　　她赶紧将画面拉到衣柜那边，把衣柜里厚实的衣服都拿出来，往崽崽的床铺上扔，絮絮叨叨地说："北境天寒地冻，马上到冬天了，得多带点暖和的衣物去。"

　　陆唤看着屏幕上的那行字，以及身边匆匆从衣柜处刮来，又刮向衣柜，手忙脚乱帮他收拾衣服的风，心中淌过一道暖流。

　　他抿唇笑了笑，继续折叠衣物，声音低柔道："好。"

　　崽崽收拾东西是一把好手，宿溪隔着屏幕其实帮不上什么忙。

　　她见崽崽又走到屋檐下，将那盏灯笼取下来，然后将她之前埋在地下的那个箱子也放入行李堆中，不由得睁大了眼。"行军打仗，这也要带上吗？"

　　陆唤终于能和她说更多话，而不是只能他问问题，她回答"是否"了，他心中非常欢喜，便道："从四品的官员，俸禄多了很多，我打算在内城置办一处宅院，将这些带过去，日后那里便是我们的家了。"

　　先前从宁王府到兵部的官舍，要么寄人篱下，要么行事匆匆，全都不算是真正的家。而外城的那处宅院，因其地理位置，也只是提供给长工戊和工人等人住宿的地方。

　　所以，现在崽崽打算置办的宅院，总算可以称得上他们拥有的第一处家了。

　　宿溪心头也涌上温暖的感觉。"也好。"

　　她笑盈盈地看着屏幕，打算伸手揉一下崽崽的头，可是，指尖在屏幕前，却下不了手了。

　　以前的崽崽小小一团，在屏幕里跟个汤圆一样，让人无时无刻不想揉一揉，搓一搓。现在的崽崽却像是一夜之间长大了，变成了个异常俊美的翩翩少年。

　　似乎是感知到她要伸手，他微微侧过头，俊朗的眉目如同融化的霜雪，眸子被烛光映照出几分潋滟的神采来，宿溪的心竟然不争气地骤跳了一下，要落到他头顶的手，也一下子落到了他肩膀上，惊慌失措地重重摁了一下。

　　屏幕里，崽崽的胳膊差点被卸掉……

　　宿溪连忙道："对……对不起，力气一不小心大了点。"

　　隔着屏幕，她总是用不好力。

陆唤抬头，看着幕布里她莫名有些发红的脸颊，心情忽然就变好了。

"没事，力气不大，多大我都能受得住。"他弯起嘴角，装作在专心致志地收拾衣物。

屏幕外的宿溪一头雾水地看着崽崽头顶突然冒出的太阳……什么情况？他差点被卸掉胳膊反而特别高兴，甚至神情还有点小嘚瑟是怎么回事？

两人好不容易能沟通了，忍不住就聊了很多，尤其宿溪，简直变成了话痨，一会儿唠云修庞，一会儿唠先前的绣球事件……眼见着崽崽的脸越来越黑，她哈哈笑着赶紧转移了话题。

宿溪一大清早从外面运动回来，还没来得及洗澡就坐在沙发上陪崽崽玩了半小时，这会儿感觉浑身黏腻，有些不舒服，于是打算先下线洗个澡。

下线之前她和崽崽说："我还有点事，先走啦，晚上再来找你玩，崽……"宿溪想起陆唤不喜欢自己管他叫"崽崽"，咬唇笑了笑，换了个称呼，"小唤，明天见。"

陆唤对这个新称呼也有点不满，但是总比先前那个称呼要好得多，于是勉为其难地接受了，对宿溪道："你随我一道去北境吗？"

"废话，当然一起去。"宿溪毫不犹豫地说。

见崽崽勾了勾嘴角，一副定心丸咽进肚子里的模样，宿溪笑了笑，又伸手——她迅速打了一下自己的手，决定纠正自己天天想揉陆唤脑袋的习惯，转而轻拽了下他的袖子，道："我走了，拜拜。"

陆唤虽然不知道后面那两个字是什么意思，但大致能猜得出来，和"再见"的意思差不多，于是也学着道："拜……拜拜。"

屏幕外的宿溪狂笑不已，终于退了游戏。

她将手机扔到沙发上，打开×易云，放了首歌，然后拿着毛巾起身走向浴室。

而这边，还没关掉幕布的陆唤一脸震惊地看着被她扔在软榻上的板砖，那板砖竟然还能唱歌？！

陆唤坐在床上，挥袖将幕布移到身前来，然后摸索着放大了画面，试着触碰了一下软榻上的那块板砖，只见板砖立刻亮了，提示"指纹解锁"。

陆唤深深地觉得千年之后的文明实在是太过先进，他暂时还没弄明白这块板砖到底是什么东西，为何长街上有人拿来做传音符，有人拿来放歌，小溪还能将板砖当成幕布使用。

陆唤见宿溪走进了一间较小的屋子。

那间小屋子他还没有进去过，便尝试着将页面切了进去。

只见，小溪正在那光可鉴人的铜镜面前往脸上抹着泡沫，陆唤从屏幕上瞧了瞧这小屋内的布置，发现旁边有一个白色的类似马桶，又像水井的东西，灯笼竟然被安置在屋顶中央，千年之后，照明似乎已经不需要用蜡烛了。

他一边收拾行李，一边打算再仔细瞧瞧，可就在这时，却见到小溪突然开始脱衣服……

陆唤顿时脸色涨红，急匆匆地将幕布关了。

他心脏跳得飞快，走到桌案前，深吸一口气，罚自己写了一百遍"非礼勿视，非礼勿动"，才堪堪冷静下来。

陆唤东西收拾得很快。

两日后，镇远将军的大军便启程了。陆唤骑上马，同上回在射箭场见过面的几个人一块儿押送着万三钱提供的新一批粮草，一道前往北境。

行军路途遥远且艰辛，在他还以为宿溪是鬼神的时候，他原本不打算让宿溪随自己跑那么远，但是现在得知她只是需要解锁板块，便能直接抵达之后，他就安下了心。

大军行了几日，在一处村庄安营扎寨时，陆唤独自回到帐篷里，将帐篷布帘闭紧后，打开了幕布。

这几日都在赶路，他只能挑晚上单独在帐篷里的时候才和她说说话。

此时此刻，她那边似乎是清晨。

陆唤盘膝坐在稻草铺上，一边拿起她家正厅软榻上的两本册子——似乎被她称作杂志——隔着屏幕认真翻看起来，想要努力从这些杂书上多记住一些她那个世界的新鲜词语，一边等着她起床。

天已大亮，她家里另外一间屋子的门忽然被打开，走出来两个中年卡通小人。

陆唤微微一笑，这几日已经见过了，这两个小人是宿爸爸、宿妈妈。

他无声地对着宿爸爸、宿妈妈打了声招呼，不过这二人不知道他的存在。他们打着哈欠吃完早饭，在长桌上给宿溪留了一份，就拎着包出门了，应当是去做事了，同自己赶赴官衙一样。

陆唤起身拨了一下自己这边的烛火，又等了等，宿溪的房门却一直没有开。

他因为担心出现上回洗浴室里的那种情况，所以一向是不敢轻易将页面切换到小溪屋内的。但是今日是她要去学堂——陆唤从册子上学到，她们那边，管学堂叫作学校——的日子，她却迟迟没起。

陆唤皱了皱眉，感觉桌上的鸡蛋与粥快要凉掉了，于是在幕布上将粥拖动，不太熟练地将页面调到厨房，将这两样东西放进了一个黑色的盒子里。

这玩意儿叫作微波炉，他前日从册子上看到了这玩意儿的广告，随即便摸索了一番，发现很简单，上手很快。

千年之后的科技果然便利。

过了一会儿，他将用塑料盒装着的粥拿出来，重新放回桌上。

这下应该是热的了，陆唤舒展了眉梢。

但是，小溪仍然没出来。

陆唤眼看着正厅里墙壁上的挂钟显示的时间，已经超过小溪平时匆匆穿鞋去上学的时间了，眸子里闪过一丝担忧之色。

他沉默了两秒，还是将页面切换到了她房间内。

就见她满头大汗地躺在床上，盖着厚厚的被子，紧紧闭着眼，脸色苍白，捂着肚子，蜷缩成一团。

陆唤眼皮子一跳，心瞬间揪成一团，豁然从稻草铺上站了起来。

宿溪的体质有点寒凉，一旦发作简直就是痛不欲生，恨不得在床上打滚。

她难受地皱着眉，勉强支撑起上半身，将床头柜抽开，但是发现放在里面的止疼药吃完了，只好虚弱地躺回去。

她手脚冰凉地躺了一会儿，额头上全是冷汗。

半梦半醒之间，不知道是不是她的错觉，她忽然感觉脚下多了一个热乎乎的东西，像是暖宝宝。

宿溪有些宕机的大脑闪过一丝迷茫……昨晚充好的暖宝宝不是早就凉透了吗，怎么突然又变热了？

幕布外的陆唤亦是头一回面对女子来月事时腹痛的情况，不免有些手忙脚乱。

他在药理书上学过如何用玄胡、五灵脂等药材熬制止疼汤，但那是他这个世界的办法，在她那边无法施展。

她那边应当有更加有效的药才对，然而陆唤此刻解锁的板块只有她家以及她家周围，这方圆半里找不到一家药房，即便找到了，陆唤也无法用银两购买。

陆唤在帐篷中走来走去，眉心紧锁。

寒性痛经症状应当需要热源，陆唤这么想着，便隔着幕布小心翼翼地掀开了她脚边的被子，将那圆形的物体移至正厅，找来一根长长的黑线，将其与正厅一角名为"插座"的东西连接起来。

待到圆形物体上发光的红色圆点暗下去之后，此物应该就热乎了。

然后，陆唤又轻手轻脚地将那圆形物体拿了回去，趁着宿溪双眼紧闭之际，将其塞进了她脚边的被子里。

这几日，陆唤见宿溪每夜上榻入睡之前都会这般做，他虽然不知道这圆形物体是何物，但是大约也能揣测得出来，应当是类似于可以抱在怀中取暖的炭炉一类的东西。

他记性好，过目不忘，学得便很快，已能熟练使用这个。

他眼瞧着将那物放进去之后，宿溪痛苦的神情总算有所缓解，翻来覆去的次数少了一些，这才松了口气。

陆唤又将幕布切换到厨房，在柜子里找到了一包红糖。

千年之后的世界，任何东西对陆唤而言都异常新奇。

他不太喜欢正厅墙壁上挂着的那块长方形黑色幕布，因为它一旦被宿妈妈打开，里面便会有一大群人吵吵闹闹，要么跳一些稀奇古怪的舞，要么唱一些很刺耳的歌。

不过被宿溪打开的时候，里面经常会有一些不认识的小人上演爱恨情仇，宿溪抱着薯片看得哈哈大笑，幕布外的陆唤一边在帐篷内处理军务，一边时不时抬头看一眼。

他将其理解为真人皮影戏。

倒是挺好看的。

他已经陪着宿溪看了好几集，正努力理解其中的人物关系，并跟着那些真人皮影戏学习千年之后的新奇词语。

陆唤最喜欢的地方还是厨房，他发现厨房里超出自己理解范围的东西更多，那个立在墙壁旁的高盒子，竟然能储存新鲜蔬菜，打开之后，便有一股寒气飘出来。

他试图在里面找到姜块，但是发现最后一块姜被宿妈妈用完了。

陆唤微微皱了皱眉，若是只有红糖，而无姜块，恐怕熬制出来的汤水没什么好的效果。

不过，近日陆唤通过摸索，发现这块幕布上有个名为"Game Mall"的按钮，打开之后，可以用银两购买一些基础物品。

于是他熟练地打开，从中找到姜块，任由怀里的碎银凭空消失一些，之后，幕布里厨房的砧板上就多出一块黄色的姜。

他在幕布上飞快地滑动手指，操纵着菜刀快速将姜块切碎，把水烧开，将红糖和姜扔进去煮，然后找到一个干净的玻璃器皿，将煮好的水倒进去。最后，还抽出一根筷子，将红糖姜茶搅了搅。

宿溪昏睡中听见了一些轻微的响动，迷迷糊糊地睁开眼，发现脑袋旁边的床头柜上居然多了一杯热气腾腾的红糖姜茶！

她惊了一下，怀疑自己在做梦，爸妈不是走了吗，还是她记忆出现了差错？

她虚弱地问了句："爸，你回来了？还是老妈？"

没人应答。

宿溪痛得脑子迷迷糊糊的，也没多想，勉强撑起脑袋，将红糖姜茶小口小口地喝下。

喝下之后，她立刻感觉从胃到小腹都是暖洋洋的，这才舒服了一些。

她松了口气，用被子蒙住脑袋，继续睡觉，今天上午只能请假了。

半梦半醒之间，似乎有人触碰了一下她的额头，那力道十分温柔，宿溪拿脸蹭了蹭。

陆唤这边夜已经深了，他帐中烛火却仍燃着。

他抬眸看着幕布上少女的睡颜，心中餍足无比，能以这种方式陪着她，已是十分幸运。

陆唤已经知道，可以通过完成幕布上的主线任务和支线任务来增加点数，除此之外，他勤勉于军务，也能缓慢地增长点数。虽然不知道幕布为何要通过这种方式逼迫自己勤奋，但他为了能早日见到宿溪，便比先前更加努力，每夜的睡眠时间也压缩到了极限。

他每日除了夜里的一点时间之外，没有片刻闲散，不是替镇远将军批阅公文，解决行军路上的粮草事宜，就是听前方来报，与军中其他官员共同议事，堪称呕心沥血。

行军路上的其他人不知道陆唤目的为何，只是见他一连半月都如此鞠躬尽瘁，这连轴转的程度简直不是普通人能做到的，而且也根本装不出来，便都渐渐地对他多了几分钦佩，认为他年纪轻轻，却有一颗赤子之心，志在为国效忠，实在值得结交。

镇远将军见陆唤不知不觉便和军营中的兵吏以及自己的几位部下打成一片，不禁抚着胡须露出笑意。

对此，他自然是乐见其成的。

而此时，陆唤在幕布上找到了没有自动弹出来，却可以去完成来增加点数的支线任务，他顿时心中一喜，将支线任务打开。

幕布直接切进了一些画面，上面提示"一些可攻略过往"。

过往？莫非犹如马车可在空间上平移一般，这幕布也能在时间上平移？

陆唤还没来得及思考，画面便启动了。

一开头便是在宿溪家楼下，宿溪的父母拎着装饭菜的食盒，似乎急匆匆地要往哪里去，大约是因为走得太急，宿溪的母亲完全没注意到脚下有香蕉皮，一脚踩在上面，差点滑倒。

幕布外的陆唤下意识抬手扶了一下，没想到，他扶的这一下起了作用。宿溪的母亲一脸疑惑地朝身后看了一眼，勉强站稳了，但是因为急着去某个地方，所以也没有多想。

而二人的头顶弹出对话框：溪溪在医院不知道怎么样了，得快点过去，这保温桶保温效果有点差，待会儿鸡汤凉了就不好喝了。

医院？

幕布外的陆唤已经接触了宿溪的那个世界数日，自然已经能听懂医院是何处了，他登时有些心急，见自己方才帮助了宿溪母亲一把之后，右上角的点数增加了 2 个，便直接将医院解锁了。

这一解锁，幕布页面便切换到医院，他见到了放下手中板砖，神情有些低落的宿溪。

她怎么了？

宿溪穿着蓝白格子的衣服，腿上绑着东西，看起来似乎是……腿受伤了？

陆唤立刻去查看她的腿，但是隔着屏幕，帮不了她。

陆唤心中微微懊恼，但想到她那边医术发达，她人在医院，应当已经有最好的大夫为她瞧过了，这既然是过往，也就无须自己操心了。

接着他就看到宿溪拿起板砖按了几下，然后和什么人通起话来。

从弹出的对话来看，似乎是……借钱？

陆唤立即掏出怀中银票来，但是这块幕布无法进行实物传送。

他若是想帮她，只能通过别的方式。

于是，他在她拜托人买彩票时，花了数十张银票，从商城里兑换出了一张名为"中奖券"的东西，让她如愿以偿地中了奖。

看到那家小店里，宿溪带着两个朋友兴奋大叫的模样，陆唤这才弯起了眉眼。

只是，她身边的那个男卡通小人一直试图去扶她，陆唤忍不住一巴掌将对方的手拍掉。

第二件事做完，右上角又多了 2 个点数。

宿溪要去商场，他随之解锁了第三个地方：商场。

这一回，在那热气腾腾的鱼汤即将泼到宿溪身上时，他忙伸手将其掀飞。

第三件事做完，右上角又多了 2 个点数。

陆唤想了想，用新增的点数解锁了宿溪最常去的学堂。

到了这里，陆唤发觉，宿溪的运气好像一直不大好，这一天，她拼命追赶一辆很大的马车，即将赶到的时候，那马车却突然启动了，她一脸崩溃地跟在后面狂追，而她前面的那个人却正好赶上。陆唤皱了皱眉，在那人用一张小小的卡片刷卡时，抓着那人的手，让他放慢了速度。

就在马车车夫打算催促时，宿溪满头汗水地冲了上来，扶着膝盖狂喘气。

她拍了拍胸口道："好险，差点就赶不上公交了。"

陆唤在幕布外笑了笑，这才松开她前面那人的手，那人一脸愕然地看了看四周，以为是自己的错觉，扭了扭手腕，朝着马车后面走去。

第四件事做完，右上角又多了 2 个点数。

陆唤还没来得及多看两眼宿溪的学堂，便见她从其中一间屋子里走出来，长廊上到处都是卡通小人。

原来她那边的学堂，竟有如此多的学子。

陆唤微微感到震惊，将她前后左右的人稍微朝一边拨了拨，不想让那些人挤到她。

站在宿溪右边的人只感觉自己莫名其妙被什么东西推了一把，她下意识以为是自己左侧的人推的，于是瞪了宿溪一眼。

莫名其妙被瞪的宿溪："……"

幕布外的陆唤："……"

他心虚地摸了摸鼻尖，没再继续拨开人群。

突然，他见到正在下台阶的宿溪差点被人推搡摔倒，他眼明手快地扶了一下。

目送宿溪顺利离开这栋高楼，他才松了一口气。

这五个支线任务做完之后，幕布又恢复到了宿溪正躺在床上捂着肚子的画面，而右上角的点数达到了 112 点。

陆唤突然想到，宿溪这两天和他聊天，说能接触到他之后，运气就变好了，他当时还以为是让他欢喜的话，没太放在心上，但此时却有什么突然浮现在脑海中。

原来，是他插手并影响了小溪那边的过往。

陆唤隐隐觉得这幕布出现在他二人之间应当并非偶然，但一时片刻又想不明白究竟为何，于是只能暂时作罢。

他继续在幕布上找可以完成的任务，想尽快将点数增加到200，早点见到她，新的任务却没再出现了。

陆唤替床上的宿溪掖了掖被子，然后将画面拉到她窗前的桌案上，从中找到一本封面上全是弯弯扭扭蝇头小字的书，摊开最后几页，根据那些蝇头小字和对应的中文，记起了蝇头小字的含义。

烛火一直燃烧到了天明。

宿溪喝过红糖姜茶，痛经就好多了。

上午虽然请了假，下午却还是有课要上的。

她抹了把额头上的冷汗爬起来，收拾书包的时候发现桌子上的英文课本昨晚居然没放进书包。她也没多想，直接放了进去，背上书包出门了。

此时她要是打开游戏看一眼的话，就会震惊到宛如五雷轰顶。

游戏里，天际泛起了鱼肚白，帐篷中的少年用毛笔在纸张上抄写了整整五大页英文单词。

他正紧蹙眉心，拿着纸张在帐中踱步，努力理解这与燕国语言完全不同的文字。

或许是一夜未睡，略微有些疲惫，他揉了揉眉心，斟了一杯苦茶提神。

第四章

大军开拔

　　宿溪不知道云州行刺会在什么时候发生，担心刚好发生在大半夜自己睡觉时，要是未能完成任务，皇帝真的遇刺，那可就完了。于是她便提前将此事告诉了崽崽，说自己飘到云州的一些巷子时，发现有人在谋划刺杀皇帝，让崽崽注意着些。

　　陆唤看着她一本正经地胡诌，说她能穿墙，能一拳打死一只小恶鬼，心中觉得好笑。

　　他强忍住没笑出来，十分配合地严肃地点点头道："嗯，谢谢小溪，此事我自当戒备。"

　　几日后，皇帝刚进云州行宫，大军便抵达了。

　　大军舟车劳顿，暂时在城外驻守，而按照燕国律例，带领大军的几个官员是要进城面圣的。于是，行宫摆了宴席，皇帝和几位官员顺道为镇远将军饯行。

　　此前关于谁去北境平定暴乱一事争执不休。

　　皇上本来最属意二皇子前去，毕竟二皇子低调老实，因其母妃出身寒微，在朝中并无什么人脉，将兵权交给他最合适不过，也能趁机收回镇远将军手中的兵权，平衡一下朝中局面。

五皇子原本就在朝中结党营私，皇上虽然喜欢他的母妃，实际却看他不惯。他野心勃勃，再加上在民间声望又极好，皇上恐怕他危及太子的地位，因此兵权是万万不能交给他的。

可谁料老二宛如一条咸鱼，听说要去北境就一病不起。先是因箭伤在床上躺了整整三个月，待镇远将军这边粮草都已经集结完毕，他又以偶感风寒告病，再次拖延。

皇上有意扶持他，他却如此烂泥扶不上墙。

皇上气急，最终，前往北境平乱之事还是交给了镇远将军。

兵权落在镇远将军这样一个外姓人的手上，皇上根本不可能放心！但幸好镇远将军膝下无子，后继无人，即便有什么谋逆之心，恐怕也是力不从心。

皇上如此谋划着，可万万没想到，在云州行宫的饯行宴上，他察觉到镇远将军似乎对一名骑都尉有些特殊。

朝中文武百官数千人，光是三品以上的官员便已过百，皇上自然不可能对每个小官都有印象。但他对这名年岁不过十七的少年很有些记忆。

虽然只在一年前的秋燕山围猎夜宴上见过一面，但是印象深刻，当时便觉得他有几分像故人，只是当时微醺，只当自己喝醉了酒，看错了，没有太过留意。

而之后云太尉与镇远将军接连为他举荐，也稍稍引起了皇帝的注意。

原本举荐一事，难免会让皇帝多心这二人是想在朝中安排自己的人，但是因当晚夜宴上他对那少年印象不错，所以就同意了，左右也不过是个从四品的小官。

但今日云州饯行宴上，皇帝并未喝多，神志还保持着十足的清醒，在白日烈阳下再见到这少年，一时之间竟然有些恍惚，只觉得他的容貌隐隐与那人有几分相似——倒不是五官相似，而是某些细微的神情，只有与那人朝夕相处过的皇帝才能辨认。

可皇帝又立刻当这是自己的错觉，这普天之下，谁不是两只眼睛、一个鼻子？有些相似又有什么好奇怪的。

少年是宁王府的庶子。自己与那人在云州相遇之后，便直接将那人接进了皇宫，封了妃，那人为了自己在皇宫中孤独过完一生，连宁王的面都没见过。

自己莫不是老糊涂了？

于是席间，他难免多看了这少年几眼。如此一来，就发现镇远将军这老狐狸虽没有表现出什么，但他部下的几个人却明显对这少年尊让几分。

这说明，这位刚升任骑都尉的少年在军中地位不低。

镇远将军有意识地在寻找继承人，这可不是什么好事。

皇上心中警觉，他不动声色地又看了镇远将军与那少年几眼。

陆唤自然也察觉到了皇上的视线，他能猜到皇上的全部心思，于是只若无其事地低头饮酒，竭力隐匿于众人之中。

向皇上敬酒时，他的视线仍不由得在这位九五之尊的五官上多停留了一秒。

在没有听过那个道姑口中所谓他的身世之前，他压根儿不会想到他与当今圣上之间会有什么关系。听过之后，他虽然根本不信，觉得那道姑是在胡诌，可也不得不承认，他的模样似乎与席上威严矜贵之人有那么几分相似。

陆唤敛了眸子，眉心微蹙。

这场宴席从白日一直持续到晚上，觥筹交错间，许多官员喝得酩酊大醉，镇远将军也多喝了几杯。

陆唤虽也喝了一些，却始终保持着清醒。

按那任务十一所说，想来应当就是今夜了。

他若是提前通知行宫加强戒备，难免会引人猜疑，因此陆唤什么也没做，只垂着漆黑的眸子，盯着眼前的酒杯，静静等待刺客的到来。

行刺之人的身份也很好猜。

上回秋燕山围猎刺杀二皇子的不是暴民，这回云州行宫行刺，却必定是暴民所为了。

云州常年积雪，已然靠近北境。现在北境民不聊生，战乱频发，而皇帝居然还选在这个时候来行宫。此行虽然是为了祭奠那位卿贵人，但是在北境起义军的眼里，这便是皇上昏庸无道的证据，他们自然咽不下这口气，于是打算趁着行宫戒备没有京城森严，一鼓作气将皇帝拿下。

问题在于，怎么救。

陆唤随镇远将军和另外几个武官踏入行宫之时，便大致记住了行宫的方位布局。

皇帝在明，那些刺客在暗，在那些刺客行动之前将他们揪出来，几乎是没有可能的事。

只能等那些人行动了。

陆唤心中分析，若是他想要在重重戒备下，杀了位于中心的九五之尊，他会如何做。直接包围行宫，杀退守卫，再接近皇帝，自然不可能。因为即便行宫的守卫军不敌刺客，也还有镇远军驻扎在云州外的军队，一枚信号弹便能引其前来围剿。唯一的办法便只能是由一些好手乔装打扮，混入行宫之中，采取声东击西之法，趁乱取皇帝首级。

如此一来，应当有某处会突发大事，调虎离山。

果然，宴席进行到下半夜，酒过三巡之时，行宫一处名为"卿兰苑"的地方突然火光冲天。所有官员慌忙站起身，而最为紧张的竟然是皇上，他立刻对禁卫军怒道："愣着干什么？快去救火！若是卿兰苑有所损毁，朕便问你们的罪！"

禁卫军首领知道卿兰苑中珍藏的全是那位贵人的画像，今日若是抢救不出来，烧毁个一张半张的，只怕他们真的要脑袋不保了，于是纷纷惊慌失措地赶紧去救火。

场面登时一片混乱。

皇上赶去卿兰苑，镇远将军等人紧随其后。

陆唤心想：应当就是此时，那些人要趁乱下手了。

果然，下一秒场面陡然生变！只见先前还是云州刺史的人，把脸上面皮一扯，皇上身边的几个侍卫也陡然向他靠近，从手腕处的袖子中扯出细线，那细线虽然普通，可由训练有素的两人一头一尾捏着，逼近速度飞快时，能削肉如泥，不比任何锋利的刀刃差。宴席上不允许佩剑带刀，能使用的武器便只有这个。

周遭的官员，包括镇远将军在内，完全没有预料到会发生这样的事，登时乱了阵脚，纷纷大声呼救："救驾！"

若非早有预料，此时险象恐怕还真要叫皇上受伤，幸好陆唤已有所准备，他速度极快地捡起几根掉落在地仍燃烧着的木棍，掷了过去。

锋利无比的细线在接触到皇上发丝之前，就被烧断了。

宿溪下课后匆匆赶回家，她倒不是怕任务十一没有完成，而是怕崽崽救皇上时发生什么意外会受伤。但是万万没想到，她一上线，屏幕上便弹出消息：

【恭喜，完成主线任务十一（高级）：燕国皇帝即将前往云州行宫，在云州会遭遇刺客，请及时救下皇帝。获得金币奖励+1000，点数奖励+15！】

这么快就完成了？崽崽未免也太棒了，宿溪一阵欢喜。同时，她见到上次还是102的点数，现在却变成了127！

怎么回事？宿溪顿时一脸愕然，除去这个刚完成的任务所增加的点数，还有10个点数是从哪里来的？！即便是崽崽这几天疯狂处理军务，疯狂做俯卧撑，也不可能突然多出这么多点数啊？

宿溪满头问号，怀疑游戏系统再次出现了bug，自动完成了什么任务，多送了10个点数。

不过不管怎样，点数长得越快，宿溪越高兴，因为按照这游戏的惯例，在200点的时候应当又会有什么大礼包。

她在行宫找到崽崽的时候，那几个乔装打扮的刺客已经被抓了起来，正由皇上亲自审问。崽崽和镇远将军等人站立在一边。

宿溪心想，崽崽英勇无比地救了皇上一次，应该已经让皇上另眼相看了吧。但是崽崽似乎没有要将那玉佩拿出来，让皇上看见，恢复他身份的意思。

他应当还在怀疑那道姑所说的话的真实性。

但是屏幕前的宿溪知道，那道姑所说的话不可能有假。

崽崽无心恢复九皇子身份，宿溪也就开始犹豫起来，不知道自己应不应该帮崽崽一把，故意把他的玉佩弄出来，让皇上看见。

要是放在以前，宿溪为了完成游戏的最终目标，让主人公登上帝位，肯定会按照游戏任务的要求做，但是现在，她能察觉到崽崽似乎并不愿意参与皇位之争。

这就让宿溪为难了起来。

游戏任务固然重要，但她不愿意违背崽崽的意愿。

她很是纠结地看了会儿屏幕里的崽崽，又看了会儿皇帝，最后还是没有自作主张。

只是宿溪没有想到，血缘关系这东西很奇妙，即便没有玉佩作为证据，皇上却也在陆唤救下自己的一瞬间，从陆唤身上看到了熟悉的影子。

皇上审问刺客的时候多少有些心不在焉，视线频频落到陆唤身上，最后连赏赐都忘了给。他脸色有些不大好，挥了挥手让人把刺客带回京城交给大理寺处理，便让众人散了。

陆唤随同镇远将军等人从行宫返回城外驻扎之地。在回营之前，他先去了城外的一个地方。那日从长春观出来之后，他便让人去打听了一件事，原来卿贵人的出生之地正是云州。皇上当时将她葬在了皇陵，但是因为思念过甚，又命人在云州给她立了一个衣冠冢。

衣冠冢也有重兵把守，陆唤仗着一身好武艺，神不知鬼不觉地溜了进去。

云州靠近北境，天气严寒，地上已经结了一层霜。

看起来前几日才有人来过，放了一盒女子喜欢的首饰，应该是那位自以为痴情的九五之尊。但即便如此，周遭冷冷清清的，仍是无边的寂寞。

陆唤垂眸静静看着衣冠冢，神色有些复杂。

宿溪拽了拽他的袖子，他这才回神，神情转而柔和下来。“你来了。”

宿溪觉得，崽崽虽然打从心底里不相信那道姑所说的话，但是关于他亲生母亲是卿贵人的事，他心里还是有所触动的。毕竟他一直都对生母没有印象，别说是卿贵人了，就连宁王府那位卑贱的姨娘，他都不知道长什么样子。他在宁王府中长大，虽然有身份，但其实连孤儿都不如。

宿溪心生怜悯，声音也就放得很轻，问：“你在想什么？”

崽崽注视着衣冠冢，道：“我在想，她应当是个很好的人，可惜天子无情。我连她的面也没见过，听闻宫中她的画像全都被烧了，今日卿兰苑又起了火……”

卿贵人死后，皇帝有段时间发疯，让人把卿贵人住过的地方烧毁了。但是烧完之后，他却失魂落魄，痛苦无比，这才又在云州为已故之人建立行宫。

其中复杂的天子情感，真让人看不懂。

宿溪忍不住叹了口气，想了想，说：“不要难过，至少有我陪着你呢。”

陆唤抬眸看着飘浮在夜色中的那行字，蹙起的眉心舒展，笑了笑，道："嗯。"

大军翌日就继续上路了，而云州行宫这边，皇帝一夜未眠，心中却是起了疑，他秘密召来了人，吩咐道："给朕查一查当年卿贵人坠湖一事，把为她诊断的太医给我找来。"

北境大雪纷飞，战况危急，镇远将军带着大军抵达时，边境刚抓获邻国的奸细。

而邻国的军队已悄然行至城下，战火一触即发。

还未抵达北境之时，陆唤便已经忙碌无比，抵达北境之后，他更是分身乏术。

头两天，宿溪看到游戏里的北境路边饿殍遍野，尸体堆积如山，原本是客栈、酒肆的地方，此时都已经成了乱葬岗，连年爆发的严重灾害、暴乱，使得这里宛如一座人间地狱。

触目惊心。

到了第五日，邻国派来的探子在杀害了两个平民百姓后被燕国军队抓住，镇远将军愤怒无比，亲手将前几日俘虏的一位邻国世子吊在城门之上，活活冻死，以牙还牙，表示燕国绝对不会退让！

由此为导火线，战乱彻底开始。

宿溪和陆唤同时接到了系统弹出的消息：【请接收主线任务十二（高级）：平定暴乱，立下军功，逼退敌军。金币奖励 +2000，点数奖励 +18。】

但此时此刻，面对边境这样一座人间炼狱般的城池，两人的注意力都已经无法放在任务上了。

宿溪眼皮子直跳，她还是头一回看到这样血流成河的场景。完全不是那些古装剧演出来的，地上扔了几具尸体的样子，到处都是兵吏和百姓腐烂的尸身。

城内百姓抱成一团痛哭流涕，远处战火连绵，燕国旗帜飞扬。

还好宿溪没有氪金，所看到的都是死去的小人，不然只怕她当真会呕吐出来。

崽崽生辰当天，来不及等宿溪陪自己一起过，就换上盔甲，带兵离开了营地，直接赶往前线。战火紧促，他大多数时间都在马背上，能和宿溪沟通的时间不多。

他想告诉宿溪这段时间就不要再打开她那边的板砖幕布，不要看到他这边血流成河的场景了。但是宿溪每天提心吊胆的，生怕自己好不容易养到这么大的崽在战火中受什么伤，打开游戏的频率反而比之前更高了。

陆唤与镇远将军在帐中议事，陆唤出了许多计谋，以至这一个月以来，燕国屡胜，邻国退还了数座城池。

但是目前出现了一个新的危急问题。邻国在退兵之前，绑了燕国数百名老弱妇孺，一道退至回雁山峡谷中，以此胁迫镇远军撤退。

此时若是退让，只怕邻国又会借着这段时间休养生息，继续来犯。但若是乘胜追击，那数百名老弱妇孺必定会被直接斩首。他们全都是燕国的普通百姓，他们的亲人正被大军护送回城内，若是弃这数百人的性命于不顾，这场大战，即便镇远军胜了，今后在燕国恐怕也会彻底失了民心。

为今之计，只有一条路，便是让一支队伍秘密潜入回雁山峡谷，将那数百人救出来，再将敌军一网打尽。

可是深入敌营，是相当凶险的。

帐中，陆唤盯着桌案上的地形图，心事重重。烛光在他侧脸上落下一道阴影，明暗摇曳。

来北境之前，宿溪就知道行军打仗肯定很辛苦，所以看着崽崽打了很久的木桩，练习功夫。但是她万万没想到，竟然会这么凶险。

刀枪不长眼，虽然崽崽武艺已经很好了，没受什么大伤，但是身上难免会被划破几道。

他白净的脸上沾着一些泥土，还有数道血痕，因为不知道号角何时会吹响，所以也来不及处理，前几日他的胳膊上被箭擦破了一道口子，只匆匆包扎了事。

宿溪每天看到他离开帐篷，心就突突地跳，只有他留在帐中时，她心里才稍稍安定一些。早知道会这样，当时她就应该想方设法把主线任务往另外一个方向扭转，无论如何都要避开北境这一块的任务。

宿溪忍不住唉声叹气，她坐在桌子前捏着笔，面前摊着一本书，却一个字都看不进去。

陆唤将地形图记下后，朝着幕布看去，见她一脸担忧，反而更替她着急，小溪好几天没怎么把心思放在功课上了，一直紧张兮兮地盯着自己，再这样下去，学业不会落下吗？

可陆唤又不能明说，他对宿溪温声道："你早些休息，我不会有事的，此次带兵救人一事我已想好对策，况且未必会是由我领军。"

宿溪根本不信，她觉得镇远将军肯定会让崽崽带头的。

她长吁短叹："早知道就不来这破地方了。"

对宿溪而言，虽然她已经见过了血流成河的场景，但或许是因为那些尸体都被系统转化成了卡通小人的模样，所以她虽然怜悯，却并没有那么义愤填膺。她更在意的当然是自己陪了快一年半，连生日都因为身在战火中而没能过的崽崽。

但陆唤却是亲眼见过血肉模糊的场景，想要早日结束战乱，还北境百姓一个太平盛世的心情自然要比她更加迫切。

陆唤笑了笑，并没有怪她不大理解自己所处的朝代。

他们本来就相隔了千年的时光，所有的东西，无论是文化、语言，还是思想，都很不一样。他在接触她那边的一些知识和文化之后，发觉自己所处的朝代有很多封建文化十分腐朽，反而是她那边更加和平，在她那边战乱也几乎不会发生。

所以她无须理解他这个朝代的落后和封闭，由他去融入她那个朝代便好。

他十分想隔着幕布触碰一下她，但是又觉得自己突然抬手，她会觉得奇怪，于是承诺道："应当不出三月，这场战乱便会结束，届时我们回京城去，新买的宅院还没带你瞧过。"

宿溪这才高兴了一点，道："嗯。"

陆唤又催促了一遍："快些去睡觉吧。"

宿溪看着手机屏幕上的崽崽，不知道为什么，自从到了100点，崽崽变回原画之后，俊美是俊美啦，但是对自己说话的语气总是像个老父亲，就是那种会在她姨妈痛的时候手忙脚乱赶紧去买药的形象。

她晃了晃脑袋，觉得是自己的错觉。

不过时间的确晚了，她也得睡觉了，于是她又和崽崽说了声晚安，缓缓下线。

陆唤虽然催促宿溪去睡觉，但是心中其实是非常不舍的，他能安稳待在帐中的时间不长，这段日子不是在行军打仗，就是在隐匿埋伏中，很少有能同她说话的时间。而且因为军中兵吏实在太多，没什么隐私，他受了伤只能自己处理，也不能像以往一样由她帮着处理了。

他心里也在想，到底何时才能回到京城去。

想着这些，他又抬眸朝着幕布看去，然后就见小溪手中逐渐暗下去的手机幕布上，自己的脑袋顶冒出了一堆气泡。

"唉，说离开就离开，我受了伤也不多陪我两秒。"

"唉，昨日我脸上挂了彩，小溪来了之后居然没有注意到，只关心了两句就完事了，早知道受点更重的伤了。"

"唉，想回京城。"

"唉……"

陆唤表情顿时一片空白，这一堆气泡……他脑子里竟然有这么多想法，他怎么不知道?! 他分明就没有想这些! 他怎么会婆婆妈妈地想这些?!

陆唤的脸红欲滴血，匆忙捂住了脑袋，但是那些气泡还在冒个不停，但幸好没一会儿宿溪那边的幕布就黑了。

而只见幕布上，宿溪正盯着那一堆气泡拍桌狂笑，还一不小心把桌上的水杯震了起来。

陆唤脸都黑了……

陆唤不明白这气泡出现的机制，只是猜测，它应当是在自己内心情绪比较复杂纷涌的时候出现。

小溪刚刚看到自己头顶冒出气泡拍桌狂笑，一点也不震惊，而是习以为常的样子，看来自己头顶早就冒出过不知道多少次气泡了。

也不知道每次气泡里都是什么奇奇怪怪的内容。

陆唤想到这些，脸色越发难看起来。

他简直生无可恋。

就和天底下所有有了心上人的少年一样，他心中其实隐隐期望着小溪能知道他那些辗转反侧的心思，但同时他又害怕她知道。

他怕她一旦知道了，就会因为觉得别扭，觉得奇怪，而再也不打开她手中的那块板砖找他了。他的世界和她的世界隔了千年之久，他比任何人都要害怕她的消失。

而且到时候，两人之间恐怕连现在这样轻松温馨的气氛都无法维持。

不过，从目前小溪仍旧只把自己当成幕布里的一个卡通小人的态度来看，他头顶冒出的气泡里应当从未出现过"喜欢""心悦"这类词。

这样想着，陆唤虽然心情复杂，但还是稍稍放下了心。

每次她打开板砖的时候，自己心中都难以克制地生出欢喜来；她没来找自己的时候，他心里也会控制不住地思念她；她来了又要走的时候，自己虽然会催促她早点睡觉，心里却有千万个不舍……

与她相关的情绪实在太多，根本难以控制，陆唤生怕哪天头顶的气泡不慎泄露了自己不可言说的心思。于是，接下来小溪再来找他的时候，他都深吸一口气，竭力专注于眼前的事以及她说的话，尽量让自己的内心情绪不要过于波动。

宿溪也不是傻子，很快就发现崽崽有点奇怪。

平时隔三岔五他头顶的气泡就会冒出来一次，即便气泡里没有文字，也会冒出小太阳、小红心、凄凉的小树叶之类的来表达他的心情，但是自从上次冒出了一回"想回京城"的想法之后，已经很久没再冒出过气泡了。

这还不是最古怪的地方。

以前他因为不知道自己在什么方向，所以和自己说话时，都是下意识地看向虚空中的。但是最近，他看的方向都十分固定，全都是抬头看着正前方——即便正前方是张桌案。

难不成他认为自己会站在桌子上和他说话？

不只是这样，还有的时候他的表情会有些异样，比如自己拍桌狂笑的那次，他应该看不到自己才对，但他脸上的表情却有些生无可恋的僵硬。

宿溪百思不得其解，下意识地将这些解释为崽崽可能有什么秘密不想让自己知道，所以才怪怪的。

两人之间无话不谈，他能有什么秘密？

是关于皇上或是他的身世，他不好直接告诉自己；还是北境的灾情又严重了，导致他忧心忡忡，分不出心思去想别的？再或者，是让他不好意思对自己透露的"早恋"？可他在军营中，周围都是长胡子的卡通兵吏，哪里有什么机会早恋？！

宿溪想得脑仁疼，决定不乱揣测了。

但是这样一来，她打开游戏之后，视线就会不自觉地长时间停留在崽崽身上。

之前上线，她会东张西望地打量屏幕里其他走来走去的小人，而现在则是情不自禁地盯着崽崽的脸，看崽崽到底有什么异样。看多了之后，宿溪心中居然渐渐生出一种"崽崽好像已经不再是个崽了"的感觉。

之前从宁王府到兵部，崽崽在她眼里一直都是个短手短脚的奶团子形象，无论做什么动作，摆什么表情，都"萌得要命"，即便是生气，在宿溪看来也是一张气鼓鼓的包子脸，完全看不到什么威严。

但现在的崽崽不同，他每天顶着"十八岁在燕国已经可以娶妻生子了的陆唤"的头衔在她面前——没错，不知为何他生辰一过，这个头衔立马随之改动，游戏系统智能到可怕。再加上他总是身穿一副银色铠甲，腰系金兽束带，前后两面青铜护心镜，这俊美少年经常来不及脱铠甲、长靴，发丝微乱、脸颊带血的模样，任谁看了都移不开眼睛。

何况他之前还特意强调了他八尺多的身高，导致宿溪现在都不开俯视视角，而是开平视视角了。

也因此宿溪每次都要被他颀长的身形吓一跳，而周围还没开原画的卡通小人更是被他衬托得像侏儒一样。

崽崽一直保持着少年模样的原画，他偶尔的蹙眉，一颦一笑，落在宿溪眼里便真实无比，让她总是忍不住捂着心脏想，怪不得兵部尚书之女那天会跟出来相送了。

他与镇远将军等人议事，对着布阵图沉思时，一举一动更是有种无法形容的气度在里头。

现在的少年英俊无双，与先前那个还没宿溪膝盖高的奶团子判若两人。

宿溪看久了他的这种模式都快恍惚了，每次叫"崽崽"的时候都要卡一下壳，总觉得有点叫不出口。

但是拜这垃圾游戏所赐，她想要切换到原来的卡通人模式，居然都做不到！

难不成这就是强制性的"由奢入俭难"吗?!

宿溪心里有点郁闷，这种感觉就像是自己亲手养大的崽崽突然有一天长大了。

之前崽崽比宿溪小的时候，宿溪还能笑嘻嘻地叫一声"小唤"。但现在，陆唤已经十八岁了，按照年龄算和自己差不多大，她连"小唤"二字也叫不出口了。

有这种身高一米八几还当崽的吗？

这种违和又复杂的心情原本只有一丁点，毕竟她每天都和崽崽见面，是不会生出什么陌生感的。但是这一丁点的不自在，却在这天她上线撞见崽崽正脱下铠甲与外袍的瞬间达到了顶峰！

宿溪根本来不及闭眼睛，就见到了帐内少年光裸的上半身！

他刚带兵巡逻完，从外面回来，让两个士兵在帐篷外守着，背对着宿溪立在床边，铠甲已经卸下，外袍也褪去了一半，正拿着金创药给伤口换药。

少年的皮肤犹如刷了一层白釉，线条优美，在近一年的锻炼与征战之后，有着薄薄的并不夸张的肌肉，透着一种介于少年的青涩与成年男子的沉稳之间的感觉。他胳膊上多了一道箭伤，渗着血。

宿溪在崽崽还是个奶团子，帮他换湿透了的衣服时见过他的身体，但那时包子脸的身体也是白糯糯、软绵绵的，看不到什么。

她根本没想到崽崽实际的身材非常有料！

她就这么猝不及防地将崽崽看光了！

宿溪在生活中其实是个思想比较单纯的少女，一直以来她对崽崽都心无杂念，万万没想到，居然意外撞到这种场面！

她脸上顿时火烧火燎的。

宿溪揉了把脸，竭力让自己冷静下来，他还受着伤呢。

她赶紧从商城里兑换了百分百效果的金创药，扯了一下崽崽垂在一旁的外袍，焦灼地说："怎么又受伤了？"

陆唤但凡不在战场上，就会一直将幕布开着，他一抬头见到她，嘴角露出笑容，道："擦伤罢了。"

宿溪放大屏幕落在他胳膊上，见的确只是擦伤，问题不大，这才稍稍放下了心。

擦伤在胳膊后方，崽崽自己包扎有些困难，宿溪隔着屏幕也有点笨手笨脚，不好操作，她怕把崽崽弄疼了，于是也没主动提出来帮忙包扎。

不过好在崽崽手脚麻利，很快就熟练地包扎好，然后低头穿上了外袍。

他穿衣服的时候，乌黑如瀑的长发便落在光洁有力的肩胛骨上，宿溪的眼睛都不知道看哪里。

她欲哭无泪。

为什么，这游戏为什么不能切换回原先的模式了？

现在她的脸莫名其妙地发烫，根本不敢再将页面停留在帐篷里。她急匆匆地将页面切了出去，并对崽崽咳了咳，道："我突然想起来我还有点急事，待会儿再来。"

陆唤心中有些失落，他本打算与她商量一些事情，但没想到她来了不到半分钟便要走。但是想来她应该确有急事，他不便阻拦，于是点了点头，竭力不让自己的失落流露出来，笑着道："好，待会儿见。"

宿溪火速关掉了游戏，刚才不小心撞见少年衣衫半褪的那一幕还在脑子里挥之不去。她晃了晃脑袋，跳下沙发，十分狂躁地打了一套军体拳，然后心安理得地拿出两包薯片，"咔嚓咔嚓"地吃起来。

而以为她真的有什么急事要出门的陆唤："……"

第五章

不再依赖

　　陆唤发现宿溪近来有些奇怪，明明说是有事才匆匆关掉了板砖，但是仍然待在家里，蹦蹦跳跳之后，百无聊赖地吃薯片，看起来并不像是有事情的样子。

　　陆唤不禁开始怀疑是不是自己做错了什么，才导致她不像以前那么想见他了。

　　陆唤本想抽时间好好与她谈谈，但是事态紧急，营救那数百名老弱妇孺的任务迫在眉睫，他便只能先将这件事放一放，等战况稍微稳定的时候再问她。

　　回雁山峡谷易守难攻，若是直接率军逼近，只怕那些百姓会立刻被屠杀。

　　为今之计，只有智取。

　　镇远将军决定将此事交给陆唤，让他挑了十个人，组成一支十一人的队伍，假装前去刺探，却不慎落网，被敌军俘虏。

　　如此一来，才可以深入敌营，解救那些百姓。

　　虽然危险，但是这是唯一的办法。

　　敌军已然认识陆唤的脸了，陆唤被俘虏之后，定然会受到报复，这报复不可能只是一点皮肉伤那么简单。因此他们深入敌营之后，必须尽快带那数百名百姓脱身，否则安危难测。

此行异常凶险。正因为凶险，所以陆唤不大希望宿溪看到自己受伤的过程，恐惹她担心。

他想了想，将行动的时间定在一日的深夜。

北境军营寂静无声，只有城中传出来一些百姓痛失亲人的哀号。陆唤和镇远将军的几个部下乔装打扮之后，绕过山林，朝着回雁山峡谷去了。

陆唤低声吩咐："尽快成事，被俘虏之后想办法烧了敌营的粮草，最迟不可超过明日此时。"

与他一道的其余十人俱是严肃地点点头。

陆唤算得很清楚，此时宿溪刚刚睡下，而明日她要去学堂。待她完成学堂布置的功课，她才会打开板砖。那么利用游戏内外的时间差，待到明日的这个时候，自己应当已经回到了帐中。

敌军已经退至回雁山峡谷，此时虽然筋疲力尽，但也正是强撑着最后一口气的时刻，对进出回雁山峡谷的所有士兵都严格把控。

敌军自然也担心燕国军队会从回雁山的背后绕过来，直入腹地，因此他们将所有绑来的百姓集中押至一处，使得峡谷一览无余。

陆唤等人乔装打扮潜入的话，很难不被敌军发现。

一行人迂回潜行，而敌方已有人发现了他们的行动，但都不动声色地等着，只待他们靠近峡谷，再一网打尽。

但殊不知，这正是燕国军队的计谋。

一切依计划进行。十一人的小队很快便被俘虏了，俘虏进峡谷的却只有十人，敌方并不知道此次行动的总人数，此时看守峡谷的将领的注意力完全放在了陆唤以及镇远将军的直系下属中郎将等人的身上。

这几人他认得，全是此前战役中英勇的好手，尤其是那个据说可能成为镇远将军继承人的姓陆的骑都尉，若是一刀砍了，将头带回去，上面一定重重有赏！

然而，就在陆唤等人在峡谷这边被抽了上百道鞭子严刑逼问时，峡谷腹地敌方存放粮草处却突然火光冲天！

敌人被这一出调虎离山弄得措手不及，匆匆调遣兵力去灭火。

陆唤则和其他九个人趁机逃脱，去关押人质的地方救人。

必须速战速决。

待把人救出来，敌方无法再以这些人的性命要挟燕国军队之后，回雁山上猛然冲出来无数弓箭手，箭上带火，万箭齐发，并用大石封路，将困守在回雁山峡谷的敌方一举剿灭！

陆唤等人带着数百名老弱妇孺逃出回雁山峡谷时，外面早已经有镇远将军的人接应。镇远将军大喜过望，亲自带人前来迎接。

这数百人大多是城内百姓的亲人，他们的家人早就随着大军等候在城外，见到远处有队伍归来，控制不住激动的心情，涕泗横流，纷纷冲过去互相拥抱。

然而，到底是没能救出所有人，在敌军的折磨下，有些本就十分虚弱的人质没有撑到镇远军去救他们。也有很多人是撑着最后一口气，等回到城内之后，便晕倒在地，昏迷不醒。于是，城中大夫手忙脚乱地照应了起来。

剩余还算清醒的百姓跪成一片，磕头感谢镇远军的救命之恩。

城外火光冲天，城内乱成一片，但无论如何，今日之后，北境的战火多少会停歇一段时间。敌方损失惨重，暂时不敢轻举妄动，半个月内，大军可以稍做休整。

"骑都尉！"军营中的大夫拎着药箱过来要为陆唤看伤势，但陆唤想到此时城中大夫紧缺，便让他去看别人的伤势了，何况陆唤也不太习惯被旁人触碰。

他匆匆告退，回到了自己帐中，想在她来之前将伤势处理好。

陆唤在假装被俘之后，背上和脖颈上多了数道鞭伤，这些鞭伤对他而言并不难忍，但是回雁山驻守的敌军为了撬开他们的口，得到北境的地形图，又在他们伤口上撒了盐。

脱下被血染红的白色中衣之后，便能见到皮开肉绽的伤口，鲜血淋漓的，很是可怕。

陆唤让人打来水，熟练地将伤口冲洗一番之后涂上金创药。虽然身上伤口痛得他有些麻木，但陆唤心中却是隐隐高兴的，此次任务成功完成之后，应该又会增加十几个点数，那样一来，离见到她的那一天便越来越近了。

这样想着，没注意好手上的力道，肩膀上的伤口又崩裂开来。陆唤不由得皱了皱眉，他本想速战速决，可奈何身上鞭伤太多，以至动作不得不稍稍放慢。

见宿溪家墙上的钟转到五点半，他匆匆穿好衣服，系好腰带，将地上染血的绷带收起来，命令帐外的人扔掉。

他坐到桌案前，开始誊写军情，除了脖子上多了一道伤口难以掩饰之外，全然看不出重伤的模样。

宿溪平时放学后，总是一回到家，就赶紧掏出手机上线，但是自从上回一不小心撞见了陆唤光裸的上半身之后，她再上线就比较谨慎了。

她打开游戏之后，先用手捂住眼睛，再撑开一条缝，悄咪咪地用一只眼睛先看一下陆唤是不是又在换衣服，见到他衣着正常地坐在桌案前，宿溪才松了口气，把捂着眼睛的手放下。

她心里的感觉怪怪的……主要是陆唤一下子变成了一个俊美少年，就导致她不能再像以前那样没羞没臊的了。古人不都很在意自己的名节吗？陆唤肯定也很在意，他以后还要娶媳妇的，可不能被自己玷污了清白。

宿溪和陆唤打了个招呼："你在写什么？"

她看了一眼，发现陆唤在誊写上奏的军情，字一如既往地漂亮。

陆唤被她方才捂着眼睛的举动弄得心生奇怪。她怎么了，是眼睛不舒服吗？但陆唤又不好问，只是盯着面前的幕布看了半晌，确定她眼睛没什么问题，还是和以前一样乌黑明亮，才放下了心。

陆唤对她笑道："你来了，我想过不了几个月，驻扎在北境的大军便要班师回朝了，届时——"

陆唤话还没说完，就被宿溪打断了，她猛然把页面拉大，细看他脖子处，惊道："陆唤，你脖子怎么了？！"

陆唤发现她终于不再脱口而出管自己叫"崽崽"了，也不知道这是好事还是坏事。他下意识按住脖子，但是伤势肯定藏不住，便轻描淡写地道："昨夜我们去将那些人质救了出来，我受了点轻伤，但并无大碍。"

并无大碍个鬼。这是行军以来宿溪见他受的最严重的伤了！宿溪又急又气，急的是见他衣服穿得整整齐齐，长发也束得一丝不苟，显然是刚刚洗过澡。为什么要洗澡？肯定是伤势很重，不想让血浸透衣袍被自己发现。气的是，早就说了他如果要行动，就提前叫自己，结果他专挑自己不在的时候去完成任务！

宿溪咬着牙不说话，手忙脚乱地在商城里翻找百分之百效果的金创药。

这金创药陆唤也能从商城买到，但是每回见她心急如焚地在商城里购买的模样，陆唤都有种被在意着的感觉。他很喜欢这种感觉，因此并没有亲自取金创药，而是每日都用她买的。

他笑着看她选中金创药，哗啦啦用掉了一大笔银子。

宿溪一抬头，见陆唤脸上居然还有笑意，忍不住怒道："笑什么笑，站过来！"

陆唤："……"他突然发现了小溪凶巴巴的一面。

宿溪让陆唤去把帐帘拉紧一点，然后将画面拉近。他不肯脱衣服让她看一下伤势，她便自己来。

这下宿溪完全顾不上"男女授受不亲"这种鬼话了，她心急如焚地扒拉开崽崽的衣袍，视线落到那些伤口上时，她倒吸了一口冷气。

血肉模糊，简直触目惊心。

这么严重的伤，他刚刚还面不改色地坐在那里誊写军情，还对自己笑得像是什么都没发生似的！

宿溪眼圈一红，想说要不咱去向镇远将军告病，先回京城吧，但是话到嘴边又咽了回去。

她鼻子酸酸的，叹了口气，又小心翼翼、轻手轻脚地将金创药往陆唤身上倒，直到他那些伤口上铺了厚厚的药粉之后，才让他重新缠上绷带，穿好衣服。

宿溪心里不太好受，不仅是觉得自己没有照顾好崽崽，更是觉得，随着时间的推移，崽崽好像不再需要自己了。

他有勇有谋，能整治好兵部，得到将军的青睐，也能带兵打仗、稳定军心，更能轻而易举地阻止刺杀皇帝的阴谋。

即便受了伤，也瞒着不让自己发现。

如果他不再需要自己了，那她还能做些什么呢？总不能真的每天就上线和他唠唠嗑吧？那样的话，等他娶妻生子，肯定就会开始厌烦这种交流了。

不被需要等于无用的人。

而且他最近怪怪的，头顶的气泡也不再冒出来了，像是不再对自己敞开心扉了一样。

宿溪不知道该怎么办，她揉了揉眼睛，假装无事发生，对陆唤道："下次受伤了要对我说，不然我要生气了。"

陆唤道："好。"

他穿好衣袍，系好腰带，帐外忽然有兵吏来传话："骑都尉大人，被救出来的百姓中，有一民女称自己是前太医之女，擅长医术，想要报答您的救命之恩，因此给您送了煎好的内服伤药，说是能助您早日康复。"

陆唤倒并不在意什么伤药，毕竟宿溪给他的金创药就已经有神奇功效了。

不过拿来之后分给那日随他一道深入敌营的同僚也未尝不可，于是他对宿溪低声道："我去去就来。"

宿溪道："嗯。"

前太医之女？宿溪玩这游戏这么久，听到这话顿时有了种预感，于是打开右上角的状态看了眼，果然就见到"可扩展后宫"那一栏，新增了个"前太医之女柳如烟"。

宿溪："……"

这破游戏还真是见缝插针，都行军打仗了还不忘给崽崽安排后宫！

宿溪赶紧将页面调到帐篷外，果然就见崽崽对面站了个女子。

她氪金开原画看了下那名女子，见她虽然没有兵部尚书之女的娇俏，也没有万三钱之女的倾国倾城，但是眉清目秀，别有一番温婉的味道。

至少开了原画之后，和崽崽是非常相配的，身高才到披着大氅的崽崽胸膛那里，非常娇小。

她将煎好的药和配制好的药包递过去，不知道对崽崽说了什么，反正宿溪也没注意弹出来的对话框。就见崽崽收下了药，随手递给了身后的兵吏。

宿溪心里不知道为什么有点酸溜溜的，明明之前不是这样的。以前见到崽崽跟躲鬼一样躲过那绣球，她还十分恨铁不成钢，认为崽崽这"钢铁直男"没救了。

但现在崽崽没有将这女子赶走，而是收下了她的药，宿溪心里却不那么是滋味了。

可能是因为以前崽崽是个奶团子，宿溪以看戏的心态期待着他能喜欢上谁，自己好跟着乐和乐和。但是现在，她发现崽崽做什么事都瞒着自己，也不再需要自己，仿佛渐渐长大了一般，她心中便有种怅然若失的感觉了。

而这种感觉在见到状态栏多出的这名女子时，更加强烈了。

毕竟崽崽的确已经到了该成亲的年纪。

现在他就已经不太爱对自己表达心里的想法了，等到成亲之后，肯定就更加回不到以前那种无话不谈的状态了。

宿溪抬眼看了眼崽崽头顶"十八岁在燕国可以娶妻生子了"几个字，只觉得更沮丧了。

她也不明白为什么心里乱糟糟的，她不应该这样的。

见陆唤回到帐中，她便定了定神，将页面调转回帐内。

陆唤重新坐回桌案后，问："你还在吗？"

其实这话不必问，他一抬头，便能看见幕布上有点恹恹的不知道在想什么的小溪。

她沉默了一会儿，才道："还在。"

陆唤瞧出来她情绪有点低落，但不明白为何，莫非自己刚刚关掉幕布离开帐篷的这一会儿，她那边发生了什么不好的事情？

于是陆唤忍不住问："怎么不说话，是有什么不开心的事吗？"

宿溪挠了挠头，说："没有啊。"

她忍不住又打开右上角的状态看了一眼，之前函月和万三钱之女在这一栏没待多久就消失了，但是这个被崽崽救回来的医女却还在，并未消失。

这是不是说，比起前两个女子，崽崽对这医女的好感要多一点？

说不定这次回京城，就会直接将人带回去，再发展一下什么以身相许的戏码。

虽然她应该为崽崽高兴，但是一想到刚刚他受伤了都不和自己说，还得自己去发现，她心里就又开始酸起来。

崽，反正你有别人帮你煎药，就用不着老母亲了是不是？

陆唤觉得幕布里的她情绪肯定不对，却又瞧不出原因，看来看去，只看到她嘴唇有些干燥起皮，大约是在她们那边的所谓空调屋里待太久了。

陆唤想起她上回痛经到打滚的模样，忍不住一阵担忧，想了想，叮嘱道："多喝开水。"

宿溪："……"

正在腹诽着的宿溪听到这句话更加不爽了，她忍不住瞪了屏幕上的陆唤一眼。但说出来的话还是非常亲切："哈哈哈，好，我会的，你早点休息，我明天再来看你。"

陆唤闻言，放下毛笔，问："你是又有什么事要离开吗？"

宿溪没什么事，她只是脑子里乱糟糟的，看着陆唤头顶那"娶妻生子"四个大字，眼皮子狂跳，情绪更加低落。

她道："嗯，有点事，我先走啦，拜拜。"

陆唤心中失落，却也只好道："拜拜。"

宿溪抓了抓头发，关了游戏。

她其实挺害怕崽崽有一天不再需要自己的，因为她虽然一开始只是把这当作游戏在玩，但是时间长了，她对他的感情也很深了。

她分不太清楚这种感情是什么，是一天一天的陪伴积攒起来的无话不谈，还是从他身上感受到了温暖的感觉，抑或是一点一滴互相了解后逐渐成为不可或缺的朋友的那种感情。

所以她几乎有些害怕他长大了。

但比起害怕他长大，宿溪想，她更害怕的是，有一天他娶妻生子了，身边多了个能陪着他的人，他就渐渐把自己忘了。

而自己在这边，只能远远地看着。

宿溪一方面觉得自己想太多，另一方面又因为方才崽崽和那医女交谈了那么久而感到有些不安。

她从书桌前站起来，一头倒在床上，然后抽出枕头，疯狂砸枕头，不停对自己施法："别想了，别想了！"

一直盯着幕布，想看看她到底怎么了的陆唤："……"

陆唤心想：怎么了？她的癸水期明明已经过了。

数百名人质解救出来之后，燕国军队乘胜追击，终于将邻国逼至退无可退。

捷报频传至朝中，皇帝大喜过望，宣称待大军归来之后，便为所有人加官晋爵，犒劳赏赐。

北境这一场战乱持续了将近一年时间，现在终于有了胜利结束的曙光。

战乱时民不聊生的北境城开始重建，百姓也明显不再那么面黄肌瘦了，他们亲人的尸体该埋的埋，该烧的烧，活着的人最终还是要继续好好活下去。

陆唤和宿溪两边的系统同时弹出消息：【恭喜，完成主线任务十二（高级）：平定暴乱，立下军功，逼退敌军。获得金币奖励 +2000，点数奖励 +18！】

这样一来，总的点数就有 145 了！

而没等这条通知消息消失，两边的页面上就同时接连弹出了新的任务：【请接收主线任务十三（高级）：让全京城得知"永安庙神医""调遣万三钱筹措粮草的神秘富商"背后之人是谁。金币奖励 +1500，点数奖励 +12。】

【请接收主线任务十四（高级）：顺利恢复九皇子殿下的身份，并被皇帝接纳。金币奖励 +2500，点数奖励 +18。】

宿溪对这两个任务的理解是，当年神医在永安庙治病救人一事已经传为佳话，万三钱筹措粮草送往前线一事也是，但燕国百姓只知道镇远军中有人有勇有谋，忠心耿耿地保护了整个燕国，还在丰州等地放粮赈灾，却不知道他们口耳相传的神医和富商到底是谁。

此时若是用点手段，让百姓知道那人就是崽崽，他们必定会对崽崽感恩戴德。

这样一来，崽崽恢复九皇子的身份就是顺理成章的事了，还有助于提升皇室的名声。

但问题就在于，这是崽崽想要的吗？宿溪先前和崽崽聊过，他并不是很想卷入皇子之间的斗争，而且，一旦恢复了九皇子的身份，似乎距离这游戏的最终任务也就不远了……

毕竟，随着一项项任务的完成，游戏已经渐渐地在民心、军权、人脉等方面为崽崽铺好了路。至于皇帝那边，只要他知道了崽崽是卿贵人的儿子，就不会有阻碍。更何况燕国是没有必须立长子为东宫的规矩，若皇帝执意改立东宫，再加上民心所向，接下来要完成的任务并不会很难，无非是顺应时势经历一场政变，遭到太子和五皇子一党的抵抗而已。

也就是说，一旦崽崽回京，完成了这两个任务，那么，游戏的最终章就近在眼前了。

宿溪心中难以自持地生出了些许怅惘的感觉。就像是打游戏的人，前面一直憋着一口气想要尽快通关，但是真的到了最后一关，反而眷恋不舍起来；像是看一部电视剧，前面一直激动地想要快些看完，可是当只剩下几集时，心中却会怅然若失一样。

而且，真正成长起来的崽崽凡事都可以处理得尽善尽美，不怎么需要她的帮助了。

她忽然就不那么想看到这个游戏的结局了。

她宁愿从宁王府的那间小柴屋开始，再陪着崽崽把这几年的人生重头走一遍。

宿溪下意识地拖着，希望最后几个任务完成得慢一点，崽崽晚点凯旋。

而陆唤见总点数已经 145 了，心中充满了希望。仿佛长跑跑了一大半，终于看到终点了，离他能见到她的那一日也近在咫尺一样，因此他几乎是不眠不休、没日没夜地去了解整个燕国的地貌地形，往年的赋税徭役，颁布的各种措施，从中学得更多治国之道。

他越是这么做，越是离一位能够治理天下的明君更近一些，幕布给他增加的点数也就越多。

于是，即便这半年他都在北境带兵打仗，但系统依旧在武力、治国等方面，增加了 7 个点数。

等宿溪再次上线，发现点数不知道为什么变成了 152，她简直心如死灰！这破游戏怎么回事，到了后期还会作弊，自动给玩家增加点数吗?!

陆唤先前的确从来没想过要恢复身份，无论是九皇子，还是宁王府的一个庶子，对他而言，都只是外人眼中的样子，而他真正在意的那个人，却并不在意他的身份。

因此尽管在长春观时他收了那块玉佩，后来又对那道姑所讲述的他的身世相信了大半，但在云州阻止那场刺杀时，他却没有将玉佩呈到皇帝面前。

可是当见到任务十三和任务十四是要求他必须恢复身份时，他为了能尽快凑到 200 点数，还是决定去做。

这皇子之位，他可以轻轻拿起，到时候也可以轻轻放下。

云州刺杀之时，陆唤便感觉皇帝对自己的身份起了疑，这半年以来也已经查出了些什么，但之所以仍按兵不动，应该是在等自己随着镇远大军一道班师回朝时，再进行最后的身份确认，可能是滴血认亲，也有可能是找到了别的什么能确定他身份之物。

陆唤想了想，决定暂时什么都不做，只书信一封，让人快马加鞭送回去给长工戊。

书信连署名都没有，只问及近来农庄事务进展如何。

做完这件事之后，陆唤便静静等待事态发展。

可能是对陆唤而言受一些轻伤已经如家常便饭，再加上从商城里兑换的金创药有奇效，因此他的伤势愈合得很快。

宿溪每回上线，看着崽崽在军中越来越得人心，也逐渐有了除云修庞以外其他能够交谈的朋友，一方面感到十分欣慰，另一方面仍会生出一些崽崽不再需要自己了的惆怅感。

不过她觉得这个问题在于自己，或许她该改变一下老母亲般的想法了。

期末考试临近，宿溪不得不暂时把注意力集中到复习上。

这段时间以来，她除了第一次考试没有和崽崽说好就直接消失，害得崽崽以为她从此再也不会出现了，之后每一次不能上线她都会提前和崽崽打招呼。

这一次也不例外。

但是令她奇怪的是，之前她每次说要离开几天去处理事情，崽崽脸上都会露出些微失落和焦灼的神情，还会不停地追问她到底要去做什么。

可这次她说的时候，崽崽脸上虽然有见不到她的失落，却没再追问她消失的这几天是要去做什么。

宿溪："？"

陆唤见到幕布上的她正一边收拾书包，一边开着她的小幕布与自己对话，便知道她应当是和之前一样，要去参加她那个世界的考试了。

先前陆唤不知道她突然消失一段时间是去做什么了，于是总是忍不住问很多，"去做什么""什么时候回来""回来的日子能早些吗"……但现在陆唤已经知道她是去做什么，知道她不会突然消失，自然便不必再问了。

可宿溪却觉得陆唤没有问，哪里都有点不舒坦。

她忍不住又强调了一遍："我可能要很久不能过来。"

陆唤正批阅着军情，笔尖顿了顿，脸上有些许失落，但到底没问出口，只道："嗯，我会等你回来。"

宿溪感到匪夷所思，恨不得冲进屏幕里去晃他的肩膀：崽，你怎么和之前那个等不到家长来接的幼儿园小朋友，一直反复追问我到底要去哪里，为什么不回来，为什么要为了别的事抛下你的形象不一样了?!

陆唤不再追问了，宿溪这个以前还笑话他钉自己钉得太紧了的老母亲却无所适从了。

她心头再一次生出怅然。她的崽果然不再是个崽了，看，对她都不再依赖了。

她悻悻地关上了手机屏幕，收拾好书包和笔袋，出发去考试了。

游戏里，陆唤一抬起头便看到，幕布上的她已经坐着四个轮子的大马车抵达了学堂，正进入一间学堂内，翻开了面前的白色卷子。

她那边唰唰唰地写着。

陆唤也跟着拿出一张空白的纸张，测试一下自己这半年来所学到的她那边的蝇头文字。

因为宿溪戴着耳机，所以陆唤这边是听不到听力的，他直接跳过，等到宿溪翻到完形填空和阅读理解的时候，他就熟练地将幕布拉大，然后和她一块儿做。

毕竟从她的那几本课本上所学到的单词有限，再加上半年时间也太短，他答题的速度比她稍微慢一点。

而宿溪接下来要考的专业知识，他也随着大致涉猎，了解一下她那个朝代的历史也是好的。

这半年时间，陆唤已经学会了很多东西，有时候趁宿溪睡着了，他就将幕布切换到大街上，开始观察那些乘坐四轮马车的人是如何刷那张卡上车的。

交通、人文、医疗等方面，他虽然还没完全摸透，但是也不至于一窍不通。

若是有朝一日去到她那个世界的话，也不至于在大马路上被扭送进警察局。

陆唤将写满了答案的纸张换掉，继续陪着宿溪一道答题。

宿溪这两天总有些怪怪的感觉。先前的鱼汤事件、楼梯差点摔跤事件，她都以为是因为玩游戏，自己的运气变好了，但是这阵子她却感觉哪里好像有点不对劲儿。

她考完两科通识，在自习室上答疑课的时候，老师进来讲起了重点，她因为发了会儿呆，所以没听见老师讲什么，突然被点起来回答问题。正在她不知道老师问了什么，该回答什么的时候，忽然吹来一道风，突兀地翻动了她面前的教科书，直接翻到了老师问的那一页。

她目瞪口呆了一会儿，才磕磕巴巴地回答了问题。

她和同学一起搬体测用具的时候，不知道为什么，她搬哪只装用具的箱子，哪只箱子就特别轻，像是有人在往上托一样，导致她和顾沁将体测用具搬到操场上时，顾沁累得直喘气，而她却完全感受不到重量。

不仅如此，跑八百米的时候，她感觉身后吹来的风像是有推力一般，推着她向前，以至以往让她觉得特别痛苦的八百米竟然头一回被她轻轻松松地跑完了！

宿溪抵达终点，将手腕上计时的腕表摘下来的时候，自己都觉得不可思议。

过了一会儿顾沁才气喘吁吁地跑到她身边，愕然道："宿溪，你这次可以啊，怎么跑得这么轻松？"

宿溪也觉得神奇得要命，她忍不住又去跑了半圈，但是这下很快就觉得累了，难不成是刚刚状态好？

回更衣室换运动服的路上，宿溪左思右想，总觉得不对劲儿。

她是已经经历过游戏的有经验的人了，她当时接触游戏里的人时，对里面的人而言，她也像是一道风一样。而她帮忙托起水桶时，崽崽也是感觉水桶不可思议地轻，就和她现在一样。

宿溪很快就被自己脑海中冒出来的念头吓得不轻……该不会，也有人在玩她这款游戏吧？

这样一想，越发觉得连同上次痛经时，床头柜上莫名多出来的那杯红糖姜茶也不对劲儿了，不像是她老爸、老妈那么粗心的人给她准备的，更像是……

宿溪忽然想到了什么，再联想到崽崽最近奇奇怪怪的表现，她脑海中的猜测便更加具体了——莫非崽崽那边也能看到、触碰到自己了？！

所以他才没有问自己离开这些天是要去做什么，所以那天洗完澡上线之后，才见他不敢抬头看自己，耳根红得滴血，桌案上莫名其妙多了一堆写着"非礼勿视"的纸张。

宿溪越想呼吸越急促，脸色也越发通红，那么岂不是这些天自己在沙发上没形象地瘫倒吃薯片的样子，为了不洗头好几天都戴鸭舌帽上学的样子，甚至晚上睡觉有可能说梦话的样子……都被看去了？！

宿溪简直要抓狂。

她面红耳赤，越想越觉得羞耻，但这只是自己的猜测，她还得和崽崽确认一下。

不过脑海中涌现出这个想法之后，这段时间她心中的那点怅然倒是稍稍退去了一些，她还以为崽崽不再需要自己了呢，这样看来，崽崽还是很关心自己的嘛，毕竟暗促促地送了红糖姜茶，陪自己跑完了八百米。

宿溪心中很快就变得暖暖的了。看来是她多想了，她吸吸鼻子，从书包里掏出了手机。

宿溪这边已经是夏季了，她感觉有些热，于是穿着短袖找了个空座位坐下来，打开了游戏。

登上游戏之后，一如既往是宁王府中那间柴屋的初始页面。

她眉开眼笑地随意看了一下，发现自从崽崽离开宁王府之后，宁王妃等人一日更比一日憔悴。或许是宁王妃的娘家已经彻底败落，宁王妃已经很久没有赴过京城一些贵妇之间的宴席了。此时她正坐在湖心亭发呆，鬓边居然生出了华发，而她的两个儿子也显得十分颓然，半点没有一年前趾高气扬的模样了。

宁王府中大概只有老夫人还在撑着等崽崽回去，还在坚定地认为崽崽能够给宁王府带来转机。他当上朝廷命官之后，就会使衰败的宁王府重现当年辉煌。

宿溪没有多在这个页面中停留，直接转去了北境崽崽所在的帐篷。

但是转了一圈，没找到人。

于是宿溪在军营各处都找了一下，仍然没见到崽崽的身影。

她将页面缩小，想看看崽崽到底在哪儿，结果就看到显示崽崽位置的红点出现在了地图上标注的北境的河边。

崽崽去那里干什么？宿溪担心是不是出了什么事，赶紧将页面切过去。

河边有些兵吏小人走来走去，正在拆帐篷——大军打算班师回朝了。

积了雪的杨树后头，崽崽正和前几天出现的叫作柳如烟的医女站在一起，交谈着什么。

宿溪不知道他们在说什么，因为没有涉及剧情的对话是不会变成对话框弹出来的。

但是这幅场景的确很美，杨柳河畔，俊美少年与柔弱医女。

宿溪又打开右上角的状态看了一眼，发现这名医女还在"可扩展后宫"那一栏里。

兴许……一年前崽崽毫不犹豫地拒绝函月、躲避绣球，是因为他还没开窍，而现在开窍了。

也是，也该到情窦初开的年纪了。

宿溪一开始最希望的不也是崽崽能在那个世界拥有亲朋好友陪伴着他吗？现在，终于见到他有了朋友，有了喜欢的人，距离恢复九皇子的身份，完成游戏最终章的目标也不远了……这些都是她最初的心愿，她应该开心才是，可为什么……她心里却有了种曲终人散、怅然若失的感觉？

宿溪又朝那边看了眼，心想："还是不打搅了，待会儿再上线。"

她关了游戏，开始收拾起东西来。

游戏里，陆唤询问了这位前太医之女，女子来癸水时心情不好应该怎么调节之后，一条一条认真记在了心中。

柳如烟觉得这种问题有些尴尬，陆唤倒并不在意。

他觉得小溪最近情绪波动有点大，但是又不知道原因，而且上次见她痛得那么厉害，应该是每次来都那么痛，便觉得这样下去不行。

　　他通过屏幕的便利学会了上网搜索，宿溪的平板密码他已经知道了，是六个零。迫不得已，他解锁了一次，搜索了下对应之策，发现她那个世界最常见的措施居然是吃所谓的止疼药。

　　而陆唤这边也没什么好的对策，他翻阅了中草药书籍，只查到了几种煎服草药治疗之法。

　　他认为前太医的后人同样是女子，应该会有什么比较特别的调节办法，因此在班师回朝之前，先来问上一问。

　　柳如烟想同这位年轻的骑都尉一道回京城，于是待回答完他的问题之后，羞赧地启唇道："骑都尉大人，既然是您救了我的命，不知道可否……"

　　可话还没说完，这人却像是知道她要说什么话似的，毫不犹豫地打断："不可，京城路途遥远，没办法带你，你想去京城，另寻他法吧。"说完陆唤就赶紧转身走了。

　　柳如烟："……"

　　陆唤回到帐中，先将柳如烟方才所说的那几条可以在癸水时期改善心情的方法记下来，准备等宿溪下回情绪莫名其妙的时候试一下。然后他看了看外面的日头，见已经是第八日傍晚了，按照时间，她应该已经考完了，可不知为何还没来。

　　陆唤一直等不到人，于是打开了幕布，从她的卧室切换到她的学堂。

　　因为不知道她在哪一间教室，所以陆唤一间一间地找过去，但是找遍了教学楼，都没看到她。

　　陆唤便将幕布又切换到操场、实验室以及其他场所，她最常去的是学堂里一个卖东西的地方，或许会在那里。刚好可以看一下她平日里都喜欢吃什么，前太医之女说女子癸水时期心情不佳，尝一些美食也会有所改善。

　　这样想着，陆唤很快便在一栋楼前的一群人中发现了她。

　　他漆黑的眸子微亮，抬手将幕布拉了过去。他见到小溪和她身边那个名叫"顾沁"的朋友站在那里，对面还站了一个人，那人头上顶着的头衔是"系草"。

　　系草？这是何意？

陆唤有些不解。

下一秒，就见那名叫"系草"的人从口袋里掏出来两张小小的票据一样的东西，将其中一张递给了小溪。

"系草"什么也没说，脸上酷酷的，另一只手还插在裤兜里。

那处围着很多人，似乎都在看热闹，其中还有人捂着脸，发出起哄的声音。

陆唤努力去理解眼前这个场景。他见小溪脸上没什么变化，倒是她旁边的顾沁满脸通红，突然便明白了这个叫"系草"的小子是在做什么。

陆唤的表情陡然僵硬了。

第六章

在意他的看法

　　宿溪肤白貌美，虽然整天穿着肥大的衣服，扎着马尾辫，十分低调，但在学校人气并不低。

　　可她比较宅，整天不是搞学习，就是和顾沁他们待在一起，虽然性格很随和甚至有点神经大条，可很多同学都认为她很高冷，因此追她的人并没有那么多，多数都不敢上前来。

　　此时站在她和顾沁面前，递出电影票，想要和她一块儿去看电影的是先前霍泾川经常在她耳边唠叨的那个系草尹耀。

　　说是系草吧，其实也没有多帅，中上水平，还没有霍泾川帅呢。但有钱是真的，或许正是因为有钱，经常赞助学校元旦晚会等节目，所以他的知名度比较高，就成了系草。

　　见过了陆唤俊美的原画之后，宿溪觉得学校里最帅的人和陆唤一比，都瞬间被秒成了渣渣。而且陆唤上战场大半年，那可是有腹肌的，肩能扛，手能提，学校里的这些男孩子一水儿的溜肩，站都站不直，根本没法和陆唤比。

　　顾沁疯狂捶宿溪的背，恨不得替她接过那张电影票。而宿溪看着面前额头上长了一颗小小的青春痘，但还称得上帅的系草，却有些神游。

系草很快有些不满，说："想和我看电影的人都排到对面学校了，宿溪，你要是不愿意的话，可就没有机会了。"

周围很多人起哄，都觉得系草这样斜靠着学校大门说这句话的样子特别酷。

宿溪这会儿没心情打游戏，更没心情看什么电影，她是打算和顾沁去逛街的。可周围这么多人，她要拒绝，也得想个好点的措辞。

于是宿溪盯着系草，沉吟了下，开口道："我……"

话还没说完，不知道从哪里吹来一道暴躁的风。尹耀伸在空中的手忽然被重重打了一下，电影票从他手中掉到了地上，而他靠着的大门也"吱呀"一声，突然被卸掉了一颗螺丝。尹耀吓了一跳，斜靠着铁门的姿势没收住，往前一扑，摔了一跤。

宿溪："……"

这突如其来的见鬼操作，让周围的同学都呆滞了一下。

尹耀揉着胳膊，心中骂了句娘，觉得流年不利，他正要继续对宿溪说刚才的话，却见宿溪像是忽然反应过来什么一样，鼓起腮帮子，控制自己不要笑，然后拉着顾沁走远了。

顾沁还在身边唠叨，宿溪却已经掏出手机，打开了游戏。

如果她的猜测没错的话，那么刚才的那一幕，肯定就是陆唤做的了。

宿溪强忍住笑意，戴上耳机，一边走一边操作起来，她将页面调转到帐内，神清气爽地对陆唤道："我来了！"

陆唤正在桌案后誊写军情，一副面无表情的样子，头也不抬地道："嗯。"

宿溪见他装得若无其事，越发笃定刚刚捣乱的人是他，心里想笑。她将页面拖来拖去，拖到桌案后时，果然就见崽崽放在桌案下方的那只骨节分明的手死死地攥成了拳头。

而他似乎是察觉到她正在转动屏幕，眼皮轻轻一跳，突然松开了手。

宿溪又想笑了，心中的失落感也稍稍减退了一点。

不知道为什么，最近她情绪波动总是很大，她也不想这样，但有的时候……总之随着游戏最终目标的逐渐到来，她很在意他和她是不是还能一如既往。

她说不清楚这些感觉的来由，仿佛哪里有病灶，但是隔靴搔痒，始终找不到那个重点在哪里。

她不知道该说些什么，而屏幕里的崽崽也一直沉着脸，继续誊写军情，情绪不太高涨的样子。

宿溪忽然想起来，陆唤总共也没对自己黑过几次脸，而上一次这样沉着脸，还是在兵部院子中，他质问自己"娶妻生子"一事。

宿溪心中隐隐冒出了一点猜测，像嫩芽般快要破土而出，让人心痒痒的，可是那念头稍纵即逝，她没能捕捉到，只觉得必须问出自己最近很在意的一件事情。

于是她脱口而出："那个谁，柳如烟，要随你们一道回京吗……"

同时出现的是少年沉闷的声音："街市上有皮影戏，你要不要去……"

两人同时开口，分别见到幕布上显示的文字，齐齐一愣。

接着，空气静了几秒。

两人面色都莫名地有些红。

过了半晌，陆唤看了她一眼，率先开口，解释道："她想去京城，自己有腿，与我无关。"

宿溪道："哦。"

她飞快地瞄了一眼屏幕上的他，在他抬头时，立刻装作看向别处："……电影我都看腻了，所以没答应，可皮影戏……我还没见过呢。"

"嗬，是吗？"陆唤扯起嘴角，皮笑肉不笑。

他怀疑方才他若是不阻止，小溪便要接受那人的邀请了。

宿溪心道："崽，你最近是不是太猖狂了点？！"

屏幕里的少年扯着嘴角，面上似乎仍有轻微的妒意，只是被他隐藏得很好，并没显露出许多。他漆黑的双眸定定地直视着前方，仿佛跨越千年凝望着自己。

宿溪低头看着屏幕，有一瞬间竟然有种与他对视的感觉，顿时呼吸一窒。

她几乎可以笃定他那边已经能看到自己了，否则这段时间以来，频繁发生在自己身上的怪事——八百米、鱼汤等事件都无法解释！

何况，她方才调转屏幕去看他放在桌案下方的那只手，他也像是有所察觉一样。

他应该是不仅能看到自己，还能看到自己手中的手机屏幕。

宿溪早就意识到这不仅仅是款游戏，而是连接两个真实世界的桥梁。

她应该想到的，为什么100点之后，崽崽会莫名其妙从一个奶团子的形象强制性变成少年形象，或许这并不是什么游戏的大礼包，而是崽崽自己花了银两切换成这样的。

也就是说，所谓100点大礼包，其实是崽崽那边有了一块能看到自己的屏幕?!

之前宿溪根本没想过这回事，所以偶尔屏幕刚好切到他的正前方，与他的视线对上，也不以为意。但是现在，当脑子里一直反复出现"或许他早就可以看到自己了"的念头，宿溪再和他对视上，便犹如触电一般，酥麻感顺着血液涌上大脑，鸡皮疙瘩都起来了！

她置身于车水马龙的现代，而他置身于兵荒马乱的燕国。

他的眼神深邃而专注，正在与自己对视。

原本隔着一块屏幕的游戏感陡然消失，他就像是下一秒便要穿过这道屏幕，破壁而出，来到她面前一般。

宿溪的心脏突然跳得有些快，仿佛被他耳郭的红色传染了，渐渐地，宿溪脸上也火烧火燎起来，她有些抓狂地将视线移开。

该死，宿溪心想，这个崽也太会瞒了，100点之后的这段时间，他肯定在心中嘲笑了很多遍自己不洗头的样子！

想到这里，宿溪顿时没了质问的勇气。

顾沁拉着她坐在路边的长凳上，也没注意她拿着手机是在干什么，因为顾沁自己也掏出了一本薄薄的书，一边看一边痴汉笑。

宿溪朝她瞅了一眼，在看清楚她到底在看什么之后，脸色"唰"地一白，登时将自己的手机关上了。

陆唤："……"

然后，宿溪火速将顾沁手中的书一合，飞快地丢进她的书包，随即面红耳赤地看了空中一眼。

顾沁一脸蒙地问："干什么？期末考试完了还不准我看会儿小……"

话还没说完，就被宿溪一把捂住了嘴巴，只听她抓狂道："以后在我身边不要看。"

顾沁无法理解。"溪溪，你上次不是还找我借，我没借给你，你就不许我——"

宿溪继续捂她的嘴。

宿溪两眼一黑，心想："完了，老母亲的面子全都没了。"

她通过屏幕看到的崽崽无论何时都勤勉读书，孜孜不倦，仪容俊秀，端正有礼，能文能武。而崽崽从那边看到的自己可能就是个不出门就不洗头，在家穿着睡衣躺在沙发上，毫无坐相，疯狂吃薯片毫无节制，和闺密一块儿趴在床上看言情小说看得一脸春心荡漾的宅女。

要是哪天崽崽心血来潮仔细瞅过顾沁看的是什么，那可就完了，堂堂未来的一国之君可就要被她给带坏了！

宿溪心如死灰，都没勇气再打开游戏了。

一道去北境街市上看皮影戏的约定暂时没能实现，因为宿溪关了手机之后，陆唤这边收到了一道从京城快马加鞭发来的圣旨，让打了胜仗的大军尽快班师回朝，宫中将为其举办庆功宴。

这道圣旨早就在众人的意料之中了，因为皇帝是不可能放任打了胜仗的将军拥兵在外的，自然是要火速将大军召回，先拿回兵符再论功行赏。

但是此时，京中又传来了一些流言。

说是皇上有位九皇子，因为从小体弱多病，一直养在宫外的长春观，先前很多治国有道的事情便是这位九皇子干的，包括京城永安庙救人、丰州三地放粮赈灾，以及此次大战之前的筹措粮草，并且这位九皇子如今就在镇远大军之中，还立下了汗马功劳。

这消息虽然现在才传到北境来，但是在京城却已经是甚嚣尘上了。

而事实上，这消息不是陆唤传出去的，他做的唯一一件事情便是给长工戊写了一封书信。

他猜测发生云州刺杀事件之后，皇帝一边令人查明他身世的真相，一边派人在军中钉着。所以，这信送到长工戊手上之前，必定在皇帝那里转了一道手。

皇帝知道自己就是那些农庄真正的主人之后，肯定会以此大做文章。

第一，现在北境之战大获全胜，百姓将其归为镇远大军的功劳，与皇室没什么关系，这位皇帝难免担忧镇远将军借此得了民心，因此，此时此刻必须让皇室中人做出些让百姓感恩戴德、铭记在心的事来。

先前陆唤所做的永安庙救人、丰州三地放粮赈灾、筹措粮草几件事刚好符合，此时宣告是九皇子所为，就能告诉百姓，皇室并非毫无作为。

第二，先前皇帝一直担心镇远将军找到了继承人，会拥兵谋反。而当发现镇远将军的继承人其实是皇室中人之后，他心中反而大喜，认为此时将流落在外的陆唤以九皇子的身份接回来，必能让镇远将军措手不及。镇远将军再去寻找新的继承人，便没那么多时间了。

第三，如今朝中太子一方靠皇后与国舅，与五皇子一方靠自己奔走纵横，双方博弈。

皇帝一直想扶持二皇子上位，形成三足鼎立的稳定局面，方便自己操纵，但是二皇子始终扶不起来，于是皇帝需要一个有能力的新皇子填充进来。刚好云州刺杀事件将多年未曾谋面的九皇子送到了他面前。

出于这种种原因，陆唤所要做的其实并不多，只需要揣测好当今圣上的心理，将对方想要的送到他面前，还要让他以为是靠自己的聪明发现的，让他以为自己才是下棋者，便可以不费吹灰之力，等待事情尘埃落定。

而现在，消息传到了军营，应当也是皇帝的一种试探。对陆唤是否已经知晓自己的身世，陆唤对九皇子的身份甚至是对龙椅的位置有几分想法，陆唤的野心到底有多大的试探。

因此，陆唤听到这些消息后，便流露出了应有的反应——他喝止了那些小声议论的兵吏，负着手，蹙着眉，心事重重地回到了帐内。

对皇帝来说，他这种表现是一种"藏不住事、城府不深、比较好操控"的表现，这样皇帝才能对他更加信赖，而他也才能更快地完成自己的目的。

此时陆唤心中的算计，宿溪那边全然不知。

治理部下的时候还好，陆唤喜欢和她共进退，但是涉及这些阴谋算计之事，陆唤却并不希望她见到太多。毕竟在她那边，她与父母看起来是那样和睦，她的父母虽然喜欢吵嘴，实际却是温馨的，对她也无比疼爱。

若是她见到他所在的朝代，兄弟阋墙、父子之间互相算计，便等同于见到了他的阴暗面。陆唤不希望她看到那些。

当日接到圣旨之后，大军便启程回京了。

北境仍在飘雪，万里疆土白茫茫的一片，战乱之中活下来的百姓长街相送，一路跪到了太原。

宿溪再上线的时候，发现可扩展后宫那一栏里，柳如烟的名字已经消失了。难不成那天在河边崽崽其实是和那女子说了什么拒绝之类的话？

宿溪自从猜测到崽崽可以看到自己之后，浑身都绷紧了。

她回到家换好鞋子，同手同脚地走到沙发旁，将书包放下，然后在沙发上坐得笔直，打开电视，一本正经地看起了法制节目。是的，她必须洗掉自己在崽崽心目中不学无术的糟糕印象。

没一会儿宿爸爸、宿妈妈就回来了，见到宿溪居然挺直腰背坐在沙发上，跟看到太阳打西边出来似的，吓了一大跳。

宿溪走过去帮她老妈把外套拿下来，笑容宛如机器人。"妈妈，我帮您拿，爸爸，我给您倒了茶，赶紧歇一会儿吧。"

一定要扭转自己的形象。

宿爸爸见到茶几上果然有热气腾腾的茶水，登时受宠若惊，而宿妈妈狐疑地盯着宿溪，上前一步摸了摸她额头。"你这孩子没发烧吧，怎么跟得了失心风一样？"

宿溪："……"

宿溪脸都快笑僵了，她转过身，进浴室去洗头。

她刚打开水龙头，宿妈妈就一脸难以置信地道："溪溪，你昨天不是刚洗过头吗？怎么今晚又洗？明天是周六你不用出门啊，平时不出门、不见人的时候也没见你洗头洗得这么积极……"

宿妈妈卡了下壳，忽然意识到什么，猛然脱口问道："溪溪，你是不是恋爱了？"

宿溪被这句话砸得七荤八素，脑子顿时宕机。

几秒之后，她像被踩到尾巴一样，关上水龙头，离开浴室，冲进房门，做贼心虚地大喊："恋爱？怎么可能？妈你想太多了吧，我服了你了，我只是忘了昨天洗过了，我不洗了！"

宿溪靠在房门上，心脏狂跳，面红耳赤。

恋爱？什么鬼？她怎么可能？

没恋爱就不能天天洗头了吗？这什么逻辑？

她只是感觉被人看着，表演欲莫名就来了，总不能在崽崽眼里被贴上"不爱洗头""看没营养的书""四体不勤，五谷不分""八百米都跑不完"的标签吧！

听见老爸老妈在外面笑，宿溪恨不得找个地洞钻进去。

她木着脸拿出手机，心里非常狂躁地祈祷崽崽没看见自己刚刚丢人的那一幕。

可是她一打开游戏，刚将页面切换到崽崽那里，便见到正身处帐中的少年竭力绷住的表情，他鼓着腮帮子，用亮晶晶的眼睛看着自己。

宿溪："……"

宿溪抓狂道："陆唤，我知道你能看到我了，你再笑，我就再也不上线了！"

屏幕里的陆唤神色一惊，脸上快要绷不住的笑意顿时收敛得一干二净，并起两指，严肃地发誓道："我刚刚什么也没瞧见。"

宿溪冷不丁发问："我洗澡你也没看过？"

陆唤的确什么也没看到，但还是不由自主地想起那天差点撞见的一幕，他努力定了定神，可因为那个"差点"，说话便有些心虚："没。"

看着一身红色劲装的少年一副恨不得再去写三百遍"非礼勿视"的样子，宿溪气得不行，还以为他真的看到了什么。她忍不住低头看了眼自己并没有什么料的身材，心里更加抓狂了。他能看见她的时候，为什么不告诉她？这样的话，她好歹也能洗个头，换身衣服啊，她天天在家里穿着睡衣吃薯片，这副样子也太不美观，太讨人厌了吧?!

形象全没了。

宿溪欲哭无泪，冷静了一下之后，报复性地对崽崽道："扯平，反正我也不止一次看过你沐浴了。"

她以为崽崽会如遭雷击，毕竟被"夺走了"清白，谁知屏幕里的少年脸色"唰"的一下涨红，像是有点喘不过气来，不敢再看她，默默背过了身去。

"胡闹。"

接着，他很久都没有出现过的小心心从头顶缓缓冒了出来。

宿溪："……"

这有什么好高兴的啊?!

"你那边出现幕布之后,也能接到任务了?等等,你那边的初始页面居然是我家?你一开始看到的我也是短手短脚的卡通人形象?不是,你说清楚,这段时间你已经学会了英语?我……"

"你先别说话,让我缓缓……"

宿溪详细地问了陆唤那边的情况之后,整个人彻底凌乱了。

本来以为手机里出现一款可以连接古代世界的游戏就已经够匪夷所思的了,现在知道这些更是难以思考。陆唤那边出现的被他叫作"幕布"的东西,分明就是自己这边放大的手机屏幕嘛!

也就是说,这系统其实是双面的,陆唤那边的系统拥有的功能和自己这边的完全没区别,甚至还要更高级一些——毕竟他那边的幕布是透明的,自己看不到!

虽然体测完,宿溪就猜到陆唤应该是可以看到自己了,但万万没想到居然是这种情况。

宿溪一屁股在床上坐下来,目瞪口呆了很久,才慢慢捋清楚这前后的逻辑。

这些事情讲出去,别人肯定会觉得是天方夜谭,她一开始只是为了打发时间,才点开了这款将主人公送上皇位的手机游戏,谁会相信,后来这游戏就变成了一个真实世界,而现在,在那个世界里,也出现了同样一款设备。

不过,一开始这游戏只出现在宿溪的手机中,而别人无法下载,就已经是一件没什么逻辑的事情了,所以宿溪在短暂地震惊过后,适应能力极强地消化了这件事。

等接受了这一事实之后,宿溪再看向屏幕里面容俊俏的陆唤,就觉得……这哪里还是在玩游戏啊,这已经变成视频聊天了吧?!

宿溪一边觉得十分魔幻,一边还很不服气,对陆唤道:"你把英语试卷拿出来,我倒要看看你能得多少分。"

陆唤先前担心宿溪知道自己能够看到她后,她会把这当成一种负担,会感到不自在,从此便不理会自己了,因此并不敢让她发现。但现在小心翼翼地瞧着她的神情,发现她虽然震惊,可并没有要切断二人联系的意思,这才放下心来。

他转身从行李中抽出前几日用来答题的纸张，摊开在稻草上，好笑地问："你要给我评分吗？"

"对，别高兴得太早了，说不定不及格！"宿溪理直气壮地泼他冷水。

陆唤不以为然，负手望着幕布后的她，笑道："其他科目我亦作了答，你为我算一下分数，或许可以挤入你们学堂的年级前十呢。"

宿溪再次震惊道："你连年级前十的意思都知道？！"

陆唤微笑不语，又从行李中翻出这半年来通过自学所记录的关于她那边的笔记。许多词语他都已经理解是什么意思了，只是有些习惯还拗不过来，譬如，他会下意识地将"学校"说成"学堂"。

他将厚厚一沓字迹工整的笔记放在稻草上，抬眸看向宿溪，漆黑的眸子很亮，神情中有些许骄傲、求夸奖之意。

这魔幻场景惊得宿溪整个人都不大好了，她木木地去批改崽崽的英语卷子。

考完试之后，各科答案就已经上传到了官网上，为的是让他们周末回家先自行对一遍答案，所以她对照着答案批改起来，速度很快。

等算出分数之后，宿溪站在自己的书桌面前，整个人呆若木鸡。

一百分的卷子，听力三十五分，作文十五分，除了这两部分陆唤没有作答之外，其他的题陆唤都作答了，而他的答卷居然有五十分！

也就是说，他作答了的全都对了？！

她都没能全对，完形填空还错了两道。

宿溪惊恐万分地看向屏幕里的陆唤。

见她看过来，陆唤状似不经意地扬起了脑袋，勾起了唇角。

宿溪只觉得自己的世界观又一次崩坍并重塑了！

虽然之前陪着陆唤卷入官场的时候，自己就已经知道他很聪明了，但是这几个月以来，他军务那么繁忙，自己每次上线都看到他忙到连饮一口茶水的时间都没有，他到底是怎么在这种情况下还能挤出时间来学会自己这个世界的知识的？

莫非这就是传说中的天选之子？！

宿溪心中既感叹又觉得酸溜溜的，她故意忽略陆唤求夸奖的神情，喝了口

心想事成

宿溪

可乐压惊。

"你喝的是何物？"终于不用掩饰自己能看到她的实情，屏幕里少年的求知欲变得非常强。

宿溪晃了晃手中的汽水，含糊不清地道："可乐，一种碳酸饮料。"

陆唤思索片刻，问："今日你放学之时，我见你朋友手中的书本上也出现了这个词，是何意？"

宿溪差点没一口可乐喷出来，她怒道："以后不要看顾沁看的那些书！"

"……为何？"陆唤愣了一下。

宿溪心里有个小人在疯狂抓头发了，她决定找个机会跟顾沁好好说说，让她和自己待在一块儿的时候不要再看小黄书，并让霍泾川也收敛收敛，在自己身边的时候不要口无遮拦。陆唤是古人，含蓄内敛、干净有礼，被那两个人给带歪就不好了！

可即便不是自己的两个好朋友，宿溪想到现代社会无处不在的网吧、游戏厅、KTV等娱乐场所，以及电视上卿卿我我的肥皂剧，就感到头疼无比。完了，要是长时间被这些东西浸染，陆唤还能是那个一尘不染的崽崽吗？！

她对陆唤道："我这边的文化有好有坏，你要取其精华，去其糟粕。顾沁看的那些书就是糟粕！"

陆唤还要说什么，宿溪立刻道："这就好比你不让我去青楼，如果你再看顾沁手上的那些书，我就趁你不注意去青楼，去兵部澡堂！"

"你敢！"屏幕上陆唤的脸立马黑了。

宿溪嘿嘿一笑："你看我敢不敢。"

陆唤："……"

隔着一块幕布，无法阻止她干什么，陆唤有些郁闷。

而宿溪的视线又落回那厚厚的、字迹密密麻麻的关于现代文明的笔记上，她隔着屏幕翻了翻，发现陆唤记载得很详细，包括"公交车使用办法""水龙头、取暖灯等家用物品记载""地下马车路线详解"等等。

什么"公交车"啊，"取暖灯"啊的，光是这些名词，对陆唤而言便已经是全然陌生的东西，更别说这些东西的使用办法以及复杂的城市地铁交通路线了。可他还是花了很多功夫，一点一点地仔细研究透了。

　　怪不得这段时间，宿溪每次上线都觉得陆唤仿佛很久都没睡过觉了，眼下总是有一片青。

　　他研究这些，应当是为了能和自己更好地沟通吧。

　　他面对自己这边全新的世界，明明应该感到非常惶恐才对，可他做的却不是排斥，而是努力融入。

　　宿溪心里一片柔软。

　　她想要跟陆唤在同一个时空相见，陆唤也想在同一个时空见到她，两人心照不宣地拥有着相同的心愿，或许这个心愿永远都无法实现，但是当她得知自己还一步未动时，他却已经在她看不见的地方，默默地用尽最大的力气，朝她走出了九十九步，她的心湖还是情不自禁泛起了涟漪……

　　宿溪不由自主地看向屏幕里还在因地方才说要去兵部偷看男子洗澡而抑郁不已，甚至有些气鼓鼓的陆唤，忍不住笑了笑。

　　陆唤不知她为何而笑，幕布里，台灯的光落在她的侧脸上，勾勒出她柔和的五官轮廓，陆唤难以自控地将视线落在她脸上，渐渐地，仿佛受到感染，他漆黑眸子里的郁色也逐渐退去，眼角眉梢莫名染上了几分欢愉。

　　这是两人第一次正儿八经地对视，两边都安安静静的。

　　宿溪关上房门，只有音乐声静静流淌。陆唤那边是深夜，月上枝头，营地帐篷外只有风声。

　　这种感觉很难言说，两边的月亮好像没什么不同，恍惚之间两人像是同处一个时空，触手可及，可他们又清醒地知道，所谓触手可及只是镜花水月，近千年的时光不可能那么容易跨越。

　　不知道对视了多久，宿溪逐渐感觉空气变得怪怪的。她耳根莫名有点发烫，忍不住挠了挠头，移开目光，中止了这场莫名其妙的对视，她咳了一下，干巴巴地道："我得看书了。"

　　陆唤面色也有些红，他点了点头，道："我与你一道，还有军务未处理完。"

　　十分钟过去，两人看起来都没进入状态。

　　宿溪觉得坐在椅子上的姿势怎么摆怎么别扭。以前开着手机屏幕，和包子脸的陆唤一块儿用功，她在台灯下演算，陆唤在烛光下读《孙子兵法》，感觉温馨无比。

可现在感觉浑身紧张，一会儿觉得脸上发烫忍不住揉揉脸，一会儿又走神觉得房间太乱被瞧见太丢人，想着要不要收拾一番……

而屏幕里的陆唤亦然，她虽然在幕布里，可是看起来近在咫尺，还时不时抬头看他一眼，他面前的军情半天都没翻动一页。

宿溪觉得口干舌燥，以前陆唤看不到她也就算了，现在，她到底为什么要一边和陆唤视频，一边看书？

她忍不住道："要不我先下线？"

经过宿溪的解释，陆唤早就已经知道"下线"就是离开之意。

屏幕上的少年手指一顿，抬头，抿了抿唇，好脾气地说："随你。"

可是这话刚说完，他眼里立刻带上三分幽怨、七分失落的神情。

宿溪："……"

这下都不用他头顶出现什么凄凉的叶子，她就能看懂他的意思了！

自从宿溪知道陆唤能看到这边之后，就不由自主地非常在意自己的形象。第二天是周末，宿溪和顾沁有约。

顾沁、霍泾川和她从小一块儿长大，三人熟得不能更熟，要是以前，她可能会直接戴个鸭舌帽，穿件最简单的白T恤、牛仔裤去，但是今天她突然就想穿条好看点的裙子，这样陆唤看到的自己也就不再是那个整天随便穿衣服的样子。

宿溪赶紧止住这个想法，拼命告诉自己，穿好看的小裙子只是为了心情愉悦，和身处另一个世界可能根本不懂现代审美的少年没什么关系！

然而，身体仍然很诚实地跑去打开衣柜，精心挑选，拿出几条裙子在身前比画。

昨夜宿溪睡了之后，陆唤还挑灯许久。而今日宿溪这边才上午，陆唤那边却已经夕阳西下了。

他见到她在那面镜子前挑选衣裳，下意识想起古书上说的"女为悦己者容"。眼皮不由自主地重重一跳，问："小溪，你今日出去是要见什么人吗？"

宿溪没登录游戏，看不到他的问题，但是宿溪的手机上却收到了一条短信，宿溪走到书桌边，将短信点开来。

她抬头看了看空中，觉得陆唤这会儿应该在赶路，是没时间上线的，于是自顾自地回复老妈发来的短信。

宿妈妈：中午我们和霍泾川一家一块儿去饭店吃饭，妈妈就不回家做饭了，你记得换身衣服。待会儿把地址发给你，你自己来。

宿家和霍家住在同一个小区，宿妈妈和霍妈妈是好姐妹，两人一直把青梅竹马的宿溪和霍泾川当作一对。

每隔几个月两家就会例行吃一顿饭，这也是宿溪和霍泾川都习以为常的事情了。

宿溪回短信：可我和顾沁都约好了。

宿妈妈：你俩要买什么明天再去呗，今天要和你霍叔叔一家吃饭。

又来了，又来了，宿溪一被两家父母强行跟霍泾川凑在一起，就想翻白眼，偏偏霍泾川还每次都鸡贼地不反驳，将皮球踢给她。

宿溪不知道该回什么，这种话她和霍泾川从小到大都听过无数百遍了。

两人的妈妈一时脑热给两人定了娃娃亲，等两人长大后，宿妈妈和霍妈妈见两人彼此嫌弃，都有点急。

她将衣服扔回床上，什么也没回，但宿妈妈又叮嘱了一条：准时来。

宿溪皱了好一会儿眉头，只好给顾沁打了通电话说自己今天家里有事，去不了了。

挂了电话后，她叹了口气，去玄关处换鞋。

而幕布那边，围观了全程的陆唤脸却是"唰"地白了。

他还未表白，也还未完成全部任务尽快积累够200个点数，她甚至对他还只是抱着养崽的感情，半点开窍的迹象也无，而她那边，她的母亲便要为她安排相亲了?!

是相亲吗？

陆唤拿不准方才宿妈妈所说之话的意思，不只宿妈妈的态度如此，小溪还特地为那小子打扮……方才还满脸期待地在镜子前转来转去。

陆唤攥住拳头，只觉得耳畔嗡嗡作响，心头生出一股铺天盖地的危机感。

定了定神，陆唤跃上马背，一面吩咐身边兵吏，让其去向镇远将军进谏，尽快回京，他必须尽快完成任务，一面在幕布中打开宿溪父母工作的位置，了解起二位的喜好来。

见到宿妈妈正在和一个好友在街市上买水果，似乎说了句"现在的车厘子怎么这么贵"，陆唤忽然福至心灵，掏出银票，从商城里兑换了最新鲜的十篮车厘子，送至宿妈妈的工作处。

他神情凝重，决定两边都要抓，还要硬抓。

小溪父母这边是该提前着手了。

任务六

　　请努力完全任务，300 点之后将会有第三个大礼包，穿越通道将会变成双向。

接受　　　　　　　　不接受也得接受

第七章

想见到你

宿溪打了个车去饭店。

一进包厢，就见只有霍泾川旁边的位置空着了。霍妈妈亲切地对她招手："溪溪，来这边坐，你们两个小孩子坐在一起。"

"太阳打西边出来了，你还稍微打扮了一下？"霍泾川上下打量了宿溪一番，一脸震惊，话还没说完就被他妈往背上打了一巴掌，教训道："怎么说话呢？不知道起来给女孩子拉椅子吗？有没有点绅士风度？"

霍泾川被他妈打得虎躯一震，只好笑嘻嘻地站起来给宿溪拉开椅子，道："请。"

宿溪看着包厢里其乐融融的气氛，脑袋有点疼，说了声"谢谢阿姨"，过去坐下了。

接下来，她和霍泾川两人宛如饿死鬼投胎，疯狂夹菜，闷头吃饭，而两家父母把酒言欢，从她和霍泾川小时候过家家、尿床的那点趣事，聊到未来的工作方向。

两家人互相照应了十几年，早就亲得犹如一家人了。

宿溪小时候，爸妈来不及回家做饭，她都是去霍泾川家蹭饭吃的，同样，霍泾川上幼儿园的时候，他爸经常忘了接他，也都是宿爸爸捎带着把两个孩子接回去的。

每次聚餐，两家父母闲聊的内容也完全没变化，天南海北的，最后都要笑着扯回到宿溪和霍泾川俩人干脆以后结婚得了的话题上。

这些话宿溪和霍泾川听得耳朵都起茧子了，也从来都不当回事。两人疯狂扒饭的同时，无奈地对视了一眼。

宿溪用碗挡着脸，猫着腰，低头小声对霍泾川道："事先说明，我看你和看顾沁没区别，对你毫无兴趣。"

霍泾川也用大瓶橙汁挡脸，压低声音道："你以为我不是被我爸妈强行拽来的啊，我还不是一样？看你跟看我的右手没什么区别。"

宿溪抓狂道："那你以后好歹也反抗一下，把这话对你爸妈也说一遍啊，不要总将皮球踢给我！"

霍泾川有点疑惑，看着宿溪道："他们这些话都唠叨多少年了，当耳旁风不就得了，你以前也没这么激动啊，怎么最近格外介意……我去！宿溪，你是不是谈恋爱了？！前几天那系草——"

话还没说完，就被面红耳赤的宿溪打断："不是，闭嘴。"

两家父母见两个小朋友脑袋凑在一起窃窃私语，笑得更开怀了，尤其是霍妈妈，用那种"果然是青梅竹马，我儿媳妇有着落了"的眼神看着两人。

两人抬起头来，顿时感到压力山大："……"

他们一齐把椅子一挪，能离多远便离多远，极力撇清关系。

宿溪竭力降低自己的存在感，可接下来的一整天，她脑子里都忍不住翻腾着霍泾川的那句话。

是啊，她和霍泾川被两人的父母强行凑在一起也不是一年两年了，她早就习惯到当没听见一样了，可为什么今天尤其在意？甚至还没出门，接到老妈短信的时候，就有种背叛了谁的感觉……

宿溪脑海中不由自主地跳出崽崽的神情，还是两个崽崽。左边的包子脸垂着头，肩膀塌下来，泫然欲泣；而右边的少年神色幽怨，极力克制着自己的负面情绪，对她微笑着说"我没生气"。

本来她就感觉脖颈被空调吹得有些发凉，这下更是打了个寒噤。

　　她忍不住抬头看了看空中，有些担心崽崽把自己这边两家父母的玩笑话都听了去，随即又觉得自己很不对劲儿，她到底为什么要这么心虚？她又不欠谁什么！

　　宿溪没有猜错，陆唤的确将包厢里两家大人的对话都听了去，当宿溪和霍泾川脑袋凑在一起小声说话的时候，他的视线更是恨不得将霍泾川的脑袋盯出个洞来。

　　看着越挨越近的两个人，陆唤感到十分刺眼，几乎想要动手将二人扒拉开。

　　曾经不知道她是谁的时候，他最大的愿望便是每日能和她以字条交流。好不容易知晓了她是谁，得了她的陪伴，他却又想见上她一面。当终于拥有幕布，知道她的相貌，也终于能和她面对面说话时，他却发现，她的世界何其广阔。即便他花了半年时间，学得了她那个世界的语言、文化、生活方式，也始终如在水中捞月。

　　他想要走在她身边，同她呼吸同一片空气，同她面对面，可以感受到她的温度，而不是终日只能隔着上千年的光阴，隔着冰冷虚无的幕布相对。

　　陆唤按了按自己的心口，压下渴望与欲念，定了定神，越发加快速度处理起自己这边的事情来。

　　京城中关于九皇子的流言四起，有官员在朝堂上向皇帝状告此事时，皇帝却转移了话题，并未反驳。

　　此事在燕国百姓口中是一件茶余饭后的乐事，而对京城各股势力来说，可就不是一件让人愉快的事情了。

　　尤其是五皇子与太子那边。

　　五皇子听说消息之后脸就黑了，在大殿上自荐去捉拿散布谣言之人，而站在太子那边的丞相与皇后亦是脸色不大好看，只是没有五皇子那么冲动，暂时选择按兵不动。

　　或许近些年来新入宫的官员不知道这九皇子的故事，但各位皇子和入朝为官多年的官员却是一清二楚的。

　　不是说当年那位卿贵人落入池塘被捞上来之后，满池塘的血，还发现了未完全成形的死婴，算是一尸两命吗？在那件事情之后，皇宫里对"卿贵人"与未出生的"九皇子"噤若寒蝉，不敢再提及，可为何十几年过去，居然有人旧事重提，还说那九皇子其实没死，而是被皇帝好端端养在长春观？

众人不知道这消息正是皇帝本人吩咐贴身宦官散布出去的，只觉得匪夷所思。

但是在大殿上见到皇帝听闻传言的态度，文武百官中有些人倒是有了猜测，莫非皇帝为了平衡朝中几位皇子的势力，真的弄了个九皇子来，还是说当年的事情确有猫腻，那九皇子当真没死?!

总之，事情真相到底如何还不明确，但整个京城已经闹得满城风雨了。

知道一些真相的兵部尚书此时才打算写信告知镇远将军，让他回京之后千万不要轻举妄动，等自己去他府邸中议事。

宿溪晚上回家上线的时候，京城内，甚至整个燕国关于九皇子的流言已经铺天盖地了。

陆唤在此事背后的谋划并没和宿溪商量，宿溪还是在初始页面的宁王府内，看到陆文秀哼哼唧唧地对宁王夫人提及，才知道此事的。

她愣了一下。

知道九皇子真实身份的目前就只有她、陆唤、长春观的道姑、兵部尚书，以及猜到了的皇帝，而这流言应该是皇帝让人散布出去的。但是宿溪猜，背后肯定有陆唤的推波助澜。

她有点不懂，在长春观的时候，陆唤对她说并不想卷入京城纷争，对皇子之位没有太大兴趣，为什么现在又这么做，像是决心要取得这皇子之位似的？

她当时还因此有点纠结，因为如果继续按照游戏的安排去完成任务，就违背陆唤的意志了。

现在却是陆唤自己改变了想法。

到底是为什么？

是因为他那边也出现了那两个最新的任务吗？为了完成任务，他改变了最初的想法，还是说，他其实是为了点数？

100点之后，两人之间出现了沟通桥梁，那200点之后，系统所说的大礼包，会不会是……更进一步的见面？

宿溪心中陡然冒出这样一个猜测，难不成 200 点之后可以穿越?! 不然为什么陆唤能看到自己之后，就开始主动完成任务，甚至疯狂用功读书、带兵打仗，是为了……见到自己吗?

若是 200 点之后真的能见到面……

宿溪的心脏顿时怦怦直跳，激动之情难以言喻。

她在 100 点之前拼命完成任务，想也是能尽快和陆唤沟通。而前段时间，她见到游戏逐渐走向最终章，心里怅然若失，也是因为怕一旦完结就再也见不到陆唤了。

认识那么久，两人一道逛过街市，一道深夜学习过，也联手解决了很多棘手的问题，但始终处于两个世界的他们，能说话，能见面，却没有温度。

所以她和陆唤的心情是一样的，她亦想见到他。

可同时她心里又隐隐有点不安，且不说 200 点之后他到底能不能来到自己的这个世界。假如能，他来了，然后呢，他会后悔吗?

自己陪着他的这段时间，亲眼见到他从宁王府艰难的处境，一点点挣脱出去，收拾宁王妃与陆裕安两兄弟，让上官家倒台，治理兵部，管理农庄，取得镇远将军与兵部尚书等人的赏识，让他们站到他的身后，带兵打仗，浑身伤痕无数，总算一步步走到了今天……

人心已收，部下已治，皇子之位唾手可得，只差临门一脚，便可实现他最初河清海晏、盛世太平的理想。

他努力了这么久，辛辛苦苦获得了这一切，如果来到自己的世界，岂不是一切要从零开始?

自己值得吗?

宿溪心中的激动渐渐被不安浇灭。

她猜到陆唤是为了见到自己才违背一开始的意愿，决定接受任务，恢复皇子身份的，这让她有点坐立不安。但她现在也不确定到了最终章会发生什么，或许 200 点之后，大礼包根本就不是见面呢? 毕竟横跨时空进行联系也就罢了，穿越这种事太玄乎，根本不可能做到。

宿溪心里很矛盾，一方面渴望与陆唤见面，另一方面又不想他因为自己而失去好不容易得来的一切。

不过，或许200点之后的大礼包根本不是穿越，自己现在也不知道到时候会发生什么，没必要杞人忧天。

这样想着，宿溪便打算不去想这件事，既然陆唤做了决定，她就陪着他走完剩下的路好了。

此时的京城，月亮高高挂在城楼之上，燕国又是一年春末，秋燕山的梨花已经漫山遍野了。

街市上张灯结彩，热闹非凡。

北境捷报频传，人们听说大军打了胜仗，这一年许多地方的霜冻灾害、饥饿少粮的情况也得到了极大的改善，于是比起去年，百姓欢天喜地许多，家家户户出来放河灯，希望能一直安居乐业。

宿溪看着熟悉的京城，其中有很多卡通小人的脸她是记得的，卖胭脂的那人和去年一样，在街市上摆起了摊。

她心中生出很多感慨。

去年燕国举国上下还不是这样的，因为处于内忧外患当中——外有邻国来犯，内有天灾地害——即便是天子脚下的京城，也饿死了不少人。

虽然街市上百姓很多，但大多处于一种惶惶然的状态，行人步履匆匆。

而现在，这些百姓却放松许多。

这其中，陆唤的功劳真的很大。

所以，除开游戏一心一意送陆唤上帝位的目标之外，他也适合登上那个位置，为燕国带去一国平安。

宿溪这样想着，又去瞅了眼仍在勤恳劳作的长工戊等卡通小人，随着陆唤的农庄逐渐拓展到一些州郡之后，长工戊也越发繁忙起来。

长工戊打下手十分好用，却做不了管理者。好在陆唤有先见之明，离开京城之前就已经将总的管理事务交给了仲甘平。

现在，农庄已扩展了几十处，新奇的防寒棚与温室大棚技术也逐渐在燕国推广开来，初步解决了因为灾害举国无粮的困境。

当然，种植粮食，改善土地，还得一步步慢慢来。

这会儿听说镇远大军即将回京，长工戊等人在京城外的宅子里也点起了灯，摆了庆功宴，喜气洋洋地等着陆公子回来。

兵部那些曾在陆唤手底下任职的主事虽然脸上没表现出来，但是也议论起陆唤在军中立下大功这件事，讨论着他这次回来，只怕会真正加官晋爵，心中不由得五味杂陈，有嫉妒，却也有真正的钦佩。

云修庞也十分激动，正在府中左顾右盼，不停问下人为何镇远大军还不进城。

宿溪扫过这些认识的人，由衷地为陆唤感到自豪和高兴。从宁王府的庶子一路走到现在，他真的很不容易。

陆唤的这些朋友也是宿溪的朋友，只不过他们不知道宿溪的存在罢了，宿溪之前上线都是直接将页面切换到北境，现在也算是陪着陆唤回京了，所以忍不住挨个看了看这些熟悉的小人。

她顺手从街市上拿了串糖葫芦，兴冲冲地调转页面找陆唤。

这会儿大军刚刚抵达京城，正在城外驻扎，等皇上召见，才能进城。

宿溪在驻地的帐篷中找了一圈，却没找到陆唤，他应该是去了别的什么地方。宿溪便打开地图找他，结果发现陆唤正在宫中皇帝的养心殿内。

自己一下午不在，发生了什么？

宿溪惊了一下，下意识以为皇帝要拿陆唤怎么样，于是赶紧将页面切过去。

刚切到养心殿，就发现养心殿外所有的宦官、侍卫都被调遣开了，殿内只有皇帝在和陆唤谈话。

陆唤应该是刚刚随着大军抵达，便被皇帝的人带到了这里。

宿溪进去，见陆唤站在皇帝对面，安然无恙，她才稍稍放下了心。

皇帝年岁不过四十几，还未老去，可是望着陆唤的眼神却很沧桑。偌大的养心殿，空旷无边，陆唤的身形已然比他更高、更挺拔了。

他虽然是九五之尊，可是那宝座却也是一种束缚，此时灯火摇曳，宿溪竟然从他晦暗莫测的神情中看到了一丝孤独。

宿溪很少见到这位皇帝脸上流露出除了威严、怒意、高深莫测之外的情绪，虽然不知道他此时在想什么，但是觉得他像是想要向陆唤走近两步似的。

只是陆唤站在他对面，却保持着十分疏离的君臣距离，于是他攥着拳头，又强行克制住了。

皇帝定定地盯着陆唤看了一会儿，才终于开口："你很像她。"

陆唤沉默。

他对卿贵人毫无记忆，朝中众人又对卿贵人讳莫如深，自然也打听不到什么。

因为没有记忆，所以这段突如其来的身世对他而言，就像是风中的浮萍，纵然在他心头荡起涟漪，可也无法留下什么太深的感触。

皇帝盯着陆唤，眼中情绪复杂纷涌，顿了片刻之后，对他道："明日上朝，我会恢复你皇子的身份，虽无法护你母亲无忧，但必定护你无虞。"

皇帝这话说得郑重，几乎是一字千金的承诺，可陆唤心中却有些嘲讽，上半句或许是真的，下半句却信不得。

护他？皇帝虽然坐在那个位置上，可他连最心爱的女子都护不住，又怎么可能护得了自己？若是全力相护，当年卿贵人也不会那样孤零零地惨死，更何况，现在恢复他的身份，皇帝心中也有别的算计，不是吗？

对他而言，这一路上，唯有在他寒微之时提来一盏明黄灯盏的那人才弥足珍贵。

陆唤神色无波，道："谢陛下。"

皇帝张了张嘴，似乎仍想说什么，可见这少年那张淡漠的脸，一瞬间却又有些恍惚，他静了静，背过身，挥了挥手，道："罢了，你退下吧。"

陆唤告退转身。

待他转身之后，宿溪看见皇帝叹了口气，独自一人立在养心殿中许久，身影有些孤独。

当年的事宿溪并不清楚，但是这一瞬间，她觉得，皇帝应该是真的很喜欢陆唤的母亲吧。可是，无论上一代纠葛如何，都已经过去了，被遗落在宁王府，从小受尽轻侮的是陆唤，皇帝的心头即便有几分歉疚，但他没亲眼见过陆唤在宁王府中的处境，就永远也不能感同身受。

虽然他已经决定认回陆唤了，可是连陆唤在宁王府中受过苦楚都不知道。

或许知道，但是他对外所说的是九皇子从小养在长春观，所以不可能以"亏待皇子"的名义对付宁王府。

这样一想，宿溪心头酸楚，还是觉得无辜的陆唤最可怜。

陆唤从养心殿出来，穿过了御花园，宿溪跟上去，拽了拽他的袖子。

陆唤似有所觉，打开了幕布，通过幕布望着她。一打开便见她扁着嘴巴，担忧地看着自己。

陆唤因她去相亲，因她与别的人脑袋凑在一起而产生的妒意顷刻间全消了。

他明白，即便和皇帝相认，也得不到丝毫的亲情。

他只有她。

他的人生有两面，阴暗与负累的一面犹如他的根，光明和善意的一面犹如将他拽上去的稻草。而光明的那一面，全是她。

宿溪不知道陆唤在想什么，但是想安慰他一下，她绞尽脑汁对他道："往好处想，做皇子也没什么不好的，至少以后我们可以光明正大、坦坦荡荡地去太学院了，还可以在陆裕安和陆文秀那两个家伙面前耀武扬威，而且还能穿更华贵的衣服了。皇帝说他会护住你，万一以后有什么争斗，应该多少会偏向你一点。"

陆唤笑了笑，淡淡道："天子说的话，能信几分呢？"

他在夜色下悠然地走着，抬眸凝望着宿溪，道："一国之君拥有的太多，受到的诱惑也太多，便渐渐失去了初心。或许初见卿贵人时，有一刹那的惊艳，而后也有陪伴依偎之情，但若是卿贵人还在，也许和其他后宫妃嫔一般，早就成了糟糠。正是因为她去了，皇帝没得到，没能护住她，这份愧疚才让卿贵人成了他心头永远的白月光。"

见他年纪轻轻看得这么通透，宿溪觉得有些好笑。"说得头头是道，那你呢？"

一国之君，天子无情。陆唤选择了继续完成任务，朝着这条路走下去，那么这个词又何尝不是他接下来的归宿呢？

宿溪心中有些复杂。

她只是随口一问，没想到陆唤却顿住了脚步，他站在石子小路上，在满园梨花中朝她看来。似乎是猜到了她的想法，他忍不住为自己辩解。

"我和他不一样。"

陆唤低声道："我和所有人都不一样，我只要那一个。若是求不得，便谁都不要。"

他努力将心中所想传达到宿溪耳中。

他凝望着宿溪，漆黑的眼眸在夜色中仿佛蕴含着千万种说不出口的情绪，这凝望的目光通过幕布，跨越千年光阴，定定地落在宿溪脸上。仿佛是要逼迫宿溪直面这个问题一般，他漂亮的眼睛一瞬不瞬地望着她，半分也不移开，像是一道深邃的旋涡，令宿溪莫名面红耳赤起来。

她只觉得，他们之间像是有一层窗户纸，头一回被他戳了一下。

宿溪忽然想起，先前从兵部营地回来的那几日，还是个团子形象的陆唤就十分别扭，情绪变幻莫测。在兵部院中，檐下摇曳的烛光中，他对自己说："那若有朝一日，我遇到一个知书达理的好女子，我若心仪于那人，你还是希望我成家，与别的人白头偕老吗？"

当时宿溪看着他亮意渐渐飘散的眼眸，觉得他这个问题问得莫名其妙。或许是心境已经悄然发生改变，她今夜重新回想起这句话来，终于注意到他那句话里的"别的人"。

宿溪的呼吸陡然急促了起来，心若擂鼓。

而陆唤凝望着她，不肯移开视线，执拗地非要等个结果不可，哪怕等到地老天荒也无所谓。他虽然竭力镇定，不显分毫慌张，可袖中的修长手指却紧张地攥了起来。

当夜，城外帐内，兵部尚书与镇远将军正在密谈。

早在回京的路上，京城内一些关于九皇子的传闻就传到了镇远将军的耳朵里。他欲进城问兵部尚书这谣言从何而来，却没想到兵部尚书先急匆匆地来城外找到他，对他说了当日在长春观目睹的那件事情。

若那时那道姑所言是真，那么此时散布消息的，非皇帝本人莫属了。若非皇帝纵容，这种传言又怎么可能能在天子脚下越传越甚？！

兵部尚书偶然得知陆唤的身世真相后，一方面不动声色地派人调查此事，另一方面按兵不动，将消息封锁住，且暗地里派人将那道姑保护起来。

但万万没想到，还没等他的筹谋有所施展，皇帝便已因云州刺杀事件而有所猜测了。

皇帝的心思虽然高深莫测，但此时却有迹可循，他先是放出传言，又深夜召陆唤进宫，只怕是已经决定好明日在大殿上将陆唤的身份昭告天下了。

兵部尚书的心情有些复杂，道："明日早朝，这天恐怕要变了。"

他与镇远将军都知道，皇宫里凭空冒出一位皇子对整个朝局的影响有多大。

现在朝中但凡选择站队的，要么站在太子那边，要么站在五皇子那边，二皇子那边原先也有一些人，但是打从二皇子接二连三称病，避开北境战事，表现出毫无野心、只求自保的样子之后，他的存在感便越发低了。

而皇帝一直施行平衡之术，无论皇子中的哪一位稍稍冒头，他便进行打压，而若是哪一位皇子掉了队，他又大力扶持。文武百官完全看不透他心中皇位继承人的人选。

可现在，横空出世了一位年纪最小的九皇子，竟然是当年那位令整个皇宫噤若寒蝉的卿贵人的孩子，从皇帝的种种举动来看，皇帝对这位九皇子较为偏袒。

今夜，皇帝虽然是秘密召见他进宫的，但京城之中没有秘密，兵部尚书这里能收到消息，必定也有别的官员知道了。

因此，明日恐怕立刻会有文武百官去与陆唤套近乎了。

九皇子横空出世，动摇了太子之位，盖过了五皇子在民间的名声，这两位心中必定会很不舒服，而其他皇子虽未处于棋局中心，却也会受到十分大的影响。

京城这局势怕是要重新洗牌了。

到时候不知道又要牵扯、动摇哪家的势力、哪家的人头。

镇远将军是个常年征战沙场的武官，不擅朝中的弯弯绕，所思所量比兵部尚书要简单得多，他从兵部尚书口里听说骑都尉陆唤有可能就是当年卿贵人留下的九皇子，心中固然震惊万分，但随即而生的是欣喜。

"你何必杞人忧天？百姓常年困苦，只要是有能力坐在那个位置上的，便值得我们去辅佐！此前老夫正愁虽然找了他继承衣钵，但是作为臣子，即便他再有才干，日后也逃不过和老夫一样被皇帝猜忌的下场，最终不是战死沙场，便是死在皇帝的手上。万万没想到他竟然是九皇子，如此，他日后能为百姓做的事，倒是比我这一介武夫可做的多得多了！"

兵部尚书为镇远将军一心为民的意志所折服。只是，他反复思量，仍然觉得有哪里不太对劲儿。

他对镇远将军道："我亦很欣赏骑都尉，九皇子是他再好不过。只是，我查了下他入朝为官这一年半以来的所作所为，发现无论是永安庙救人、开设农庄，还是行军打仗、筹措粮草，直至后来被圣上发现他的身世，未免都过于顺利了些。"

"就像是……"兵部尚书拧着眉顿了顿，道，"就像是背后一直有只手在推动这一切一般。"

是了，一桩桩，一件件，仿佛从一开始就是要送他回到"九殿下"这个位置一样，而且思虑十分周到。

先是永安庙以少年神医的身份救治难民，先得民心；再通过秋燕山围猎进入太学院，通过云太尉入了兵部，通过治理兵部与在射箭场上展露骑射技艺，先后得了自己与镇远将军的赏识；最后完成了筹措粮草、开设农庄、赈灾三州等数件收获民心的大事。有了这些铺垫以后，云州刺杀便显得不那么像是一个意外，而像是早就知道会有此事，并借此机会接近皇帝，让皇帝发现他的身世一般。

一环套一环，得了民心，也有了富可敌国的财富，还有了自己、镇远将军以及万三钱这样的支持者。

揭开身世时，便什么都准备好了。

此时在皇帝眼中，恐怕他不仅仅是卿贵人留下的九皇子这一个身份这么简单，更多的还是"当年永安庙救济百姓的少年神医""放粮赈灾得到百姓感恩戴德的不知名神商"，以及"从战场上归来，立下赫赫大功的年轻骑都尉"这些名头加持下的功臣。

试问，如此多的功绩，皇帝又怎会不急着恢复他的身份，借此树立皇家的名声，凝聚燕国民心？

而若是没了这一切，早在一年半以前，他的身份还只是宁王府的庶子时，如果皇帝知道他就是卿贵人当年的那个早产子，只怕皇帝也根本不会相信，还要治他一个大罪！而即便相信了，恐怕也不会如此轻易地为他恢复九皇子的身份。

兵部尚书左思右想，觉得这其中无论哪一环，都不可能只是陆唤一人所为。即便他是少年天才，可是在燕国兴起的那种植技术、温室大棚又是怎么回事？莫非也是他发明的吗？

所以，也就是说，从一开始，陆唤以及他身后的人便设计好了这一切？

可是当时在长春观，陆唤得知自己身世时的惊愕又不似作伪，兵部尚书是亲眼所见的。所以陆唤在那之前是完全不知晓自己身世的，那么，到底是谁在推波助澜？

兵部尚书百思不得其解，又无法找到任何陆唤身后有人的蛛丝马迹，只好将疑问按捺在心中，暂且不提。

而此时此刻的御花园内，宿溪被陆唤的那双眼睛看得十分慌乱，脸犹如煮熟了的鸭子一般烫到不行。她移开视线，想转移话题，可是陆唤仍一瞬不瞬地盯着她，以至她大脑宕机，根本不知道该说些什么。

就在这个关键时刻，宿溪的手机屏幕突然一黑，没电自动关机了。

宿溪："！"

屏幕黑掉，看不见陆唤执拗的神情与那双让她心慌意乱的眼睛，她悄悄地松了一口气。

宿溪赶紧站起来拍了手机一下，十分夸张地叫道："没电了？天哪，没电了，糟糕，居然没电了！"

"崽崽，你还看得见我吗？"她朝空中挥了挥手，非常遗憾地道，"我手机没电了，看来只能先下线了，呜呜呜，你从皇宫回去注意安全！"

仍站在御花园的陆唤："……"

充电器就在你的右手边。

观察她那个世界久了，他发现她经常用一根白色的线将她的板砖与插座连接起来，他渐渐地便学会这些东西的叫法了，很多电器都需要充电器，暖宝宝是这样，"手机"也是这样。

宿溪把手机丢在一边，冲进浴室，拧开水龙头，用凉水拍了拍发烫的脸颊。

而陆唤在御花园中又站了许久，直到夜晚的凉意从脖子里灌进来，他才松开攥得有些泛白的手指，沿着石子铺成的弯曲小路，朝着宫外而去。

他已渴盼、按捺、克制了太久。

他花了半年时间，对她所在的那个未知的世界有了一些了解，再加上200点近在咫尺，他必定能见到她，在这件事上，他不允许出任何意外……也或许，是近些日子她身边出现了那么多"别的人"，堵在门口的系草，塞给她的礼物，以及与她相识相知的竹马，这些人和物所带来的危机感，让他清醒地知道，他无法再徐徐图之了。

他方才亦十分紧张。

见到她关掉屏幕后松了一口气的神情，他心中无奈而失落……可无论如何，陆唤是从不懂得退缩为何物的人，哪怕是等到天荒地老，他也要等。

第八章

恢复皇子身份

宿溪这一晚上都没睡好，翻来覆去的，还总是莫名脸热，她又怕自己睡不着的样子被开着幕布的陆唤看见，于是将被子扯到头上，竭力控制住自己的身体不乱动，不显露自己杂乱的心绪。

后果就是第二天她脸上出现两个黑眼圈。宿溪对着镜子看了一眼，吓了一跳。

期末考试已经结束了，暑假正式开始。除了考试期间，平时她总要隔几个小时上线瞅瞅陆唤那边的情况，但是昨晚两个人在御花园谈心之后，宿溪到现在都脸颊发烫，就不太敢随随便便上线了。

她出校门的时候，霍泾川和顾沁正朝她走来。霍泾川吊儿郎当的没个正形，下意识就要搭她肩膀。"一起回家啊，溪溪。"

平时宿溪会掀飞他的胳膊，无情地让他快滚，实在挡不过，也就任由他搭着自己肩膀了，反正他们仨打小一道长大，完全没有性别之分。但是这会儿她看见霍泾川就眼皮子直跳，然后朝空中看了一眼，莫名心虚，于是飞快地跳开一米远的距离，警告道："别对我动手动脚的。"

霍泾川道："……你没发烧吧。"

毕竟在古代男女授受不亲，陆唤虽然已经开始学习现代文化了，但是思想观念肯定还没完全转变过来，要是让他看到霍泾川搭着自己肩膀，肯定连脸都黑了，说不定还要眼眶一红，头顶乌云……

"没发烧。"宿溪谨慎地避开霍泾川，防止他的咸猪手靠近自己。

就这样，在霍泾川的无语、顾沁的懵圈和她自己的警惕当中，三人各自抱着书包回了家。

宿溪进玄关换鞋，听见宿妈妈正在和朋友打电话，说最近经常有人给她送礼，水果、燕窝、保健品，什么都送，还每次都放在门卫那里，留下字条说让她收，宿妈妈纳闷又欣喜。"那字还怪好看的，还是毛笔字，清隽得不像话……"

宿溪没怎么在意，抱着书包回了房间，将书桌整理了一下。

她磨磨蹭蹭的，隔几分钟就看手机一眼，像是在等谁的消息一样，最后没忍住，还是上线了。

今日上朝的时候，皇上果然如他在养心殿所言那般，对文武百官宣布了他决定将养在长春观，如今已经十八岁的九皇子接回皇宫，恢复其皇子的身份。

这话一出，震惊众人，大殿上炸开了锅，而等到陆唤换上皇子的装束，踏进殿内之时，文武百官更是惊骇无比。

镇远大军回京，皇上第一个悄然召见的竟然不是镇远将军本人，而是大军中的一个骑都尉，当晚便引起许多知悉消息的大臣的猜测了，聪明的人已经猜到了其中的蹊跷，而更多的人此时却是满脸震惊。

虽然陆唤此前从未上过朝，但是也有许多文武百官是认识他的，尤其是五皇子，他虽想不通，为何先前只是宁王府庶子的陆唤，现下却被父皇说成是卿贵人的孩子，但他猜测必定是当年卿贵人的死有蹊跷，她不仅悄悄将孩子生了下来，还悄悄地将这孩子送出了宫。可是为何时隔十八年，父皇竟要将老九认回来？！

先前京城中还有那么多关于九皇子为国为民的传言，难不成都是为今日大殿上的这一出做铺垫？

几个皇子的脸色都有些难堪，五皇子更是，他盯着陆唤，脸色难看至极。

有一名丞相党羽忍不住在大殿上提出质疑："皇上，皇子身份并非小事，可有证据证明？若是有人胆敢欺君罔上，可是大罪啊！"

皇帝冷笑道："证据？朕便是证据，爱卿是在质疑朕吗？"

话音落下，这官员便被人拖了出去，直接下狱。皇帝是在以此种果断的方式令满朝文武闭嘴。

随后，皇上又令太史令先编卷轴，再择昭告天下的吉日。

木已成舟，这件事虽然掀起轩然大波，可在皇上的坚持下，一锤定音。而令文武百官更为惊愕的是，不知何时，镇远将军、兵部尚书、云太尉等人已经悄然站到了九皇子身后，要说朝中最难啃的骨头，那莫过于镇远将军和兵部尚书这两位兵权在手，不结党营私的耿直之士了。他们可不是哪个皇子送去几箱礼物、几位美人便能拉拢得了的，可这九皇子……

众人皆以复杂的眼光看向他，刚刚恢复身份，便让这几位打定主意站在他身后，他到底是如何做到这一步的。

这样一来，文武百官眼观鼻，鼻观心，心中便悄然开始了谋算……

朝中波谲云诡，京城中势力更是陡然发生巨大变化。

而宿溪上线的时候，此事已经过去大半日了。她在地图上找陆唤，发现他正在去北境前购下的那处宅院里。当时匆忙，还未精心置办。

此时，这里似乎被皇帝封为了皇子府，管家与羽林卫正在为他搬东西。

今夜这里要举办一场夜宴，皇帝也会前来。

这会儿府邸的门槛都快被踏破了，无数官员前来送贺礼，祝贺九皇子回来。

京城中便是这样，巴结权贵，捧高踩低，先前与陆唤有过交集的人正处于巨大的震惊当中，万万没想到，近些日子传得沸沸扬扬的流言，原来确有其事，而且还是此次在北境战役中立下汗马功劳的镇远将军麾下的少年骑都尉！

识时务的官员才不管陆唤先前在哪里、做什么，只知道他如今是皇上金口玉言定下的九皇子，那么便是九殿下，纷纷赶着逢迎。

九皇子府正门热闹非凡，官员轮番道喜，而宿溪却发现陆唤正在侧门那边，似乎是在解决什么棘手的事。

她将页面切过去，只见侧门处有几个羽林卫正拦着稍显狼狈的老夫人，老夫人用银杖敲地，面露愤怒。"陆唤，你忘恩负义，是我送你入朝为官的，你明明是我宁王府的庶孙，怎么就成皇子了？"

宁王府的人今日听到从大殿上传来的消息，心态就已经崩了。

宁王妃和陆裕安兄弟俩现在回想起当初对付陆唤时数次失败的经历，像是他背后有人在保护他一般，不禁都瑟瑟发抖，感觉天塌下来了。

如果他们得罪的真的是九皇子的话，那么他们就完了！

现在想来，莫非上官家倒台也和陆唤有关系？！

宁王妃等人又恨又急，可现在他们已经是泥菩萨过河，自身难保了，根本没什么能力再去对付已经成了九皇子的陆唤。

而更加觉得眼前一黑的是老夫人。她从陆唤入朝为官开始，就一直指望着宁王府的这个庶孙能出人头地，再次为宁王府带来荣耀。可万万没想到，现在陆唤的确身份尊贵了，却转身变成了千金之躯的九皇子殿下，她指望着为宁王府带来利益的棋子顷刻间没了。

她气得晕了过去，等醒过来的时候，就想倚老卖老来找陆唤讨个说法。

但陆唤已今非昔比，身边已然有了羽林卫，她连他的面都见不上，于是气昏了头，开始破口大骂，这才使得陆唤出来一见。

九皇子府的管家是皇帝亲派，他盯着撒泼的老夫人，怒道："宁老夫人，你可知当众辱骂皇子是杀头的死罪？你的庶孙已经战死了，皇上自会善待宁王府，但若是你再哭闹，便要全家问斩了。"

老夫人一口淤血卡在嗓子里，死死盯着陆唤，和陆唤同归于尽的心思都有了，她拼命挤过去，差点被羽林卫扔出门外。

陆唤抬了抬手，让羽林卫住手。

老夫人便拼命挤上前，揪住他的衣服，狠狠掐着他，目眦尽裂。"是我送你入朝为官，你才有今天的！"

宿溪见老夫人掐陆唤的那一下，陆唤明显皱了皱眉，显然是被掐疼了。

她都有点愤怒了，陆唤在宁王府生活的那十几年，老夫人从来没有过问过，哪怕陆唤死了，老夫人也不会在意。从秋燕山围猎拔得头筹，到踏入官场，都是陆唤自己争取来的，和老夫人有什么关系？！

老夫人从头到尾给过陆唤的无非那一片柴院，可那也是陆唤自己舍命将老夫人从冰冷的溪水中救出换来的！

她现在居然还来指责陆唤忘恩负义？她到底给过陆唤什么恩情？！

要不是尊老爱幼的传统美德根深蒂固，宿溪这会儿都要把老夫人从陆唤身上扯开了。

"你与我没有生恩，也没有养恩，何来忘恩负义一说？若不再闹事，不再贪心妄想，宁王府不会有事，但若再来，休怪我不客气。"

陆唤漠然地看着老夫人，缓缓将老夫人拽住自己衣袍的手扯下去，吩咐旁边的属下道："送她回去好好颐养天年吧。"

老夫人全部的希望破灭了，为何她的两个嫡孙都是一无是处的废物，而好不容易可以作为倚仗，能重振宁王府当年辉煌的陆唤又根本不是宁王府的血脉！

都怪当年生下陆唤的那个贱人！

老夫人已经失去理智，还要破口大骂，却被羽林卫捂住了嘴，直接从侧门拖了出去。抬着轿子送老夫人来的宁王府下人见状，都瑟瑟发抖，丢下轿子跑了。

九皇子府前门处一片热闹，而侧门处却是一地狼藉。陆唤低头看了眼自己被老夫人揪坏的衣袍，皱了皱眉，转身回去换。管家便匆匆吩咐羽林卫将整个府邸守好，不许再有人来撒泼闹事。

陆唤进了屋，先捋起袖子看了一眼，宿溪发现他的胳膊被老夫人掐青了，他对这点小伤习以为常，倒是没什么感觉，宿溪却有些心疼。

没有血缘关系的老夫人当初对他好，不过是在利用他。有血缘关系的皇帝对他好，却也承载着算计。

宿溪见他一只手不方便，给他捋了捋袖子，说："我来了。"

陆唤如同见到太阳一般，拧着的眉舒展开来，他笑着打开幕布道："你来了。"

宿溪一看他望过来，脑子里就闪过那晚御花园里他灼灼的眼神，顿时又有些不自在起来。

她不说话，他也不说话，就只是看着她。

两人之间一下子又陷入了一种诡异的气氛。

宿溪好不容易压住的脸红心跳，此刻克制不住地复发，她咳了咳，说："疼不疼？你刚才怎么不躲开？"

"疼。"陆唤幽幽叹了口气，他在床榻上坐下，抬起头对宿溪道："肩膀后侧似乎还有一处青紫，疼得厉害，可我自己揉搓不开。"

宿溪眼皮子一跳，啥？啥意思？这是让她帮他揉的意思？

陆唤站起身来，解开外袍，穿着一身雪白中衣的他犹如一棵雪松，他将中衣右臂袖子卷起至肩膀处，露出线条干净修长的胳膊来，肩膀处的肌肤也宛如刷了一层白釉。

宿溪："……"

宿溪差点以为他要脱衣服，幸好他只是卷起了右边的袖子。

他看向宿溪，将肩膀后的淤青给宿溪看，重复了一遍："疼。"

宿溪望着他干净有力的胳膊，脸红心跳，结结巴巴地说："自己揉搓不开，府上不是应该有丫……丫鬟什么的吗？你也知道我隔着手机，没轻没重，揉不好的。"

陆唤定定地看着她，幽幽地叹了口气，又坐下来，垂着胳膊。"你以前不是这样的，以前我风寒不起时，你……"

思及往事，他似乎有些惆怅，再度重重叹了口气。

宿溪："？？？"

以前你是个白花花的团子，看光了也没什么……但现在，看一眼你修长有力的胳膊都叫人心惊肉跳。

"你前几日问我问题，我说天子无情。"陆唤抬起漆黑的眼睫，幽幽地道，"小溪你如今的行径，与天子也没什么区别了。"

宿溪被他念得脑子嗡嗡响，见他扬起头，还要幽怨地继续语不惊人死不休，头皮都麻了，急忙道："打住，打住！揉，我给你揉还不行吗？"

陆唤抬起胳膊，耳根微红。

宿溪认命地对着他的胳膊戳了戳，然后又从商城里弄了点活血化瘀的药，点上去。

不知道为什么，以前这人还是个团子的时候，她做这些觉得再自然不过，但是现在……

"唉……"陆唤见她迟疑，又要叹气。

宿溪咬牙切齿道："唉什么唉，揉着了！再唤下线！"

陆唤移开视线，虽然竭力忍住，但眸子里仍是漏出几分亮意。

镇远大军浩浩荡荡地进了城，城中百姓敲锣打鼓，普天同庆。喜悦犹如雨后春笋，传遍燕国的土地。待论功行赏之后，庆祝的宴席大摆了两天两夜。

皇宫里觥筹交错、各怀心思的同时，坊间传遍了关于九皇子的丰功伟绩。

百姓是不知道宁王府庶子与九皇子有什么关系的，皇帝下令禁止文武百官再提及宁王府曾有一个庶子，将事情真相强行洗脑成九皇子从小体弱多病，承蒙皇帝喜爱，被养在长春观中，熟读四书五经，通晓治国之道，一年前下山，开始处理政务。甫一下山，便立下大功数件，永安庙治病救人，丰州开仓赈灾，从燕国富商手中谋得粮草，并随大军出征，立下汗马功劳。

百姓这才恍然大悟，原来如此，永安庙救人的少年神医为何不肯透露姓名，原来竟是天潢贵胄！而开仓赈灾、筹措粮草等事，也不是一般人能做到的，原来是不世出的九皇子殿下所为。

此时民间津津乐道，当时在永安庙经历了救人之事的人也都事后诸葛地回忆道，当时便觉得那少年气质清贵，非寻常之人！

皇帝此举，是借陆唤做的那些事情拉拢民心。

陆唤虽然被利用了一把，但是对此倒是没什么看法，毕竟此举有利于稳定民心。此前燕国各地暴乱频出，这消息散布出去之后，多少安抚了一下民心，暴乱都减少了许多。再加上北境又打赢了胜仗，一时之间，燕国民心前所未有地一致。

这几日，京城茶余饭后热议的也都是横空出世的九皇子，因为神秘且年轻，陆唤一下子风头无两，直接超过其他几位皇子，一跃成为在民间声名最好的一位殿下。

如此一来，自然会引起太子、二皇子和五皇子等人的政党的警惕。

尤其是五皇子，在府中走来走去，握着拳头脸色铁青。

那时在秋燕山他便觉得陆唤眉宇之间和父皇有几分相似，只是当时根本没多想。谁能想到陆唤竟然就是十八年前令整个皇宫噤若寒蝉的卿贵人遗留下来的孩子?! 若是早知道,当时别说让他做自己的伴读了,就应该趁着他羽翼未丰,直接让他消失!

而现在,他身后已经不知不觉有了整个镇远大军,以及朝中几个一品大员的拥护。

势力不崛起则已,陡然崛起,竟然一鸣惊人。

只怕是个无比强大的对手。

之前五皇子明面上与太子十分友好,但其实五皇子的党系与太子那边的人始终在明争暗斗。自打陆唤恢复九皇子的身份,这两派的人反而暂时化干戈为玉帛,不约而同地开始将弹劾重心放在了镇远将军、兵部尚书、云太尉等人的身上。只是镇远大军刚刚得胜归来,此时要想找出镇远将军的错漏,是十分不容易的。于是这几位皇子的党系只能在心中暗暗焦急。

至于云修庞、长工戊以及在太学院认识陆唤的人,此时的震惊也难以形容。

这些暂且不提。

太史令正式编纂九皇子的朝史之后,宿溪和陆唤这边就同时弹出了两条任务完成的消息。

【恭喜,完成主线任务十三(高级):让全京城得知"永安庙神医""调遣万三钱筹措粮草的神秘富商"背后之人是谁。获得金币奖励+1500,点数奖励+12!】

【恭喜,完成主线任务十四(高级):顺利恢复九皇子殿下的身份,并被皇帝接纳。获得金币奖励+2500,点数奖励+18!】

这两个主线任务一完成,点数瞬间从152涨到了182。

宿溪和陆唤都有些激动,当然,激动的方向不同。

陆唤默默算了下还需要多少才能到200点,并且在幕布上寻找下一个任务是什么,便提前看到了还未发布的主线任务十五,是"六月承州即将洪水决堤,请治理大水,让百姓安居乐业,奖励点数+18。"

承州堤坝乃工部去年承办的最大的一个项目,怎么会决堤?若是真的按照任务所说决了堤,那么岂不是会有数百万百姓流离失所?! 恐怕又是工部的人在哪一环节贪赃枉法了。

陆唤皱了皱眉，心里骂了句工部的蛀虫，继续翻找，幕布上却不肯出现下一个任务了，应该是必须先完成主线任务十五，才会出现新任务。

可是，此时才五月初，即便提前做好防止决堤的准备，这任务也必须要等到六月才能完成，也就是说，至少要再等一个月才能见到她。

宿溪则是赶紧打开当前状态，就见信息有了不小的变动：

【钱财资产】：九皇子的家财，农庄一百四十五处。

【政党拥戴】：镇远将军，兵部尚书，云太尉，兵部官员无数，朝中部分官员。

【名声威望】：坊间传言，九皇子俊美无双，心怀天下，乃治国奇才。

宿溪看到"名声威望"那一栏对陆唤的评价，顿时一乐，要知道她可是陪着陆唤从一处柴院发家，花了近两年时间才走到现在的，可真是不容易，她心里有种搭积木一点点搭成功的成就感，脸上也就情不自禁出现了笑容。

陆唤抬头看她，或许是受她笑容感染，他心头的迫切与焦灼稍稍散开。无论如何，也就一个月了，但愿在这一个月内不要出现任何意外。

燕国大姓为衍，按照排行，九皇子字清。普天之下，除了皇家的人之外，自然没有人敢直呼皇子姓名，于是"衍清"这个名字并没有什么人叫，官员都毕恭毕敬地尊称陆唤为"九皇子殿下"。

翌日，车辇与一列羽林卫在外等候，护送九皇子前往永安庙。

被陆唤救下的那些人在永安庙外跪了一路，请愿见九皇子一面，磕头谢恩，于是皇帝也决定借此机会，让陆唤以九皇子的身份出行，去一趟永安庙礼佛，也相当于除了太史令编史以及颁布谕旨之外，正式昭告天下的行为了。

陆唤对身份的改变接受得十分坦然，但宿溪见到外面威风凛凛的羽林卫，却是有些恍惚，以前崽崽无论何时出门都是独来独往，现在作为九皇子，无论去哪里都有车辇华盖相随，这阵仗也太贵气了吧。

她对陆唤各个层级的官服都很感兴趣，而现在，陆唤换上的皇子服比先前任何一件都要高贵精致，玉冠金簪，衮冕九章，肩背、袖口都以明黄的金丝绣了栩栩如生的龙，腰间缀金饰朱缨，他寒眉星目，肤白如玉，整个人俊美得不像话。

即便宿溪已经看习惯了他精致的长相，但是每回他抬起眼睛朝自己看来的时候，她还是会不自觉地被惊艳到。

这就是开了原画的坏处了，他的脸很容易让人无心关注剧情。

要是一开始就开了原画，宿溪只怕根本不会一直心无旁骛地潜心研究怎么去完成那些任务。

从陆唤在府邸坐上车辇，前往永安庙的这一路，宿溪都不由自主地盯着他的脸发呆。陆唤察觉到这一点，虽然耳根略红，但是仍然装出镇定的样子，掸好衣袍，整理好衣冠让她瞧。

天底下没有男子愿意自己因容貌过于出众，而导致别人忽视其他，只注重自己外表的。若是别人一直盯着陆唤瞧，恐怕他心中早已十分不悦，要黑脸了，唯独她，他希望她继续瞧下去，多瞧一会儿，哪怕有一丝丝的可能性，她因为他的脸而更加在乎他，那也是好的。

永安庙百姓看到陆唤激动不已，纷纷高呼"九皇子千岁千岁千千岁"。

这些弹出来的对话框密密麻麻装满了屏幕，宿溪才陡然回神，天哪，她居然盯着陆唤的脸盯到了现在。她顿时有些不好意思，移开了视线。

陆唤踏进庙内，潜心礼佛。

香炉缓缓燃起的白烟氤氲上升，他睁开眼，调整呼吸，忽然朝着隔了一块幕布的宿溪看过去，眼里含着些微的光，对宿溪弯起嘴角。"小溪，你可知我刚刚求了什么？"

宿溪看他耳根染红的样子就觉得大事不妙，她眼皮子一跳，生怕他又要说什么让人脸红心跳的话，赶紧飞快地道："不，不知道……"

可话还没说完，陆唤便盯着她，缓缓道："我求了一段姻缘。"

他漆黑的眸子水润光泽，雾气升腾，幽幽地看着宿溪，仿佛宿溪一旦说什么重话，他头顶就立刻能冒出一片凄凉的叶子来一样。

宿溪心若擂鼓，脸又红了。

最近的陆唤真的很不对劲儿啊！可怕的是，最近的她也很不对劲儿，没事脸红个什么劲儿啊？！

他说求姻缘，又不是说求和你的，你有什么好心跳加速的啊，说不定所求之人是之前在河边私会的柳如烟呢?!

陆唤定定地看着她，张了张薄唇，似乎还要继续说什么，宿溪吓得一激灵，飞快地退了游戏。"告辞，我突然想起来我碗还没洗！"

陆唤："……"

宿溪躲进浴室里，愁眉苦脸地朝镜子看去，却看见自己一张脸红成了猴屁股。

宿溪："……"

陆唤在永安庙礼佛完毕后，一切应该就尘埃落定了。接下来就是镇远大军的一些军务等着他去处理，仲甘平也有关于燕国各地一百多处农庄的事情要和他沟通。他刚立下大功归来，百姓感恩戴德，皇上偏袒之心也很明显，即便朝堂上其他几个皇子想要针对他，暂时也没办法轻举妄动，也就是说，目前他那边没什么大事了。

大事不好的是宿溪这边。

她不敢待在家里了，只要待在家，就会想到这段日子以来，陆唤抬眸看向她的眼神，陆唤所说的那些话，陆唤的一些小动作……

氤氲的白雾里，他漆黑水润的眸子挥之不去，让她的心乱成一团，静不下来，什么事情都干不了。

于是她抱着电脑，拿起手机，去了顾沁家。

她猜陆唤不知道顾沁家在哪里，应该还没解锁。

顾沁母亲准备好了西瓜，让两个人待在开了空调的屋里，她和顾沁老爸就上班去了。

家里只剩下了顾沁和宿溪，两人写会儿学期论文，吃会儿零食。宿溪竭力把这段时间以来心中涌出的一些莫名其妙的情绪抛诸脑后，还和顾沁一块儿高高兴兴地看了会儿电视剧，但大半天过去之后，她心中却又有种许久没见到谁的空荡荡的感觉。

她心不在焉地吃着薯片，手伸进了顾沁的袋子里。

"你干吗心不在焉的？"顾沁把她的手拿开，"吃你自己的。"

宿溪忽然正襟危坐，严肃地看着顾沁，说："我向你取个经。"

顾沁扑哧一笑，瞥了她一眼："说，你恋爱了？"

"不是。"宿溪推了她一把，"正经点，是这样的，我在玩一个游戏，古代的。最近很奇怪啊，突然舍不得打到最终关了，而且发现游戏人物没那么依赖我了，我还很难过，不仅这样，看到游戏主人公和别的游戏角色走得近了一点，心里还很不舒服……明明刚开始不是这样的，刚开始还特别期待给他选妃呢……"

顾沁将薯片嚼得咔嚓咔嚓响，说："正常，很多人打游戏都是这样的，说明你喜欢上一个纸片人了。"

"喜欢？！怎么可能！"宿溪悚然一惊，差点跳起来，过了会儿又面红耳赤地喃喃道，"那假如游戏是真实世界，游戏主人公也不是一个纸片人呢？"

"朋友之间是不会有占有欲的。"顾沁摸了摸她的额头，说，"溪溪，你肯定发烧了。"她怜悯地看着宿溪，"期末考试完才几天啊，你就打游戏打到走火入魔了？"

宿溪："……"

"不会吧。"宿溪还在执着于顾沁说的"喜欢"两字，她心跳得很快，但低头盯着空荡荡的薯片袋子，却忍不住解释，"顶多也就是当成养崽，当成朋友吧……"

何况两个世界的人，能够隔着屏幕见面，就已经是很神奇的事情了，其他的，宿溪简直想都不敢想。

即便她敢想，也不能怎样吧？

那个世界里，从霜冻灾害、百姓流离失所，到举国欢呼，逐渐出现了一些新的生机。百姓在北境跪了一地，在永安庙跪了一地，宿溪看过他们的眼神，他们看向陆唤的目光都带着崇敬，像是看着救世主一般。按照既定的游戏主线，他以后要成为一国之君的，好不容易得来这一切，他更想做的应该是努力实现他让百姓安居乐业的理想才对。

去往另一个世界，一无所有，是她根本没勇气做的事情，所以她也没有勇气要求他这样做。

这些事乱糟糟地萦绕在宿溪的脑中，顾沁都不知道她在说什么，她也没办法和顾沁讨论。

她叹了口气，惆怅地揉着空了的薯片袋子。

陆唤这边下着大雨，他站在府邸的屋檐下，沉默地看着雨珠连线似的往下坠，夜里的烛光被风刮得明明灭灭。

他看着幕布上她对她朋友欲言又止的神情，看着那行弹出来的文字：顶多也就是当成养崽，当成朋友吧……

他抿了抿唇，虽然竭力令自己不要失落，但心中仍是如同装了石块，沉沉地。

在屋檐下立了许久，袖袍微微被打湿，他才缓缓回过神来，垂了眉眼，装作并没有那么难过的样子，收起幕布，回了屋内。

因为心中很乱，隔了两天宿溪才上线。

她上线之后就发现自己送陆唤的灯笼被他挂到了新府邸他的寝殿内，她那些用来放小玩意儿的箱子也一并被搬了过来，陆唤这是走到哪里搬到哪里……她顿时莫名感到心虚。

这会儿陆唤已经下了朝，脱掉了朝服，正穿着寻常衣袍坐在书房桌案后处理事务。

宿溪不确定他有没有打开幕布，能不能看到自己，于是偷偷摸摸地凑过去，盯着他看了会儿。

不知道为什么，感觉两天没上线，他就清减了很多，难道当了皇子以后，政务还那么多吗？宿溪立刻有点为陆唤打抱不平，刚恢复皇子身份，皇上干吗压那么多活儿在他身上？

她瞧了会儿，打算暗促促溜走的时候，屏幕上陆唤却倏然抬头，道："你来了。"

宿溪吓了一跳，赶紧打招呼："嗯，对，我来啦，看你在忙就没打扰你。"

她生怕陆唤又要像前几次那样，说一些让她脑袋宕机的话，没想到今天的陆唤什么也没说，只眉眼温和地望着她，道："这几日没来，是不是赶论文去了？"

宿溪连忙道："对！要查的资料超级多！"

陆唤笑了笑，道："用我帮你写吗？"

宿溪被他逗得一乐，紧张的心情顿时好了很多。"嗯，你先处理你自己的军务吧。"

听到她脱口而出的"嗯"，陆唤握着毛笔的修长手指一顿，默然不语，垂下眉眼，虽然竭力不显，但神色之间仍是有几分落寞。

宿溪心头一揪，恨不得打自己两嘴巴。

沉默了会儿，宿溪装作语气轻快地对他说："我继续去忙了，明天来找你。"

陆唤望着她，欲言又止。

宿溪喉咙发紧，怕他说什么自己接不了的话。

陆唤抿了抿唇，继而弯了弯眉眼，终于笑着道："我已经快五日未见你了，可否不要明日，今夜无事便来看看我？"

宿溪松了一口气，飞快地允诺："好，没问题。"

她一边拿起碗筷朝着厨房走去，打算洗碗，一边将页面切出陆唤的书房。正要下线，却突然看见有两列从皇宫里来的太监，手中拿着卷轴，为首的太监正对守在九殿下府外的羽林卫说着什么。

看这架势，是京城中发生了大事，皇帝又要交给陆唤去处理了吗？

宿溪有些担忧，左手将水龙头拧开，右手将页面切过去。

然后就见为首的太监对羽林卫道："皇后昨日对皇上提议，九皇子已经十八了，却连一位打点府上的姜室也没有，终日由管家来操持，身边也没有一个贴心的人，实在不好，因此今日派我送来了一些贵女的画像，想让九殿下挑一挑。"

皇后？

宿溪顿时想到，皇后是太子的亲娘，现在太子和五皇子都较为针对陆唤，只是暂时没办法轻举妄动而已，而送贵女来陆唤身边，是目前来看最容易施行的办法了。

也就是说……她以前总是期盼的选妃，终于来了！

可她为什么一瞬间感觉手指有点冰凉？

宿溪愣愣地看着羽林卫听完太监说的话之后让开来，于是那太监总管便带着人去殿内找陆唤了。

"……"

宿溪以前总觉得看到这一幕的自己应该会非常激动，莺莺燕燕，肯定会替陆唤挑花了眼。

但是当这一幕真的发生时，她站在洗碗池前，却四肢僵硬，大脑一片空白，脑子里嗡嗡作响，也听不到水声。

而等她反应过来的时候，"啪嗒"一下，她的手机掉进了水池里。

宿溪吓得魂飞魄散，赶紧手忙脚乱地把手机捡起来，慌忙用吸水纸将手机上的水擦干。手机屏幕却已经变黑，怎么按都开不了机了。

与此同时，陆唤皱了皱眉，仿佛有预感一般，察觉到哪里不对劲儿。

他停下书写的手，抬起头来，朝着一直没有关掉的幕布看去，却陡然发现，幕布闪了一下，接着消失了。

就这样……消失了？

陆唤面白如纸，登时站了起来，试图抓住那幕布。

而空中却再无幕布的痕迹。

他慌乱之下朝幕布的方向大步跨去，却带得他身前的桌案一晃，翻倒在地，器物四散。

而他孤零零地被留在殿内，他所在的这个世界当中。

第九章

踏进另一个世界

陆唤此前从未遇到过这样的情况，幕布竟陡然消失了。他跨过翻倒的桌案，环顾四周，阳光从雕花木窗照进来，只看得见空中的尘埃。

心脏慌乱狂跳，他试探着对空中道："小溪……小溪？"

他唤了数声，一声比一声急促，然而屋子里如坟墓一般死寂，就连经常拂动他袖袍的风也不再出现。

没有任何应答。

陆唤面如土色地看向四周，怀疑自己处于梦魇当中。

这是他先前数次做噩梦时出现过的场景。

正因为不确定她什么时候会突然消失，所以从一开始他便急切地想要知道她的身份，想要见到她，想要去到她的那个世界，只有她待在他身边，他的心才会踏实下来。但万万没想到，他最担心的事情还是发生了。

他心头仿佛有种预感，这一次和整整八日她不曾出现的那次并非同一种状况。若是这回自己找不到她，那么今后可能就再也见不到她了……

可是，为何会这样？！

她那边遇到什么状况了吗？还是这段日子自己把她逼得太紧了，所以她……不要自己了，还主动将联络的方式给关掉了？

陆唤浑身如坠冰窖。

方才桌案的倒地声惊动了外面的守卫，有两个守卫慌忙冲进来，便见到卷轴散乱一地，被九皇子殿下踩在脚下的场面，忙问："殿下，发生了什么事情吗？"

陆唤定了定神，冷静下来，沉沉地道："无事。"

现在幕布已经完全消失了，她那边也无任何应答，不知道这样的情形会持续多久，若是自己只能这样等待下去的话，未免太被动了。

何况，他担心她那边发生了什么突发状况。

现在唯一能做的就是按照幕布消失之前给出的任务十五提示，用最快的速度去完成。

想到这里，陆唤也顾不上满地狼藉，疾步往外走。

边走边对身后的守卫道："备马，我要去承州一趟。"

而宫中来的太监正匆匆从雕花长廊那边过来，却没赶上，只能眼看着九皇子的衣袂消失在了皇子府。

太监们面面相觑，也不知道有什么事情让九殿下这么火急火燎。

宿溪蹲在家里用吹风机吹了半小时的手机，但依然开不了机。

于是她找出去年被自己淘汰掉的一部旧手机，花了二十多分钟勉强充进去一些电，接着打开了旧手机里的 App Store（应用商店），可是，在旧手机里却根本找不到这款游戏，无论搜索游戏名里的哪个字，甚至是英文，都没有出现半点有关联的东西。百度也一样，什么都搜索不出来。

宿溪开始慌了，她倒不怕手机坏掉，她就怕联系不上那个世界里的陆唤。

"应该能修好……"宿溪心慌慌地安慰自己，随即拿好钥匙和两部手机，换鞋出门，打算赶紧去手机维修店。

外面的大太阳十分毒辣，宿溪顾不上拿太阳伞就出来了。

走到小区门口，刚好遇见打篮球回来的霍泾川，霍泾川见她急匆匆地骑着自行车往外走，把她拦下。"宿溪，外面这么热，你去哪儿？"

宿溪见到霍泾川，病急乱投医，赶紧道："把你手机借我用一下。"

"手机坏了吗？"霍泾川这才注意到她拿着黑屏的手机，于是从裤兜里掏了掏，将手机递给她。

宿溪不死心地在他手机上还原自己当时在医院的操作，然而这一次却没有游戏跳出来——这游戏犹如从人间蒸发了一般。

宿溪心头不好的预感越来越强烈，她将手机扔回给霍泾川，也来不及解释，就心急如焚地踩着自行车飞奔出了小区。

两条街外就有一家手机维修店，但因为晌午天气太热，宿溪骑着自行车过去后，发现这家店并没有开门，于是她只好在旧手机上搜索了一番，发现再骑两条街还有一家。

她想也没想，立刻飞快地骑车赶了过去。

幸好店里没什么人，不用排队，宿溪将自行车停在店外，满头大汗地进去，急切地将手机递给老板。"老板，您看看这个能尽快修好吗？"

"要看损坏的程度。"老板从柜台后抬起头，接过手机。

递给老板之后，宿溪快速地在柜台面前摆着的几部试用机上搜索了一下，发现仍旧找不到那款游戏。

也就是说，只有修好这一个办法，否则……

她的心脏简直都要跳出来了，屏住呼吸看向老板："怎么样？"

老板用工具捣鼓了一番，皱了皱眉，对宿溪说："不太确定你这主板坏了没有，要是主板坏了，大概率是修不好了。而且，即便能修好，你手机里格式化的一些数据也是找不回来的，我尽量试试吧。"

"大概率修不好？"宿溪愣了。

"对。"老板道，"做好心理准备。不过现在手机也便宜啊，再加几千，买款新上市的……"

他后面说了什么话宿溪全没听见，她手脚冰凉地从手机店里走出来，推着自行车沿着马路往回走，走着走着，眼泪就忍不住"啪嗒"掉了下来。

太阳毒辣辣的，将地面晒得滚烫，宿溪穿过长桥的时候，眼前都模糊了，她忍不住停下，在马路牙子上坐下来，揉了揉眼睛。

不是一部手机的事。

就算是几万块的手机，里面也没有联系那个世界的途径，对她而言没有任何意义。

万一……万一真因为自己把手机掉进水池子里，就从此切断了和他那边的联系，该怎么办？

万一再也见不到他了，该怎么办？

而且最后一次见他，自己表现得那么糟糕，还说了让他不开心的话。

分明没有不想见到他，只是这些天不知道该怎么面对他，所以才没用地逃避，却让他误以为自己不是很想见到他。

他还让自己今晚无事也去看看他，可是，她没办法遵守承诺了。

宿溪提心吊胆地想，万一这部手机再也修不好了，那么，自己与那个世界的初见，初识，陪伴，逐渐形成的依赖，是不是都要在这个夏天没头没尾地结束了？

这一切让她觉得简直像是做了一个长长的梦一般。

她惶然地盯着地面，害怕得想哭。

老板说至少三天才能确定修不修得好，于是宿溪只能先回家，陷入了惶惶不安的等待当中。

宿爸爸、宿妈妈回家之后听说她的手机进水了，见她神色恹恹的，以为她不开心，于是打算拉着她再去买一部，但是宿溪半点没有出门的心思，只说："再等等吧，万一能修好呢，这段时间我先用旧的。"

宿妈妈纳闷。"不就是一部手机吗？坏了再买呗。"

宿溪大口大口扒饭，强忍住不让眼泪掉下来，她从没觉得三天时间这样漫长。

到了第三天，她迫不及待地给老板打去电话，却被告知手机还在维修中，主板有一定程度损坏，已经报废了，店里的技术人员正在尝试，看能不能把之前的数据转移出来，这样的话，能放在新手机里使用。

"已经报废了？"宿溪不敢相信自己的耳朵。

她挂掉电话，一个人待在房间里，脑子嗡嗡作响，难过到了极点。

都怪她不小心……

这几天，她这边毫无反应，看来是她手机坏掉之后，陆唤那边的幕布也消失了，否则他不会不来找她。

宿溪抱着腿，将脸埋进膝盖里，大脑一片空白。

她脑海中涌现出很多场景……她第一次移动宁王府柴屋内的茶壶时，还是个简笔画小人的陆唤警惕万分，怀疑是在闹鬼。

他头顶第一次冒出小心心的时候，她被萌到不行，后来就忍不住经常戳戳他，看他头顶还会冒出什么气泡。

他最开始把她当鬼的时候，还试图给鬼撑伞遮雪……

想到这些，宿溪忍不住笑了笑。

后来他那边也拥有了幕布，就强制性把她这边卡通版的自己改成了原画。宿溪虽然很怀念那张包子脸，但因为每次要改，陆唤都会切换成原画，只能作罢，她还想着来日方长，等哪天他不注意，再悄悄改回去……

可现在……没有来日方长了……

宿溪的眼泪濡湿了膝盖。

时间一天天地过，看起来像是她在陪伴着他，可其实，哪天晚上她熬夜刷题，不是他在陪着她度过呢？

拥有的时候她浑然不觉，失去了才惊觉两人已经有了那么多共同的回忆，而这回忆戛然而止，今后，无论是崽崽还是陆唤，都不会出现在她面前了……她难过得像是心被剜走一块似的。

宿溪这边已经过去七天了，她虽然也照常吃饭学习，但是整天都无精打采的。

宿妈妈不由得有点担心。

这天吃完饭后，她摸了摸宿溪的额头，说："没发烧啊，溪溪你脸色看起来很差，明天要不要去医院检查一下？"

"我没事。"宿溪愣了一下，道，"可能是暑假在家睡太久了。"

宿妈妈还是不放心，对宿溪道："明天我和你爸都有事，抽不开身，让泾川和小沁陪你去趟医院，挂一下门诊。"

宿溪欲言又止，但是怕爸妈担心，于是点点头答应了。

手机已经坏了，修不好了，昨天她去买了新手机，送到老板那里，让老板帮忙做数据转移。

宿溪盯着那部老手机，最后一丝希望也没了。

她一方面觉得心里难受，再也见不到崽崽了，一方面又想，至少自己消失之前，他已经恢复皇子身份了，接下来娶妻生子，实现他的理想，也能很好地过完一生，虽然这会儿可能和自己一样有点伤心，但时间久了，应该就能把出现在那个世界没多久的自己给忘了，这样也不失为一个好的结局……

可无论怎么安慰自己，宿溪心中还是空荡荡的，十分意难平。这次手机进水实在太突兀了，以致最后答应崽崽晚上去看他的话，都没办法做到了。

宿溪心里懊恼得想撞墙，可是没有别的办法，她已经尽力了，手机坏了就是坏了。

第二天，宿溪穿好衣服，洗完脸，涂了防晒霜，精神了点，这才出门去往医院。

她这几天郁郁寡欢的，霍泾川和顾沁都不知道她怎么了，刚好这两人也要趁着暑假做体检，就干脆将时间往前挪了，陪着她一块儿去医院。

宿溪觉得自己可能有点热伤风，脑袋的确昏昏沉沉的，于是挂了个门诊，等待血常规检查结果。

霍泾川坐在她左边打游戏，顾沁坐在她右边看小说。

大夏天的，医院里人很多，吵吵嚷嚷的，热得不行。她昏昏欲睡，脑袋一点一点的。

她不知道，就在这时，她坏掉的手机待在橱柜里，突然挣扎着亮了一下。

就在亮的一瞬间，坏掉之前还没来得及关闭的游戏屏幕弹出了新的消息：【恭喜，完成主线任务十五（高级）：治理承州洪水决堤，让百姓安居乐业。获得点数奖励 +18！至此，总点数累计 200，正式开启第二个大礼包。】

【倒计时：三——】

【二——】

【一——】

手机亮了几秒之后便黑屏了。

而就在手机亮的那几秒钟，正处于承州官衙的陆唤，眼前毫无征兆地陡然出现了那块消失数日的幕布。

他眼睫一跳，瞳孔猛缩，呼吸急促，顾不上自己还在等几个官员前来回话，便毫不犹豫地如初见那日一般，朝着幕布扑过去。

上一回，在他的府中他扑了个空，而这一回，陆唤眼前白光一闪，只觉得转瞬之间，眼前场景一变。

他屏住呼吸看向四周，只见周遭场景十分熟悉，熊本熊的床，玻璃窗，正是他每回打开幕布时的那个初始页面——宿溪家里。

这不是在做梦吧？

陆唤蹲下来，试探着摸了摸地板，随即又站起身碰了下宿溪桌子上的英文字典。

当手指触到实体时他才相信，竟然真的不是在做梦，200点之后，他竟然真的来到了她的这个世界！

陆唤心头狂跳，眼眶渐渐发红——因为狂喜。

这段时间，他抱着别无他法，只能试一试的想法，策马奔往承州，在大水决堤之前，便先揪出了承州负责修补大坝的几个蛀虫官员，并提前令承州主事戒备下去，将即将到来的洪水损失降到最低。

这样做的同时，他心里却一点底都没有，因为做完之后，幕布仍然没有如之前一样出现。

陆唤此时也意识到宿溪那边恐怕真的出了什么事，否则她绝对不会这么久都不联络自己。

他心中更加迫切，越发严密地督工。

承州那边的官员发现自己不见了，必定会慌乱地寻找，但是此时此刻陆唤也顾不上那么多了，他心脏怦怦直跳，只想立刻见到她。

陆唤在宿溪房间里站了一会儿，他一身明黄皇子衣袍，和这间房格格不入。他不敢轻举妄动，怕被当成贼。

但这会儿宿溪家里一点声音都没有，应该是没人在家，白日她父母都去做事了。

陆唤踌躇了会儿，这才走到房门边上，将房门打开。

客厅——他已经很熟悉了。

狂喜过后，陆唤很快就尴尬地发现，自己不知道她去哪儿了。

如果一直待在这里等的话，晚上要是她父母先回来，他好像没办法解释清楚自己为什么会出现在她家里。

他摸了摸脑袋，走到冰箱那里，他对她一家人都很熟悉了，知道她家有什么事都会在冰箱上贴一张备忘录。

陆唤一眼就看见：星期一，溪溪去医院检查。

为何去看大夫？

陆唤心头一紧，立刻以为这阵子她和幕布一块儿消失，是因为得了什么病。他眼皮直跳，强行让自己不要胡思乱想，然后直接拉开大门，冲了出去。

陆唤走到电梯前，盯着铁盒子看了半晌，虽然之前研究过，但这是第一次使用，还很不熟练。

过了会儿有两个邻居爷爷走到电梯前，也要下楼。他们用古怪的眼神看了他一眼，打量了一下他身上穿的衣裳，问："小伙子，拍戏呢？咱们这里也没有影视基地啊，你从哪儿来的？"

陆唤警惕地看了二人一眼，抿起嘴唇不答话，只紧随两个老爷爷身后，顺利地到达了一楼。

他松了口气，接下来大步流星地朝着小区门口走去。

他一路走，一路吸引了整个小区来来往往的阿姨、奶奶们的视线。

有两个爱看电视剧的阿姨简直惊呆了，互相道："快看，那个是不是演员啊，身上穿的戏服，演的是皇子吧？这戏服好逼真啊！现在的年轻演员真好看啊，我看他好俊啊，我的天，该不会住这里吧?！"

陆唤心中急切，充耳不闻，跑到小区门口的公交车站。

他仔细研究过怎么上车，但是很快他就发现一个很头疼的问题，他并没有这个世界的钱币，他摸了摸怀中，发现只有几张银票。

为了轻便，他身上连银子也无。而且事出突然，他也未来得及准备。

犹豫了一下，等公交车停下来时，他随着前面的人一块儿上了车，将银票递给司机，礼貌地问："可否用这个相抵？"

一车的人都用惊奇的目光盯着他，车内炸开了锅："演员？"

司机大叔看了眼他递过来的银票，有点困惑，怀疑附近是不是有摄像头，等四下扫了眼，发现没有隐藏的摄像头后，对他挥挥手。"拍戏没带钱吧，想用道具抵？你咋想得这么好咧，别耽误我开车了。"

似乎是当地方言，陆唤稀里糊涂地有点没听懂，但谨慎起见，还是往后退了几步，下了车。

公交车扬长而去，一车的人都回过头来兴奋地朝他看，还有人拿起手机对着他拍照。

陆唤心中估量了下医院的路线，于是开始……跑。

宿溪还在排队取结果，压根儿不知道这会儿医院外头的那条街上已经炸开了锅，消息都传到医院了，说是有个穿着皇子衣服的年轻演员帅得人神共愤，正在马路上跑马拉松。

一圈人围在路上拍照，还有人对他鼓气加油。

陆唤按捺住心头的不悦，冲进了医院。

宿溪听见走廊那边吵吵嚷嚷的，从昏昏欲睡中醒过来，正好听见有护士叫自己的名字，揉了揉脸，打算起身去拿结果。

护士叫的这一声虽然不大不小，一整条走廊又如开水般沸腾，陆唤却偏偏听见了。

"宿溪。"

陆唤呼吸漏了一秒，猛然定住寻找的脚步，他心脏狂跳，屏住呼吸，缓缓朝着那边看去。就看到宿溪打了个哈欠，正穿过人群，一步步朝着窗口那边走去。

是她！

一瞬间，陆唤的心脏都快要跳出喉咙，周遭的一切他都听不见了，万籁俱寂中，他感觉全身的血液涌上了头，眼角发红，全是狂喜，宛如做梦一般，但陆唤清晰地知道这不是梦。

他定了定神，拨开拥挤的人潮，朝着宿溪大步走去。

越走越快。

宿溪从窗口取了报告，走到一边，没什么精神地低头看了两眼，发现的确有点白细胞偏高，应该是流行性感冒，怪不得虽然没发烧，却总是有气无力的。

想着去门诊取点药，回家蒙着被子睡几天应该就好了。

这样想着，宿溪听见身后的一个女生惊呼了一声，也没太在意，拿着报告往回走，突然感觉身前人群好像散开不少，接着，她前额猛然抵上了一个胸膛。

宿溪正要说抱歉，可视线里出现的衣角却是明黄金丝的衣袍，衣袍上一条栩栩如生的龙，腰间缀金饰朱缨，黑色长靴也很是熟悉……

宿溪的呼吸一点点急促起来。

少年是跑过来的，呼吸略微有些粗重，宿溪闻到了他身上淡淡的清霜气息，很好闻。

宿溪心脏提到了嗓子眼儿，难以置信地猛地抬起头来。视线里撞进了一张寒眉星目、肤白如玉的脸。

是一个出现在这里会让她怀疑自己是在做梦的人。

下一秒，陆唤就在大庭广众之下将她拥住了，他眼圈发红，低声道："是我，我来见你了。"

"不知为何你那日没来，我等了许久，没忍住就来找你了，抱歉……我不该……"

陆唤想说当时自己不该让宿溪觉得为难，可张了张嘴，又觉得此时不是说这个的时候。

宿溪大脑直接宕机，一片空白。

周围的人倒吸一口凉气。

霍泾川和顾沁眼睁睁地看着突然冒出的一个穿着戏服的少年将宿溪死死抱在怀里，立马站起身，跑过来试图把他拽开。"我去！你谁？"

陆唤眼眶更红了些，像是好不容易找回了心爱的宝物，不肯撒手。

宿溪当机立断对两个好友道："别拽！"

她脸上的表情慢慢恢复过来，随即变成激动和狂喜。

做梦吗？不是，好像不是做梦。天，陆唤怎么可能出现在她面前！手机不是坏掉了吗?！即便没坏掉也不可能……

宿溪脑子嗡嗡作响，运转速度不够快，又快要死机，她决定先不去想这个。

见到两个好友还在试图把陆唤拽开，拽得陆唤的皇子服都快要坏掉了，她顿时感到一阵心疼，一把反抱回去，犹如护崽的老母鸡，对目瞪口呆的顾沁和霍泾川道："别碰他！"

顾沁："……"

霍泾川："？？？"

医院人实在太多，周围的人又都在盯着他们看，当然，主要是用惊疑的眼神盯着陆唤看。

宿溪一手攥着报告，一手牵着陆唤的袖子，带他走到没什么人的禁烟楼道。顾沁和霍泾川觉得突然冒出来的这小子古古怪怪的，放心不下，也赶紧跟了过去。

四个人站在楼道之后，宿溪放开陆唤的袖子，转身面对面地看着他，还感觉这一切都十分不真实。

她像是踩在云朵上一样，脑子晕晕乎乎的。

这种奇幻的感觉跟突然见到叮当猫出现在自己面前也没什么区别了，同时还有种失而复得的喜悦，她以为自己再也见不到陆唤了。

她摸了摸自己的额头，没发烧，也没吃毒蘑菇。又伸手去摸陆唤的额头，抬手发现他的个子比自己想象中还要高，于是宿溪又尴尬地再抬了几分，这才摸到了他的额头。

冰凉的，出了些微晶莹的薄汗，是真实的肌肤触感。

宿溪微张嘴巴，呆呆地抬头看了他一会儿，妈呀，陆唤真的从手机屏幕里跳出来了呀！

而陆唤漆黑的眼睛也一瞬不瞬盯着面前的宿溪，他想拥抱她，但是又竭力克制着。片刻后，他沉声问："对了，你来看大夫，是哪里不舒服吗？"

旁边的霍泾川"扑哧"笑出声："'大夫'哈哈哈，'大夫'，兄弟，你怎么文绉绉的，拍完戏还没缓过来？话说，你是哪个剧组的？身上这衣服还怪像回事的。"

他忍不住去摸陆唤的皇袍。

陆唤看了他一眼，脸都黑了，一把拧住他的手腕。

陆唤没用什么力道，但霍泾川一瞬间感觉手腕都快断了，他表情变形，连忙道："放开放开，宿溪，我手快断了……"

宿溪赶紧安抚道："好了，陆唤你力气小一点，我们这里的人骨头比较脆，禁不住的。"

陆唤有点委屈，没说什么，放开了霍泾川。

霍泾川瞪了陆唤一眼，但被陆唤看过来，他又心中一怵，赶紧揉着手腕躲到顾沁身后去，抱怨道："宿溪你这上哪儿交的朋友，练过武术吧？身上的戏服很贵吗？碰都不让碰一下。"

陆唤认出霍泾川就是那天他在幕布里看见的，宿溪被父母带着去"相亲"的饭桌上的那个小子。他脸色顿时变得不大好看。

但宿溪一看过来，他立马收起神色，抿了抿唇，垂下眸。"我只是不喜外人触碰。"

宿溪本来就失而复得，恨不得死死抓着崽崽的手不松开，生怕他丢了，现在见他委屈的样子，宿溪心脏都皱巴巴的，连忙道："好，不碰不碰。"

霍泾川："……"

顾沁："……"

"不过，你到底是怎么过来的？"宿溪把陆唤拉到一边，低声问。

她的心情还是不能平静，觉得惊叹无比，本来以为通过一块手机屏幕能够连接两个世界就已经是神奇到不行的事情了，万万没想到，还真的发生了穿越这种事，陆唤真的大变活人一样出现在了自己面前。

陆唤简明扼要地解释了一下主线任务十五，以及出现在自己眼前的那道白光。他过来之后，就直接出现在宿溪的房间里，接着看到冰箱上贴着她今日要来医院的备忘录，于是便匆匆寻了过来。

宿溪听得眼睛睁大，原来她真的没猜错，200点之后的大礼包果真是这个！

但是问题来了，陆唤过来了，可手机坏掉了啊，那他怎么回去呢？总不可能不回去吧，他在这边又没有身份证！

但现在想这个问题也是徒劳，宿溪决定先不去想，等明天拿到转移好数据的新手机后再说。

宿溪眼睛忽闪忽闪地盯着眼前的陆唤看，心中感到不可思议极了。

陆唤见她嘴唇干燥发白，像是正处于病中，于是也忍不住伸手去摸她的额头，但是立刻被宿溪打断。

"别动。"

她踮起脚用手摸了摸身前少年的头发，陆唤的头发如浓云一般，用金簪束起，宛如瀑布。

虽然之前在手机屏幕里都看习惯了，但他陡然出现在她面前，还是让人难以置信。

宿溪轻轻拽了下陆唤的乌黑长发，内心像是瞬间出现了一只尖叫鸡，天哪！竟然是真的头发！陆唤头发好长！

她又摸了下陆唤的脸，碰了碰他精致到不像话的眉眼，指尖先是落到他睫毛上，然后落在他脸上——宿溪快控制不住自己兴奋的表情了，脸上也有温度，是真的！

她把陆唤从头摸到手，还蹲下来摸了下他的衣袂和长靴，顺便碰了碰他的膝盖。终于可以彻底确认，是活的崽！

呜呜呜，她快哭了！

陆唤耳根微红，垂眸看着她，任由她一脸新奇地捏自己。

等她摸到他耳根时，他浑身一颤，犹如过电一般，终于忍不住轻轻握住她的手，低声问："小溪，你是在我身上找什么吗？"

霍泾川和顾沁都没眼看了，大庭广众之下摸来摸去，成何体统？简直不想承认宿溪是他们朋友了！

不过，霍泾川也注意到，陆唤的头发这么逼真，不太像是头套，他忍不住怂恿顾沁上去摸一下，说："那小子是拍戏的吧？但是怎么感觉没戴头套，而且他头上那个簪子，怎么跟真的一样？"

顾沁已经被帅晕了，她嗫嚅道："八成是附近剧组来的龙套小演员，但是太不科学了吧，这张脸，这么一张帅得人神共愤的脸还没火？"

"你们女生就知道看脸，他性格有我好吗？"霍泾川很不服气，小声道，"宿溪怎么认识这人的？"

顾沁抓狂道："我怎么知道？！看这样子认识都不止一天两天了……居然一直藏着掖着不告诉我们！"

等宿溪和陆唤彻底从见面的喜悦中回过神来，半小时都过去了。

这半小时里，霍泾川和顾沁就一直看着宿溪摸摸摸，那小子耳根染红还要竭力绷住假装神色无波……

霍泾川都快被逼疯了，忍不住提醒道："宿溪，还取不取药了啊，再磨蹭下去，太阳都要落山了！"

宿溪这才想起来正事，于是笑眯眯地对陆唤道："我去取药，你等我一下。"

陆唤道："我去吧，你们世界的许多事，我已经学会了，你瞧瞧。"

他拉着宿溪回到走廊，找了个位置让宿溪坐好，然后拿了宿溪手中的药单，抬头对了一下，便准确无误地走向了西药窗口。

陆唤穿着一身明黄金丝长袍，导致很多人都以为他是附近拍戏的年轻明星。

但他实打实地练过武、上过战场，举手投足间的气度全然不是这个世界任何一个这年纪的少年偶像可以比的。

于是无论他走到哪里，都会立刻吸引一大片惊艳的目光，以至人群都不自觉地稍稍为他散开，并且议论纷纷。

而宿溪看着他排队，守规矩地往前挪，顺利地从窗口拿到了药，心中感慨，没想到连复杂的医疗流程崽崽都已经搞清楚了，他那厚厚的笔记不是白做的！

当然，宿溪眼中的惊叹，落在霍泾川和顾沁眼中却是十分不解。取个药而已，很厉害吗？！瞧宿溪那满脸'崽才三岁就可以自己打酱油'的激动样！他们看宿溪是疯了。

这么一直被围观也不是个事，宿溪怕会惹来不必要的麻烦，比如说陆唤被发现不是这个世界的人，还没有身份证，是个黑户，然后被抓走。

所以在想出办法让他回去之前，还是得找个地方把陆唤安顿下来。

自己家肯定是不可以的，虽然还空着一个房间，但是突然带一个男孩子回家，家里肯定要炸了！

宿溪福至心灵，忽然用手肘撞了撞霍泾川。"霍泾川，你爸妈最近是不是出国玩去了，家里就你一个人？"

霍泾川看宿溪这样，眼皮子就猛地一跳。"你想干啥？"

宿溪说："让我朋友去你那里住几天……"

话还没说完，霍泾川就立刻拒绝："我不！"

宿溪说："上次谁说想要高达来着……"

霍泾川口水都要流下来了。"成交！但是话说在前面啊，他不能打我！"不知道为什么，虽然是第一次见面，但他总觉得这家伙对他有敌意。

"他干吗要打你？"宿溪立刻用莫名其妙的眼神看着霍泾川，满脸都写着"我们家崽那么乖、那么温柔、那么聪明，简直毫无缺点，怎么可能打你"。

霍泾川："……"

陆唤取好了药，将几个盒子放进窗口后的工作人员递给他的白色塑料袋里，微微低下头，对工作人员问道："二位好，可否告知我这药如何服用？"

工作人员只觉眼前一亮，一脸惊讶，结结巴巴地告诉了他。

等他拎着塑料袋走后，两个工作人员忍不住道："我天，刚刚那帅哥穿古装也就算了，为什么说话还跟古人一样？咱们医院是在拍什么穿越剧吗？"

宿溪和陆唤商量了一下，这几天陆唤就先住在霍泾川家。

陆唤知道自己贸然从那个世界过来，给宿溪和她身边的朋友都添了许多麻烦，再加上他默默观察了一下，发现宿溪与霍泾川这小子之间虽然亲昵，可十分坦荡，似乎真的只是铁哥们儿一样的关系。

于是他看霍泾川的眼神也就温和许多，想了想，将自己腰间香囊上嵌着的银片递给霍泾川，道："多谢霍兄。"

霍泾川看着那块银片，整个人都有点不好了，他怎么感觉这是真的银子？这年头还有人把银子带在身上？而且掂量了一下，很有分量。

"给……给我？"霍泾川结结巴巴地问，"陆兄，你这也太客气了吧！"

他学着陆唤叫他的方式，也这么叫陆唤。而且他发现宿溪这朋友脑子应该是有点问题，似乎不是在拍戏，而是真的把自己当成古代人了。

陆唤随着他们到了霍泾川家门前，负手看他开门，颔首道："不必介意，薄礼而已，我并未随身带太多，若你想要，下回多带些与你。"

霍泾川都快跳起来了，开了门赶紧把陆唤迎进来，然后把宿溪拉到一边，激动地道："溪溪，你这朋友是哪里的大款？玩古代皇子cosplay（角色扮演）的吧，还真的给我银子啊?！"

宿溪一脸无语，但是解释不清楚，姑且就让霍泾川这么以为着吧。

霍泾川这下对待陆唤比对宿溪还要热情了，他把家里的空调打开，拉开自己的衣柜，建议陆唤先换一身衣服，然后让两人先待一会儿，他下去买零食和可乐。

既然霍泾川都收了陆唤的银子，还坑了宿溪的高达，宿溪也就毫不客气地拉着陆唤走到霍泾川的衣柜前。

"我们这边已经是八月酷暑了，天气太热啦，阿唤你把身上的衣服换一下……你一米八三，霍泾川一米八，他的衣服你穿应该差不多。"

宿溪一边从衣柜里拿短袖出来在陆唤身前比画，一边道："先将就一下，明天我带你去商场买。"

陆唤任由她比画，心中只觉得温馨，他掸了掸袖袍，笑道："无碍。"

宿溪被他的笑容一晃，心中失而复得的满足感便静静流淌。

这段时间她的眼睛都哭得有点肿了，还以为彻底失去了自己的游戏小崽呢，但没想到柳暗花明又一村，他出现在了她的世界里。心中空荡荡的感觉总算是稍稍好了一些。

在医院看到他的时候，宿溪惊愕无比，同时心里还有种难以言喻的感动。他就这么过来了，面对一个一无所知的世界，如果是自己的话，没有万全的准备，根本不敢过去，也无法舍弃身边的亲人和朋友，他却毫无顾忌地，就这样来寻自己了。

或许是差点失去，才让宿溪明白，有些被她当成了习惯的人和事，在她心中的地位究竟有多重要。

她心里有些酸涩，又有些难以名状的悸动。

宿溪挑来挑去，给陆唤挑了一身霍泾川买了后还没拆包装的短袖和长裤。

但是问题来了，陆唤的头发太长了，在燕国洗澡都是用浴桶的，乌黑的长发若不想被打湿，可以放在浴桶后方，但霍泾川家里是淋浴，他长发披肩，肯定要弄湿。

宿溪愁苦地皱了皱眉，让他在自己面前扎了个马步，然后扯下一根橡皮筋，给他扎了个高马尾。

陆唤："……"

"确定要如此吗？"陆唤进浴室照了照镜子，脸有点黑。

宿溪抄起手机给他拍了两张照片，憋笑憋得肚子疼。然后推他进去，教他热水器怎么用，说："免得打湿头发嘛。"

陆唤想解开，但看她一脸笑容，还是无奈地认了。

浴室里很快升腾起氤氲的雾气，陆唤先前通过幕布看过这个世界的神奇之处，但当他真的触及水龙头，发现一拧开便可有热水或者冷水流出来时，还是觉得奇妙万分，于是在浴室里研究了一会儿，才开始沐浴。

宿溪坐在沙发上把电视机打开，翻看刚刚给陆唤拍的扎起头发的照片，乌黑长发的少年脸色难看，画面简直了，宿溪笑得快喘不过气来。

她等了半天没见陆唤出来，就先喝了点感冒药。

本来宿溪在医院就有点昏昏欲睡，喝了感冒药没一会儿头就一点一点的了。

陆唤将身体擦干，穿上短袖与长裤出来之后，便看到宿溪躺在沙发上睡着了。

他走了过去，放轻了呼吸，怕打搅到她。

他在她身前蹲下来，静静地注视着她的脸，勾勒着她的轮廓。

以前陆唤做梦都在盼望着这一天的到来，而当她真的就躺在他触手可及的地方时，他的心脏跳得比以往任何时候都厉害，却只敢静静地望着她，像是望着一件宝藏，生怕碰碎了一样。

心中狂喜，又觉得不真实。

是真实的吧？

陆唤小心翼翼地伸出指尖，轻轻碰了一下她的鼻尖。

宿溪觉得鼻子有点痒，皱了皱眉。

有温度，是真实的。

陆唤放下心来，像小孩子守着糖葫芦一样，就这样守在一边，眼巴巴地看着她。

陆唤想了想，她之所以去医院买药应该是有些感冒，不可以再着凉了。而且霍泾川家的沙发有点硬，她肯定睡得很不舒服。

他站起来，俯下身，轻手轻脚地将一只手从她的脖颈下穿过去，另一只手钩住她的腘窝，轻轻松松地将她打横抱起。

陆唤这才发现小溪很轻。

他以前没有抱过别的女子，都说世间女子柔软似水，原来是真的。他一将她抱起，她便自动滑落到他怀里，令他浑身一僵。

陆唤心旌微乱，定了定神，竭力不弄醒她，一步步朝着卧室走去。

可就在这时，宿溪感觉自己身体好像突然腾空了，她本来就没怎么睡着，这下便立刻睁开了眼睛。

一睁开眼，她就吓了一跳。

陆唤已经洗完了澡，换上了现代的短袖和长裤，如画的眉目中，古韵与贵胄之气终于被冲淡些许，但因为青丝如瀑，仍有种随意的俊美感。

四目相对。

陆唤一张俊脸顿时犹如滴血，怀里还抱着她，放也不是，不放也不是，他道："我并非故意轻薄，我……"

本来被公主抱不是多大的一件事，但陆唤从小受到的文化熏陶是男女授受不亲，且非礼勿视。因此他俊脸这么一红，宿溪本来没多惊，也被他弄得有些脸红心跳了。

慌乱之中，他飞快地转移话题，双臂掂量了下，道："小溪，你大约有两个水桶重。"

宿溪的脸红心跳一刹那终结。

第十章

喜欢也是勇气

陆唤来到这个世界，所有的一切对他而言都是很新奇的，宿溪很想带他多去几个地方，看一看现代世界的文明，吃一吃现代世界的好吃的。要不是现在放暑假，还可以带他去学校旁听一节课，肯定很有意思。

但是，当务之急是搞清楚穿越的机制。

陆唤这次穿过来，到底是满足了什么条件？是因为满了 200 点吗？以及什么时候可以穿，他还能回去吗？回去了之后，下次还能过来吗？

还有，他消失之后，承州那边的官员发现九皇子殿下不见了，肯定乱作一团，现在还不知道是个什么情况。

如果 200 点之后时间流速比例不变的话，那么他在这边多耽搁一日，他那边就过去两天。

消失超过三日，此事必定就要闹大，惊动京城里的人了。到时候再回去，便很难解释。

所以，还是得先解决眼前的问题，否则这些始终都会像大石头一样压在宿溪心上，宿溪总怕他下一秒就消失不见了，于是，也没什么心思带着他闲逛。

不过，不管怎样，他能出现在宿溪面前，对宿溪而言，就已经是一场终生难忘的奇迹了。

当天晚上宿溪不得不先回家，而陆唤先住在霍泾川家里。

走了之后宿溪才有点后悔没有给陆唤买部手机，万一穿越机制突然启动，他忽然就消失了怎么办……

但宿溪刚回到家，她家里的座机就响了，是霍泾川家的座机打来的，不过拨打的人却是陆唤。

宿溪刚换了拖鞋，匆匆跑过去接电话，听到陆唤的声音，心中一喜。

宿爸爸、宿妈妈回家了宿溪还在煲电话粥，不过这会儿是暑假，宿妈妈以为她在和哪个女同学聊天，也就没管。但等到饭都做好了，宿溪还坐在沙发上眉开眼笑地和电话那头的人讲话，宿妈妈就有些不满了，她喊道："溪溪，过来吃饭，和谁聊天呢？"

宿溪怕她妈听到电话那头是男生的声音，于是低声道："我得吃饭了，先挂了啊。晚上让霍泾川带你下去吃饭，不要饿着。"

陆唤微笑道："小溪不用担心，我已经会用厨房里的用具了，晚上不必麻烦霍……"

可话还没说完，听筒里便传来"咔咔咔"的声音。

陆唤皱眉，拎着座机去卧室找霍泾川。"霍兄，这东西怪异地叫，恐怕是坏了。"

霍泾川道："我家用了五年都没坏，怎么可能你一用就坏了？"

他往电话上拍了一下。

陆唤见状，以为这是什么治疗手段，便依样画葫芦地也要往电话上拍一下。

手掌还没落下去，就被霍泾川一把拦住了。"你别拍！你这一掌拍下去我家电话机都要烂了！"

陆唤蹙眉道："质量竟然如此糟糕。"

霍泾川："……"

还嘲讽他家座机质量差！

霍泾川摸着热得发烫的座机，欲哭无泪。"居然是太久没用，被你打烧掉了！我说陆兄你都给宿溪打了三小时电话了，有那么多话要说吗，有什么话不能明天再说吗?!"

陆唤瞧他哭丧的模样,走回自己的床铺边,拿起自己换下来的衣袍翻找,在腰带上轻轻一掰,掰下来一颗小小的夜明珠,走回来,递给霍泾川。"够吗?"

霍泾川差点从游戏椅上摔下来,目瞪口呆道:"你家暴发户吗?这夜明珠……怎么感觉像是真的?"

陆唤见他一副财迷的模样,变得理直气壮。"我需要通信。"

"给给给。"霍泾川激动地搓着夜明珠,掏出自己的手机给他,"刚充满电,陆兄你随便打。"

陆唤接过手机,回到自己的房间去,不过,他没再打电话,而是打算给宿溪发条短信。

中途霍泾川推门进去问他明天要几点起来时,发现他盘膝坐在床上,脊背犹如武人一般挺直,气势若孤松,十分慑人,但走近一看却发现,他连短信都发得十分困难,半个小时过去,才发出去一条。

霍泾川:"……"

霍泾川缓缓退出门去,整个人都不好了,他真的怀疑这小子是从古墓里出来的"小龙男",都什么年代了,打字都不会?!

在霍泾川独自凌乱中,日子终于到了第二天早上。

一大清早,宿溪就拎着外卖过来找俩人了。她已经吃过了,买了三碗馄饨拎过来。霍泾川还在睡觉,于是她把两碗半都倒进陆唤碗里,对他道:"多吃点,我们这里这种做法你都没吃过吧?"

陆唤先前半年都在行军打仗中度过,吃饭一向很快,在时间上能省则省,但即便如此,他的吃相看起来仍是很好看的,举手投足间有种古代少年将军的气度,即便已经脱掉了昨天的明黄色长袍,只穿着简单的短袖与长裤,看起来仍然很不像这个世界的人。当然,不知道他来历的人只会把这当作是他浑然天成的贵气。

宿溪坐在茶几旁边的小凳子上,笑眯眯地托着腮看他吃饭,感觉光看这个都可以看一整天。果然长得好看,去做吃播都可以火。

陆唤放下碗筷,一抬起头,就看见她盯崽一般的欣慰眼神,心中十分无奈。

不知道到底要何时，才能彻底从她脑中将自己先前那卡通形象清走。

想到这里，陆唤站起来，垂下头，对宿溪道："小溪，借过，我将这些收拾扔掉。"

宿溪仰头看他。"啊？"路这么宽，还要借过？

不待她反应，陆唤便缓缓俯身逼近，将她的凳子连同她一起腾空搬到旁边去。他双臂用力时，手臂上薄薄的肌肉线条便出来了，并不夸张，有种介于少年与成熟男人之间的力量感以及美感。

他刻意在空中停顿了一下，垂眸看了眼宿溪。

宿溪双眼瞪大，就这么被他轻轻松松地搬到了一边放下……

干啥？？？是在炫耀力气大？真的好臭屁！

可不得不说，陆唤这么逼过来，胸膛缓缓靠近，属于少年独特的荷尔蒙的清香气息扑面而来，让宿溪完全没办法将眼前这个一米八几的颀长少年，与那张包子脸联系起来了。

陆唤等到她脸颊慢慢变红，才老神在在地收拾了碗筷，踱进了厨房。

而一觉醒来，发现宿溪带过来给他的那碗馄饨只剩下两个的霍泾川："……"

昨天从医院打车回家的，而维修手机的地方离宿溪家不算远，所以宿溪是骑自行车过来的。

她本意是看自己能不能载得动陆唤，但万万没想到，陆唤坐在后座上之后，她扶着都费劲，更别说骑了。

这再一次让宿溪有点凌乱。

她看了眼身后明眸皓齿的少年，发现陆唤坐在后座，两条长腿只能委屈地蜷缩起来，才不至于拖在地面上。

为什么这么高啊？！这和她想象得完全不一样！

陆唤故意等宿溪充分认知到"他是一个能文能武的年轻男子，而并非只是到她膝盖的团子"之后，才假装对宿溪的懊恼一无所知，微微一笑，站起来道："我来吧，小溪你坐后面。"

宿溪挠了挠头，不太信任地将自行车把转交给他，走到后座去，唠叨道："你小心点，之前没骑过……"

话还没说完，陆唤抬脚，将自行车在原地一停，然后握住她的腰，轻而易举地将九十几斤的她放在自行车后座上，接着跨上自行车，便带着她骑了两条街。

宿溪的后半句话消散在空气中："……小心抓不稳把手。"

坐在后座的宿溪被惊得七荤八素，不由自主地抓住了陆唤腰侧的衣服，为什么这么熟练？这和她想象得完全不一样！

陆唤的声音传来："骑马与这个大致相同，腿长的人恐怕更好驾驭。"

宿溪默默低头看了眼他的腿，又看了眼自己的，终于勉强将脑海中屏幕里一直用两条小短腿蹦跶的团子画掉，换上长腿的少年。

即便骑着自行车，非机动车道上的两人也十分引人注目，一路上经过的人都忍不住朝陆唤看去，待到自行车已经掠过之后，才如梦初醒地收回惊艳的目光。

宿溪瞧着满大街的女孩子，心情有些郁闷。怎么已经把皇子长袍换下来，换成了普通的短袖、长裤，还是有这么多人盯着陆唤看，肯定是他头发太长的缘故。

宿溪在随身带着的包里翻了翻，翻出两顶帽子，将白色的戴在自己头上，然后微微靠近陆唤，将黑色的鸭舌帽按在他头顶。

"戴上这个，防晒。"宿溪才不会说自己有别的小心思。

陆唤倒是挺开心，等红灯的时候回头看了她头顶的帽子一眼，又将自己头顶的帽子摘下来反复看了看，最后兴致勃勃地戴回去。

若是他没记错，这样一黑一白的两顶帽子，在她这个世界，应该叫作"情侣帽"。

宿溪压根儿不知道他在开心什么，只是见他神采奕奕的，很帅气，要是她知道陆唤在想什么，肯定得一脸无语：一个是渔夫帽，一个是鸭舌帽，情侣帽个鬼啊！

等取到手机之后，宿溪才知道为什么陆唤会穿过来了，只见旧的手机虽然已经因为进水主板报废了，但是在彻底报废之前，数据的确都被维修师傅尽心尽力地转移进了新手机里面。

因此，新手机一打开，竟然找到了游戏的图标。而打开游戏之后，页面赫然停留在已经到达 200 点，即将开启大礼包的系统通知上。

她担心了整整七天！就怕这款游戏从此消失在自己手机里，此时见它出现在了新手机里，宿溪心情激动，简直恨不得给维修师傅多加几百块钱。

"你穿过来之后，就直接到了我家，那么要想回去，应该也只能从我家回去。"宿溪分析着，拉着陆唤往回走，"所以我们现在还是回一趟我家，把穿越机制研究出来。"

"今日？"陆唤一愣，皱了皱眉。

他穿过来算是一场意外。

目前从系统给出的关于 200 点大礼包的信息上并没办法看出，大礼包是能够穿一次，还是多次来回穿，万一他这次回去了，以后再也无法过来了怎么办？

小溪难道不担心这一点吗，今日便急着催他回去？

陆唤看了宿溪一眼。

宿溪心里也有些说不出来的慌乱，谁也不知道这穿越时效是多久，万一这一试，把陆唤送回去，他就再也过不来了怎么办？但她即便有这种担忧，也不可能说出"要不你别走了"这种话，只好硬着头皮催促陆唤："快，趁着我爸妈还没回家，我们赶紧先回去试试怎么把你送回去。"

"嗯。"陆唤跨上自行车，表情与来时截然不同，他抿着唇，沉默不语。

陆唤其实不大愿意回去。然而，他亦知道，这个世界终非自己的归宿，自己在这个世界并无身份凭证。何况，承州那边洪水过后还有一大堆事务要处理，河未清海未晏，朝政虽不至于漏得像个筛子，但六部上下，蛀虫无数。

镇远将军等人对自己寄予了厚望，燕国自北境胜仗之后也总算有了点起色，若是自己就此一去不回，很多事便没有人做了。

他若是为了一己之私留在这个和平的世界，便对不起燕国的百姓。

将自行车停在小区单元楼下之后，陆唤将单元楼的门推开，与宿溪一道往电梯里走。

本来一整天都开开心心的，但一谈到离别，两人都变得有些沉默。

宿溪确认家里没人之后，掏出钥匙，带着陆唤进去了。

陆唤之前通过幕布已经看过她家不下百次，但今日与她一道站在这屋内，又是另外一种感觉。

家。

陆唤心弦微动。

来到宿溪房间，两人并肩在床上坐下。

宿溪打开游戏，将页面调到陆唤穿过来之前的承州屋内，外面有很多小人跑来跑去，九皇子殿下突然消失，承州当地官员害怕出什么事，暂时不敢上报，私下加派人手寻找。于是外面一片混乱。

宿溪咬了咬唇，看了眼身侧沉默不语的陆唤，问："决定好要回去了吗？"

"对。"陆唤抬起眸，似是承诺，对她道，"但我还会想办法回来的。若是有两全其美之策，能自由穿梭于两边，便再好不过了。"

宿溪看他这样承诺，多少安下了心，笑道："'回来'？说错了吧，是'回去'才对，你府邸在那边……"

陆唤望着她，低声道："府邸不过是安身之所，于我而言，我没有别的亲人了，你就是我唯一的亲人。"

宿溪呼吸一窒，猛然听见他这话，心颤了颤，不知道该说什么好。

而就在这时，外面大门忽然响了一下，宿妈妈的大嗓门老远传来："溪溪，你已经回家了？怎么门口还有男生的球鞋，霍泾川来我们家了？"

宿溪陡然听到这句，惊吓得跳了起来，慌忙把陆唤往桌子底下推。"完了，我爸妈回来了，让他们看到你，我俩就完了！"

陆唤狼狈不堪地躲进桌子底下，修长的他委屈巴巴地蜷成一团，道："不能出去与你父母……"

"不行！"宿溪斩钉截铁，脸红心跳地将外套脱了，盖在腿上，努力将陆唤挡住。

宿妈妈听见房间里有窸窸窣窣的声音，疑惑地走到房门口敲了敲门。"溪溪，在吗？"

宿溪慌手慌脚地将椅子往左边挪了挪。"在。"

宿妈妈一把推开房门，就见房间里只有宿溪一个人，宿溪正老老实实地坐在书桌前，可能是房间里空调温度开得太低了，还在膝盖上盖了件外套，这丫头倒是知道冷了，一到夏天就在空调房里穿短裤，等老了铁定得老寒腿。

宿妈妈觉得很是欣慰，走过去看了眼宿溪正在写的东西。

宿溪心惊肉跳，暗促促地用余光瞟了桌下一眼，紧张得手心都在出汗。

她的书桌靠窗，两侧都有柜子，站在门口和侧边是看不见桌子下蹲着的少年的，但是如果走到她身后，肯定能看见。

万一当着老妈的面，被她发现房间里突然多了个俊俏的男孩子，那"谈恋爱还往家里带人"的帽子肯定要扣下来，她可就跳进黄河都洗不清了。

但好在宿妈妈懒得多走几步，就只是随意看了眼她面前的书，问："我看到玄关处有男生的鞋子，还以为小霍来了，他怎么不在？"

宿溪在草稿纸上乱画，装作在演算，道："哦，他下午是来玩过，已经走了。"

"走了？怎么不留下来吃晚饭？"宿妈妈转身出门，随即又觉得不对，"他走了，那怎么鞋子还在我们家？"

宿溪心里捏了一把汗，装作若无其事地道："可能忘了吧，他应该是不小心穿着我们家的拖鞋走了。"

宿妈妈："……"

"现在的孩子整天打游戏，精神都恍惚了，小霍怎么也这样粗心大意的……"宿妈妈没多想，嘀咕着给宿溪关上门，去厨房做饭了。

房间里这才恢复安静。

宿溪的心脏怦怦直跳，宛如经历了一次过山车，她拿掉膝盖上的外套，胆战心惊地溜到门边，朝门外看了一眼，见老爸老妈并没有怀疑，这才松了一口气，把房门反锁上，回到桌旁。

她蹲下来，小声道："陆唤，好了，我妈妈走了。"

却见桌子底下，陆唤抱着膝盖，头靠着柜子，漆黑的眼睫低垂，他睡着了。

宿溪蹲在他面前，不由得停止了叫他。

虽然陆唤对承州洪水一事只是一句话带过，但宿溪知道，他为了尽快达到200点，应该又是许多天不眠不休，疲惫不堪。到这里之后，换了个完全陌生的环境，昨晚在霍泾川家也未必能睡着，所以才这么一会儿便睡了过去。

宿溪暗自心疼，想让他再眯一会儿，便轻手轻脚地将手机关了静音。

她席地而坐，手肘撑着膝盖，托腮瞧着他。

桌子上的台灯照不到下面来，只在陆唤的下巴处投下些许光亮。他的五官是隐在阴影之中的，俊俏的眉宇，挺拔的鼻梁，是个冷漠艳丽的长相。

他合着眼的时候安安静静的，让人不由自主放轻了呼吸，怕打扰到他。

他浓如鸦羽的长睫毛不自觉轻颤，在眼睑下方落下一片阴影，也扫得人心中发痒。

隔着这样近的距离，宿溪认真地看着他，心中不由得再次感叹，崽崽长得真是好看啊……

和学校里主要运动只是打篮球的男孩子不同，他胳膊上有着一些浅浅的疤痕，因为穿着短袖，这些便全都露了出来，右边胳膊上的疤痕较深，是一道不起眼的箭伤。

他抱膝坐在那里，静谧得像是覆盖了皑皑白雪的松柏，若不是桌子略微矮了一些，他即便不小心睡着了，脊背也是挺直的。

可能是太安静了，宿溪只听见自己竭力放轻的呼吸声，于是心跳慢慢地快起来。

她忍不住腰身向前倾，伸出手摸了一下他右胳膊上那块浅浅的疤痕。

当时在军营里包扎的时候，这处伤口是血肉模糊的，宿溪就十分心疼，但好在商城里的金创药效果很好，两个月的时间就恢复了。只是少年过于白皙的肌肤上，还是留下了一些痕迹。

冰凉的手指触及他的胳膊，宿溪还抚摸到了一些略微凹凸不平的伤痕。

宿溪轻轻地吸气，有些犯愁他是不是疤痕体质，这些陈年旧伤得到什么时候才能彻底消失呢？

宿溪感受着指尖传递过来的触感，听着近在咫尺的陆唤细微的呼吸声，看着他额前被空调的风轻轻拂动的几根发丝，再一次深深地感知到，他在她面前，是活生生的人，有血有肉。

可以拥抱，可以牵手，他也可以轻而易举地将她抱起来。

喜欢吗？

喜欢上一个纸片人，或者说喜欢上另一个世界见不到面的人，宿溪是不敢想象的，但是现在，他就这样真实地睡在自己面前，有着真实的呼吸，真实的血液，真实的温度……

怎么可能不喜欢呢？

毕竟抱着膝盖坐在自己面前的少年长得这样好看。

宿溪都能想象得出他睁开眼，看向自己时的样子。

事实上，宿溪与他互相陪伴了那么久，几乎能想象得到他任何时候的样子……

开原画之前他还是个团子时的警惕样子，看向别人时眼眸微带几分漠然的样子，仰头通过屏幕注视自己时满腹心事的样子……

开了原画后，他穿着铠甲浑身血迹的样子，处理军务行事冷厉的样子，知道自己出现眸子里压不住兴奋的样子……

崽崽很温柔。无论对待别人如何，是漠然阴郁，还是冷若冰霜，也无论他情绪如何，高兴还是发怒，他对待自己永远都是与众不同的。

所以，怎么可能不喜欢呢？

在他还没来到自己这边时，宿溪心中还不确定。她知道自己情绪会为之牵动，但她不知道那是怎样一种感情，或许更偏向于陪伴两年的友情？

但是顾沁有一句话说得很对，朋友之间是不会有占有欲的。只是，她仍然下意识地想要逃避，毕竟跨越时空对宿溪而言，是一件难以置信的事情。

当陆唤在那边努力学习现代文明，想要尽早融入自己的世界的时候，她也从没想过，有朝一日，他可以鲜活地站在她面前。但现在，他的确就在她眼前，她的手指正触碰着他的肌肤，他的肌肤下是流动着的血液……他的睫毛轻轻颤动，一下一下，落在宿溪飞快跳动的心脏上。

他已经走完了百分之九十九点九了，而她……

宿溪看着他好看的脸，脑子不知不觉就变成了糨糊。

就在这时，陆唤似乎是感觉到肩膀上冰凉的触觉，眼珠转了转，倏然睁开眼来。

宿溪还保持着倾身向前，眼睛一眨不眨地盯着他看的姿势。

两人距离实在太近，连呼吸都可以落到彼此的脸上。

宿溪吓了一跳，陡然面红耳赤起来。

她想要站起来，慌乱之下，却完全忘了头顶是桌子，脑袋猛然撞过去，但好在她头顶即将撞上桌板时，陆唤眼明手快地用手挡了一下，于是宿溪只将他的掌心撞出一声闷响。

宿溪一屁股坐在地上，紧张地握住陆唤的手问："你没事吧？疼不疼？"

"无碍。"陆唤眸子里隐隐藏着一些璀璨之意，瞧着她，刚要说话，忽然听见外面又传来了脚步声。

陆唤的嘴猛然被宿溪捂住，两人双双屏住呼吸。

房门被宿妈妈敲了两下。"吃饭了，溪溪。"

宿妈妈奇怪地看了眼门把手，道："好端端的关门干什么？"

宿溪的心一下子提到了嗓子眼儿，也不知道是被门外的老妈给吓的，还是因为近在咫尺，朝气蓬勃的少年落在她掌心有些热的呼吸。

两人实在挨得太近了，只听见"扑通扑通"跳得很快的心跳声，却分辨不出来到底是谁的。

"我马上就来！马上！"宿溪赶紧扬声道。

宿妈妈这才走开。"快点，等下饭菜凉了。"

等宿妈妈走后，宿溪才松了一口气。她坐在地上，慢慢松开捂住陆唤嘴巴的手，脸颊有些发烫。

陆唤不知道在想什么，耳根也有些红。

片刻后他站起身，将地上的宿溪扶起来，压低声音道："抱歉，我刚刚是不是打盹儿了？"

"你回去之后好好休息。"宿溪生怕外面的爸妈听见，用气声说话，"我先出去吃饭，不然待会儿我妈又要来叫了。"

"好。"陆唤给她关了空调，笑了笑，"去吧。"

本来是想让陆唤沐浴完，换上来时的衣服再回去的，但没想到宿爸爸、宿妈妈提前回来了。现在，陆唤显然没办法出房门去卫生间，而且他还没吃晚饭。

宿溪心里一面很忐忑，怕被爸妈发现，一面又很心疼陆唤没吃好也没睡好。

她走到房门口，不放心地回过头。

陆唤立在房间里，望着她。

宿溪听见外面父母在说话，心惊胆战，定了定神，拉开房门。

出去之前，她再一次定住了脚步，回过头。

陆唤仍然站在那里，望着她，眼眸里有些不舍，似乎是想等着她走出房门后，再去动手机，从而离开。

但没想到她一步三回头。

陆唤不由得扬了扬眉，示意：怎么了？

宿溪望着他，不由自主地回想起自己让他很失望的那一幕幕。

城外兵营那一次。

兵部院子里那一次。

御花园里那一次。

…………

每一次，他都是目送着自己离开，就像现在这样，等自己先下线。缓缓淡出的屏幕上，他竭力不让失落的神色显露出来，也像现在这样。

以前就知道他等自己上线等得很辛苦，现在，她却因此而隐隐有了些心疼的感觉……

喜欢是心疼吗？

不想让他不开心，也不想让他等太久。

那么，喜欢应该也是勇气才对。

总不能他做了那么多，自己却什么也不做，无动于衷地看着他不顾一切地来到自己的世界。

宿溪忽然又轻轻关上了门，快步走回陆唤身边。

陆唤还没来得及反应，便见宿溪拽住他短袖衣角，低声道："你来之前，皇后那边不是要给你选妃嘛，你是怎么解决的？"

此前宿溪从不在意这个，从不在意他身边是否有别的女子，陆唤甚至以为，如果有一天自己真的娶妻生子，她只怕会比自己还兴高采烈。

因此，乍听到宿溪问这个，陆唤下意识地以为她要劝他回去之后不要抗旨。

他手脚冰凉，无边的失落涌现，一时之间心中有些抽痛，但他定了定神，努力压制住，只哑声道："为何问这个？即便你……"

即便如她那日所言，她只把他当朋友、当崽，可他眼里却无论如何都无法容下除她以外的任何人。

她已经知道了这一点，还要劝他娶别人吗？

从她口中听到这样的话，无论何时于陆唤而言都不亚于一场凌迟。

他想让她不要再这么说。可即便再怎么恼怒，他对她也说不出重话。

然而，陆唤还没说完，却听宿溪小声道："不准选。"

陆唤愕然，一时有些不敢相信自己的耳朵。

他怀疑自己听错了，垂着眸盯着她，表情有些茫然。

宿溪微微仰头，看着他，有些紧张地重复了一遍："回去以后不许选妃，不准！"

陆唤宛如听到了什么石破天惊的话一般，直愣愣地看着她。等到脑子慢慢运转，将她说的话理解之后，他窒住的呼吸才一点点急促起来。

宿妈妈还在催，宿溪生怕老妈催得不耐烦，突然进房间来揪人，只好快速冲了出去。

陆唤看着她关上门出去。

过了好久，他仍然定定地立在她房间里，满脑子都是宿溪刚才的那句话，心脏依旧在狂跳。

他想问个明白，她到底是何意，可听到外面她父母的声音以及电视机打开的声音，也知道此时实在不是时候。

宿溪拉开椅子在餐桌边坐下，拍了拍自己有些滚烫的脸颊，这才端起碗筷来。

房间里藏人，玩的简直就是心跳！

知女莫如母，宿妈妈觉得宿溪怪怪的，但具体哪里怪又说不上来，瞧了她两眼，问："你下午干吗啦，玩了一下午游戏吗？"

宿溪扒了一口白米饭，心猿意马地道："出去取手机了。"

宿妈妈又问："怎么脸这么红？"

宿溪惊了一下，简直不敢抬头，竭力镇定地道："下午太阳太大，晒了会儿。"

宿妈妈狐疑地看了她两眼，但也看不出来有什么异样，于是给她夹了两筷子菜，道："多吃点。"

陆唤前天消失时，正站在承州官衙议事厅的屏风后，等承州刺史与另外两个下属前来回话。

一路上，承州刺史将阿谀奉承、感恩戴德的话打了无数腹稿，背得滚瓜烂熟，正要去对九皇子磕头谢恩，可谁料他推门进去，却发现议事厅内空无一人！

通知他们带着监工与账本前来的九殿下本人居然不在，而议事厅外的守卫又说，九皇子进了议事厅之后就没出来过。

难不成九皇子凭空消失了？

承州官衙上上下下顿时心急，生怕这位如今在京城正得势的九皇子在他们承州这里出事，那可就不只是灭九族的事了！

陆唤来承州时带了一队羽林卫。承州刺史生怕保不住自己的项上人头，不敢告诉陆唤带来的这些属下，一边拖延，一边派人暗中寻找！眼看着快要瞒不下去了，承州刺史急得团团转，这才突然听见官衙那边来报，说九皇子查事情回来了。承州刺史提起的脑袋这才放回脖子上，忙不迭去拜见了。

又是一通人仰马翻。

多亏了承州刺史的隐瞒，因此知道陆唤无故消失的也就只有几个守卫。

陆唤回来之后匆匆换了身衣服，这才开门传人，对承州刺史道自己是去查事情了，这些守卫便以为是自己眼花，九殿下明明出去过，他们却打盹儿没看见。

这事便就此揭过。

"回来便好，回来便好。"承州刺史抹了把冷汗，道，"殿下今后还有什么想查的，无须亲力亲为，只管使唤下属便是。您两日不在，臣差点急昏了头！"

陆唤问："两日？"

承州刺史答："对，整整两日了。"

陆唤顿了顿，道："没别的事了，你先退下吧。"

承州刺史这才松了一口气，退了出去。

将人都遣出去，屋内空无一人之后，陆唤在桌案后坐下，和原先一样打开幕布。时隔十几日，幕布终于再次出现了，且上面的所有东西与之前一样，没什么大的出入，陆唤这才放下了心。

不过，如承州刺史所言，他才不在了两日。那么也就是说，200点之后，这个世界的时间流速和小溪那边的时间流速比似乎又发生了变化。现在，应该是彻底变成一模一样的时间流速了。

陆唤心中有些高兴，他先前还思考过，若是自己这边的时间疯狂流逝，小溪那边的时间却流逝得极慢，那么岂不是小溪还正年轻，自己却已经垂垂老矣了？但现在看来，当点数累积到200点，两个世界的通道彻底打开之后，两个世界的时间流速便也变得一致了。

最后一个问题便是，今后要如何再去往她的那个世界。

四下无人，陆唤不由得起身，朝着幕布走去。

以前他试图穿过幕布的时候，都会直接扑空，可现在，陆唤惊讶地看着幕布仿佛变成了一道无形的门，他一脚踏进去，便回到了她的房间里。

而此时此刻，外面的客厅里还传来她家电视机的声音、洗碗的声音以及她母亲说话的声音。

这些声音是如此鲜活真实，他清楚地知道她就在一墙之隔的客厅里。

陆唤心中狂喜！

他转身再次回到自己的世界，而后又转身，一脚踏入她的世界。

来回数次之后陆唤终于确定，只要幕布不消失，自己便可以轻而易举地来到她的世界！

这一切对陆唤而言都是莫大的幸运，他心中对这块连接了二人世界的幕布感激不已，便又点开了任务系统，想看看200点之后还有什么任务。

就见页面上飞快地弹出一行文字：【请接收主线任务十六（高级）：促进燕国完成轻徭薄赋的法例。任务难度六十五颗星。金币奖励+3000，点数奖励+15。】

燕国近些年来国库较为空虚，但无论是赈灾还是打仗都需要金银、粮草。先前皇上曾数次颁布圣旨，加重征收各类税赋，如此一来，民怨累积，百姓怨声载道，陷入恶性循环。

若要解决这个问题，必须将层层中饱私囊的蛀虫官员揪出来。

可这样一来，又势必牵扯各类势力。牵一发而动全身，就怕因此而引来造反。

更何况，燕国地域广阔，除京城外一共七十个大州，每个州底下又有十几个小县，光是入朝为官的官员便有几千人，若是一一查起来，也不知从何查起。

这系统所颁发的任务倒是层层递进，为国为民。

不过，陆唤心中诧异的是，竟然还有任务？那么，是否累积到 300 个点数之后，将会有第三个礼包？

似乎知道他心中所想，幕布上又跳出一行文字：【"十八岁在燕国已经可以娶妻生子了的陆唤"请努力完成任务，300 点之后将会有第三个大礼包，穿越通道将会变成双向。】

双向？

意思是，此时只有他可以从他的世界去往她那边的世界，但是若达到 300 点，她便也可以来到他的世界吗？

陆唤心潮澎湃，迫切地想要告诉她，下意识地便通过幕布进入了宿溪的房间。

但是房间里空荡荡的。

宿溪似乎刚吃完晚饭，还在客厅。忽然听到宿溪房间外响起宿溪母亲的脚步声，陆唤便赶紧回到了自己这边。

第十一章

男朋友

　　承州地处燕国腹地，是连接九州之地，一向富庶，但是正因为靠近长江，所以夏季雨水充沛的时候极容易暴发洪水。

　　此次若不是陆唤提前得知消息，上书一封，匆匆赶来承州，在洪水还未酿成大患之时，部署官员沿河检查，维修加固堤坝，事后疏散百姓，排泄洪水，承州恐怕会遭受更大的磨难。

　　因此，陆唤算是立下了大功一件。承州官员感恩戴德，京城中也为此议论纷纷。

　　先前陆唤急着来承州，错过了那道要为他甄选皇子妃的圣旨，既然是错过，便不存在抗旨不遵，反而是太监来迟一步，回宫之后恐怕要被皇后数落。

　　但现在他在承州的事情大致已经结束，属下送来了召他回京的书信。等到回京之后，皇帝龙颜大悦之下，势必又要提起甄选皇子妃一事。

　　到时候再找由头拒绝，那便是真的抗旨了。

　　除了宿溪之外，陆唤对别的女子从来都是离得远远的，就连府上皇后送来的丫鬟，他都找由头直接打发到看不见的地方了，眼不见心不烦。

　　相比之下，他反而更怕宿溪开原画，兴致勃勃地盯着那些稍微俊一点的羽林卫、稍微貌美一点的丫鬟瞧。因此他巴不得身边都是丑人，都是侏儒，就只有自己一人玉树临风。

他自然从来都没想过娶妻纳妾一事，更别说甄选皇子妃了。

皇后竭力为他促成的这次选妃，在宿溪什么也没说之前，他便已经打算想办法拒绝了，便是抗旨，也要想出法子来。因而在去到她那个世界之前，他便已经修书一封，让较为信任的一名羽林卫快马加鞭带回京城递给兵部尚书。

陆唤的出生时辰，除了长春观那名道姑，便没别的人知晓。他需要兵部尚书找到那名道姑，让那名道姑将他的生辰八字稍稍改动一番，再散布出去。而皇上年岁已高，较为信道，他自会命宫中道长算出陆唤的命格——弱冠之前，不宜娶妻。如此一来，此事便可大事化小，小事化了，近两年皇后都没办法以此事做文章了。

若不是更加凶煞的命格会惹得朝臣非议，就算被算出孤独终老、终身无法娶妻，他也无所谓。不过他已然做了万全的安排，待到两年后，皇后那边便未必有能力在他面前插手此事了。

但他没想到，在他回来之前，小溪对他说了那番话。

她说不准他选妃。

陆唤回味着宿溪的话，心中充斥着紧张与忐忑……

她到底是何意，是他所想的那般意思吗？他是否该问得更清楚一些？

可若她说那话，仅仅是不希望他受到皇后摆布，实际上并没有什么特殊的意思呢？他若是弄巧成拙，岂不是丢人？

陆唤脑中胡思乱想，一会儿全身滚烫，一会儿又犹如被泼了一盆冷水，反反复复，心情上上下下。片刻后，他忍不住推开门，到庭院之中看洒在青石砖上的月光，吹了会儿冷风。

不过无论如何，现在两个世界已经连通，他可以自由去往她那个世界，这已经足够令他狂喜了。

陆唤定下心神来后，心中想着，若是今后经常去往她那个世界的话，便必须要有在那边立足的资本。

用她那边的话来说，便是"必须有房有车"。

他已发现，他这边的银票在她那边完全无用，她那边有着另外一套纸币当作货币。但是，两个世界的金银珠宝等物却是通用的。

他府邸之中的银两大多是官银，若是出现在她那边，恐怕会被人发现是来自千年以前，因而只能将一些普通的金银带去，兑换成她那边的货币。

有钱能使鬼推磨，在她的那个世界应该也不例外。自己下回去，应当想办法弄到一张她那个世界被称为"身份证"的卡片了。

这两日陆唤不在，要处理的政务堆积了不少，他点了蜡烛，一册一册地处理。

等到将最后一册堆上去，窗外的月亮已经高悬于天际。

陆唤放下毛笔，坐在床榻上，打开了幕布。

此时，宿溪那边也是深夜了，她已经穿上了柔软舒适的棉麻睡衣，在空调被里蜷缩成一团。

陆唤静静地看了她一会儿，有些疲惫的思绪终于得到了几分缓解。

他见宿溪似乎睡得有些不安宁，在床上动来动去，一脚便将被子蹴开了，睡衣还稍稍掀起了一个小角，露出一些白皙的皮肤来。

陆唤耳根微红，不大敢看，但抬头看了眼正对着她吹着冷气的空调，便忍不住踏进她房间。

他走到她床边，俯下身，轻轻为她掖了掖被子。

掖好被子，陆唤放下心来，转身欲走，可宽大的衣袖却被人拽住了。

宿溪吃完晚饭洗完澡之后，打开游戏，就看到系统页面弹出一系列消息，知道 200 点之后，陆唤可以自由来到自己的这个世界了，兴奋得根本睡不着。

本来想找陆唤说话，但见他在专心致志地处理政务，便想等他处理完再说，可谁知就这么歪在床上睡着了。

不过因为睡得不太沉，所以很容易就醒了。

"你来了。"

宿溪裹着空调被翻身起来，揉了揉眼睛，目光灼灼地看着陆唤，有些激动，压低声音道："我看到系统提示 300 点之后还有礼包，300 点的礼包有什么用，会不会是我也能去你那边？"

陆唤被她拽得在她身边坐下来，莞尔道："应该是。"

宿溪顿时更加兴奋，喜上眉梢。

房间里也不算乌漆墨黑，窗帘拉开着，外面的月光流淌进来，因此小声说话的两个人，只隔着这么近的距离，可以将彼此看得一清二楚。

陆唤的视线落在宿溪披散在白皙脖子上的乌黑长发上，她睡衣是长袖的，但是很薄，她一手拽着他，一手撑着床，画了小兔子的睡衣便将她的身材勾勒出来。

陆唤喉咙发紧，几乎不敢再看，仓促地移开了视线，看着地板。

但宿溪怕在房间里说话，会被主卧的爸妈听见，于是在床上用膝盖挪了挪，又凑得离陆唤近了点，做贼似的小声问："我还没来得及问你，选妃的事你怎么处理的？"

陆唤的声音有点哑，解释了一下。

宿溪听完心里一阵难受，小声说："可是这样的话……以前在宁王府过的那个就不是你真正的生日，现在好不容易搞清楚了身世，却还是没办法过真正的生日……"

陆唤心中动容，这世上，大概就只有她会在意自己冷冷清清的生辰了吧。

他抬起眸来看她，两人小声说着话，就像是在夜深人静时说什么秘密一样，但距离实在太近了，少女柔软的身子近在咫尺，于是陆唤感到浑身有些烫，又窘迫地去看地板。

宿溪觉得奇怪，用胳膊肘捅了他一下，关心地问："你老看地板干什么，我房间里的地板上有什么吗？"

陆唤简直不知道该如何回答，他匆匆站了起来，说："我先回去了，小溪，你好好休息。"

陆唤有些懊恼自己此时将她惊醒，原本深夜突然闯进女子的闺房，便是他唐突了。但古人格外看重的这些礼仪，在宿溪眼里根本不存在，所以她有些莫名地看着陆唤，不知道他怎么话说得好好的，突然就要走。

"别啊。"宿溪有些不满，抓住他的袖子，"我都睡不着了，不能说会儿话吗？"

陆唤望着跪坐在床上的她，心中像是烧开了的翻滚的水，反复思量着她的那句"不准选妃"，不得安宁。她以前……不都是极力撮合他和别人的吗？

或许是心中隐隐藏着某种奢望，他终于忍不住，脱口而出道："小溪，我回去之前，你……为何说那句话？"

宿溪恍然大悟，突然想起来，是了，自己心里纠结一番之后，主意定了，以为说了那句话就算挑明了，他却好像还不笃定，还在患得患失。或许是自己一退再退，才让他不敢确定吧。

她忽然有些心疼，因为这份心疼，便忍不住想要大胆一点，更加有勇气一点，给他一个更加肯定的答案。

宿溪忽然跳下了床，站在陆唤面前。

她踮起脚，凑到他脸颊旁边，轻轻啄了一下，笑道："我都这种程度轻薄你了，你还不懂吗？"

柔软的触感在脸颊上稍纵即逝。

陆唤陡然睁大眼睛，瞳孔里闪过一丝难以置信的神色，一瞬间怀疑自己是在做梦。

他怎么会得到他一直以来渴望的东西呢？老天从来没这么眷顾过他……

可是月光落在她脸上，一切又分明是真的。

他怔怔地看着宿溪，眼睛里渐渐染上一些压抑的狂喜。

半晌，他哑着声，半是哀求，半是克制，道："我不懂……小溪，你把话说得再明白一些。"

宿溪脸颊很烫，心中抓狂，她难道说得还不够明白吗？还要怎么把话说得更明白一点，难不成要拿个大喇叭广而告之吗？！

可是事已至此，只能一鼓作气。

宿溪两只手抓着睡裤，豁出去了般小声道："意思就是……陆唤，我觉着我也喜欢你！"

陆唤屏住呼吸，终于听到了她的这句话，他脑中轰隆一声，炸开了。像是等了很久很久，缺水到嘴唇干裂的干渴之人，终于等来了他的绿洲。

他的眼眶不自觉地发红，嘴角却不自觉地上扬。

世间感情很少会有对等，多的是求不得，陆唤一向懂得这个道理。

因而他虽然辗转反侧，渴望有朝一日能离她更近一点，但是心里也清楚，绝对没有他心悦她，她便要对他付出同等感情的道理。

她将他当作游戏里的一个虚拟人物也罢，将他当作陪伴许久的朋友也罢，他虽然失望，虽然难过，却从来都不可能有催促的心思，更不可能去怪罪她。

他只是想，只要他足够耐心，一天一天地等待下去，有朝一日，总会精诚所至，金石为开。

那天幕布消失之前，见到她有意躲避自己，他心中便有些慌张。

他这几日也有话按捺在腹中，没来得及对她说。他本想对她说，他已想办法拒绝了皇后安排的选妃，但只是因为他暂无娶妻生子的想法，希望她不必有任何心理负担。

但没想到，她此刻站在他眼前，对他说，她也喜欢他。

陆唤宛如眼巴巴等了许久，终于等来心爱的糖果的小孩一般，双眼发红，直勾勾地盯着宿溪，忍不住乞求更多一点："是你亦心悦我的意思吗？"

宿溪怪不好意思地低着脑袋，小声道："是。"

陆唤又问："是以后你不会再去和霍泾川之辈相亲，也不会接受除了我之外其他男子的电影票的意思吗？"

宿溪觉得哪里怪怪的，但抬眸看着眼巴巴的陆唤，便还是答应道："……是。"

陆唤喜上眉梢，竭力绷住神情，然而眼角眉梢的欢喜根本抑制不住。

他哑声问："是以后会成为我的皇子妃，并且不许我多看别的女子一眼的意思吗？"

宿溪："……"九皇子殿下，你是不是有点太得寸进尺了？

而且，到底为什么那么执着于逼着我成为妒妇?!

宿溪忍不住解释道："陆唤，你可能不太清楚，我们这边法定结婚年龄，女生是二十岁，跟你们那边不太一样……"

陆唤的眼眸一下子暗淡下来。"我明白小溪你的意思了，你是说心悦我，但日后却不愿意嫁给我。那么，这和你们世界的'玩弄''PUA[1]'有什么区别？"

宿溪："???"

---

[1] Pick-up Artist 的简称，意思是"搭讪艺术家"，原本是指一类通过接受过系统化学习和实践，不断提升自我、完善情商的男性，后来泛指很会吸引异性、让异性着迷的人及其相关行为。

宿溪茫然地问："'PUA'是谁教你的？"

陆唤道："霍泾川。"

宿溪简直想打死霍泾川。

眼见面前的少年越来越失落，肩膀都塌下来，一副被玩弄了的失魂落魄的样子，宿溪只好赶紧道："嫁嫁嫁，但是，但是怎么着这种事也得以后再说吧，现在谁能说得准……"

然而陆唤看起来像是只听进去了前面三个字。

他目光灼灼地盯着宿溪，欢喜快要将他的胸腔填满。"我们那边的人一旦许诺，便是一生，小溪，你不可反悔。"

宿溪幽幽地道："不反悔，但打个商量，你那边那么多女子，街市上遍地都是，我要是不让你多看一眼别的女子，岂不是要把你眼珠子挖出来？"

宿溪没想到她说完这话之后，陆唤看起来却像是心中有簇烟花快要炸开来一样。

近在咫尺，宿溪都能听见他心脏狂跳的声音了。

他仓促地转过身去，深吸了一口气，努力使自己稍微冷静一点，才回过身来，哑声道："若你真的是因吃醋想挖，我很开心。"

宿溪："……"

宿溪刚要讨价还价，"那我以后都不能和霍泾川一块儿去看电影了吗？霍泾川应该可以排除在男性生物之外吧"，但还没来得及说，忽然听见主卧的开门声。

宿妈妈半夜想上厕所，却听见宿溪房间里传出来小声说话的声音，她忍不住走过来敲了敲门，问："溪溪，你还没睡吗？你是不是又半夜不睡看电影？"

宿溪浑身一激灵，生怕老妈下一秒就开门进来，她睡觉前也没锁门，这要是进来了，桌子底下完全藏不住，自己总不可能大半夜的还坐在桌前吧，柜子里也全是衣服。

她的心脏狂跳，宛如做贼，四处一看，慌乱之下，只能将陆唤往床上一推。

陆唤配合地蜷起来，抓起角落里的一大堆被子，往身上一盖。

然后宿溪光着脚，轻手轻脚地抓了个熊放在床头，制造出堆起来的被子里全是熊的样子。

"溪溪？"没有声音，宿妈妈又站在房门外问了句，"还在看电影？"

"没。"

宿溪吓得魂飞魄散，连忙跳上床，对着房门用迷迷糊糊刚醒来的声音道："没，我睡了，妈你听错了，可能是楼上传来的。"

宿妈妈有些狐疑，但也怀疑自己出现了幻听，她对宿溪叮嘱了句"赶紧睡，注意身体，别熬夜"，然后转身去了卫生间。

老妈居然没推门进来？！宿溪松了一口气，忙道："好！"

宿溪大气都不敢喘一下，被压在被子下的陆唤同样也屏住呼吸，听着宿妈妈从卫生间里出来，回到房间，关上了主卧的门之后，两人才同时松了一口气。

但接下来，房间里陷入了死寂。

宿溪的床不算大，一米五乘两米，她一伸手就碰到了陆唤的身体。

陆唤刚才被她推倒在床上，混乱之中顾不上别的，一身长袍被压得皱巴巴的，他缓缓将蒙在脸上的被子拿开，抱在怀里，朝宿溪看来。

到这时，宿溪才清晰地意识到，男孩子和女孩子是不同的。

她平时躺在这张床上，觉得已经很大了，怎么翻身都不会掉下去，但是陆唤抱着被子躺在她身边，尽管少年身形修长，薄薄的肌肉精悍而不显得壮硕，床却仍然一下子小了起来……

也是这个时候，宿溪才意识到，身边的少年不只个子很高，肩膀也是很宽的，他能拉得动长弓，躺在自己旁边一下子侵略性十足，自己怎么还一直把他当成短手短脚的幼崽——实在是游戏系统误人！

再加上发热的脸颊和不知道是她还是陆唤心脏快要跳出来的怦怦声，就导致这床显得更小了。

古人云，发乎情，止乎礼，更何况小溪这边的世界要到二十岁才能谈婚论嫁。陆唤的理智告诉他，他应当迅速起身，赶紧回去了，可是他又怕今晚宿溪对他说的那一切，只是一场美好的梦境，待他回去，这梦就醒了。

宿溪也从来没有和男孩子躺在一张床上的经历，尽管衣服都穿得好好的，但是仍然让人心慌意乱。

她的理智告诉她，应该一脚将陆唤踹回他那边的寝殿去，但是，大约是一旦情窦初开，便会生出许多依依不舍的心思，她竟然半点都不觉得困，还想用被子蒙着脑袋，和陆唤聊聊天什么的。

陆唤翻身下床。

宿溪却忍不住拦住他，小声说："你要走了吗？我们在被子里说说话吧，小声一点，裹着被子，我妈妈不会听见的。"

"我不走。"陆唤蹲在床边，眸子亮晶晶地看着她，小声道，"你没赶我走，我才不离开。"

宿溪这才高兴了。

陆唤伸手帮她整理好枕头，给她把被子盖上，压低声音说："你躺下睡觉吧。"

宿溪躺下了，把手放进被子里，扭头看向他，问："那你呢？"

"我就在床边。"陆唤单膝跪在床边，手肘搁在床上，掌心撑着脑袋，重复了一遍，"我不走，可以吗？"

这正合宿溪的心意，她高兴地道："好。"

月光从窗户透进来，落在陆唤脸上，虽然乌黑长发如瀑，长袍如仙，但只看脸上的神情，倒不像是穿过千年光阴而来的古人，而更像是朝气蓬勃的陷入了恋爱的年轻男孩子。

他看着宿溪，宿溪也歪着脑袋看着他。

随后，宿溪忍不住翻了个身趴在床上，将被子扯过肩头，盖住自己的脑袋，也蒙住床边的陆唤的脑袋。

宿溪和陆唤的距离挨得很近，呼吸落在彼此的脸上。

陆唤耳根有些红，像是要滴血，低声问："怎么了？"

"没什么，感觉很神奇。"宿溪小声道，"别看我爸妈老是把我和霍泾川安排在一起，但要是知道我真的谈恋爱了，肯定要说我。"

陆唤道："可在燕国，那些世子在这个年纪早已妻妾成群。"

宿溪说："你还说，你看看人家，人家十八岁妻妾成群，你呢，你还在强制别人不许你看其他女子一眼。"

陆唤笑了笑，他注视着宿溪，忽然道："小溪，我想一直与你在一起，一直陪着你……无论今后会发生何事，横亘在我们之间的是什么，光阴也好，困难也好，我只要你一个。我固然放不下燕国，但若当真要做出选择，我仍然会来到你的世界……"

即便很自私。

他想说的话很多很多。

他明白，对宿溪而言，他并非这个世界经常在操场上打篮球的男孩子，也并非可以请她去看电影的系草，和那些人谈恋爱定然会轻松很多，不必思考两个世界的事情，也不必担忧对方有一天突然从这个世界消失。

但他也想说，若她喜欢，他也会学着如同这个世界的普通男孩子一般，去考驾照，开那种有四个轮子的马车，从后备厢拿出一束花，对她发出看电影的邀约……

和他在一起，或许会有一些挫折，但无论出现什么困难，他都会用跑的方式来找到她。

他什么都不怕，唯独怕有一天让她觉得为难，怕有一天，他和他的那个世界成了她想要逃避的东西。

两人的脑袋被被子蒙着，有些热，也有些面红耳赤的灼烧感。

陆唤话没说完，宿溪却理解了他所有的不安。

她心里软软的，忍不住用鼻尖蹭了蹭他挺拔的鼻尖。

她将被子拽了拽，小声说："无论发生什么，我都会陪你一起的。你还不明白吗，这是我终于意识到自己喜欢你而做出的选择，并不是你逼迫我的。"

再度从她口中听到"喜欢"二字，陆唤宛如吃到了最心爱的食物，心中一片餍足。

他心想：他想要将世间最好的东西都给她，但是这话他可不能说出来。

宿溪近距离地瞧着陆唤，些许月光从被子的缝隙中照进来，他俊美无俦的脸庞近在咫尺，宿溪盯着他的眉毛、眼睛，一路下滑，落到他嘴唇上。

宿溪感觉自己快要昏过去了。

她想到了什么，忽然捂着脸美滋滋地道："等弄好了身份证，你出现在我学校一次吧。"

陆唤伸手将宿溪被被子压得乱七八糟的头发拨了拨，低声问："怎么？"

他还以为小溪是希望他同这个世界的男生一样，去接她放学，但……

只见宿溪眼睛放光地道："来自古代的男朋友长得这么好看，我不炫耀，太亏本了。"

陆唤："……"

陆唤心中幽幽地想：他恨不得全世界的人眼睛都瞎了，只有他一个人能看到她，或是将她带回燕国藏起来，谁也瞧不见她，可她却像是完全不介意别人看他一般。

但好在"男朋友"三个字令陆唤稍稍振奋了些。无论如何，被承认的男朋友总比不被承认的男朋友好。

"好。"陆唤允诺道。

他将被子从宿溪头顶轻轻扯下来，让她躺好，给她掖了掖被子，道："睡吧，我守着你。"

宿溪以为陆唤在身边，自己无论如何都是睡不着的，毕竟得注意形象，但万万没想到，或许是安心的缘故，竟然没一会儿便睡了过去。

一夜好梦。

翌日她醒来的时候，窗帘被拉上了，阳光没有晒在自己脸上，只温和地从窗帘中透进来些许。桌子上的草稿本上留下了一行字。

陆唤写道：我今日从承州启程回京，回京之后来找你。

他用惯了毛笔，不习惯用中性笔，因此这字没有平日写得好看。可即便如此，仍然是一撇一捺的，很有风骨。

和学校里的臭男生很不同。

宿溪盯着那行字看了很久，又看了眼窗外的艳阳天，心里暖洋洋的。

她将草稿本放进抽屉里，伸了个懒腰，换上运动装，出门去晨跑，顺便买早饭。

恋爱使人心情好，在小区门口遇到遛弯的大爷大妈、叔叔阿姨，宿溪都笑吟吟地主动打了个招呼。但是排队买馄饨，一转身看到队伍后面打着哈欠的霍泾川时，她想到昨晚的事，就忍不住瞪了霍泾川一眼。

霍泾川被瞪清醒了，伸手来抢宿溪买好的馄饨。

宿溪将馄饨拎得老远，让他碰不到。

霍泾川拧眉问："你干吗？一大早上吃炮仗了？"

宿溪拎着馄饨往回走，对他道："你别教陆唤那些有的没的，他还没受到网络社会的浸染，还很干净。"

"干净？我看是空白吧。我还想问你呢，你那朋友长得跟个大明星似的，怎么给人感觉像是从山沟沟里来的一样。"霍泾川笑了，"他家里刚通网吗？我问他有没有微博账号，他竟然还问我微博是什么，我问他知不知道长泽雅美是谁，他一本正经地跟我说他只知道宿溪是谁。"

宿溪快被霍泾川给气死了。"你让他了解这些干什么?!"

古代的那些个后宫也就罢了，反正被陆唤亲手掐死在腹中了，但是二十一世纪的漂亮女明星可多了，万一他突然觉得哪个比她更漂亮呢？

"不仅是这个，还有篮球。现在，即便是山沟沟里出来的男生也会打篮球吧，为什么他连几个球星都不知道？"霍泾川道。

宿溪听不得霍泾川嘲笑的语气，不由自主地护犊子。"他骑射很厉害，带兵打仗很厉害，你要和他比吗？"

"带兵打仗？"霍泾川纳闷地问，"游戏里他玩将军号？"

宿溪："……"

宿溪什么也不想说了，扭头就走，然而霍泾川十分无聊，追上来对她道："附近球场被我们系里的几个男生占了，但是这几天一直缺人，你要是有陆兄的联系方式，让他来打篮球呗，他那身高，不打篮球真的可惜了。"

宿溪才不想让陆唤和霍泾川他们打篮球，男孩子们打篮球总是会发生碰撞，撞得青一块紫一块的，想想就让人心疼。霍泾川皮糙肉厚也就罢了，陆唤皮肤那么白，拧一下都能淤青，打篮球肯定容易撞伤。

但宿溪又想，陆唤未必愿意，他或许比自己想象中还要迫切地融入这个世界。

于是她对霍泾川说："好。"

霍泾川很是高兴，扭头往馄饨摊那边走，一边走还一边发微信，给篮球群里的几个男生说拉到人了。

男生们的友谊十分容易建立，打一场篮球就是生死之交了。

宿溪怀疑他追着自己说了这么多，只怕压根儿就是想要到陆唤的联系方式，好约他打篮球……

要怪只能怪陆唤太招人……

但是，想到能文能武这么招人的俊美少年是自己一个人的，宿溪又高兴了起来。

吃过晚饭，洗完碗，宿溪掏出手机打开了购物软件。前几天陆唤来得匆忙，先借了霍泾川的衣服穿，但是如果以后他经常来到这个世界的话，还是得先给他准备一些衣服和日用品。

宿溪的审美还行，买女孩子的衣服还不错，但是买男生穿的衣服，却有些摸不着头脑——主要是她没这方面的经验。

担心买了之后退换货很麻烦，宿溪便先选中了一些款式，但没下单。

白日她打开游戏，只见屏幕里的陆唤一直在赶路。马匹日行千里，仓促奔忙，便也不好打扰。

夜里，陆唤和一列羽林卫在赣州一间客栈投宿，他沐浴完后，穿着中衣坐在床上，迟迟未眠。他想过去找宿溪，但又怕去得太频繁，打搅到她。毕竟昨晚已经去过了，若是今晚再去……

可终究没忍住，陆唤心想，只打开幕布看一看，并不过去。

谁料他刚打开幕布，宿溪就等着他了，对他勾勾手指头道："过来。"

陆唤迅速起身穿好外袍，束好腰带，装作若无其事，并没有眼巴巴地等待着的样子，一脚踏入宿溪房内问："小溪，怎么？"

这会儿宿爸爸和宿妈妈还没回来，宿溪为了以防万一，还是把房门锁上了，对他道："把外袍脱下来。"

陆唤："……"

陆唤的耳根红欲滴血，迟迟未动。

宿溪有点不解，问："怎么啦？脱一下。"

陆唤努力让自己心无杂念，背过身去，将刚刚束上的腰带解下来，放于一边的桌上，随后开始脱外袍。宿溪生怕待会儿量到一半爸妈回来了，于是不停地催促："快点。"

还忍不住帮陆唤把外袍扒拉了下来。

古代的衣服和现代的并不同，要宽松很多。大约是她过于心急，动作粗鲁了些，再加上陆唤在客栈也刚沐浴完，中衣只是穿上了，并未束腰带，以至被她这么一扒拉，半边衣领便滑落了下来。于是猝不及防，从肩膀到锁骨，再到半边胸膛，都裸露在了宿溪面前。

宿溪："……"

陆唤："……"

上次见到这场景还是隔着一层屏幕，这次却是直接带着温度的直视，视觉冲击力非常大。宿溪清心寡欲了十八年，别说看到男生的胸膛了，就连男生的手都没牵过！

眼睁睁地看着陆唤的衣袍散落，面前少年线条优美的薄薄的肌肉露了出来，宿溪脸上的猴急也还没收拾起来，顿时慌张得不行，她慌乱地给他把衣服拽上去，道："我不是故意的。"

"无碍。"陆唤微赧着道，"如今你想看就看。"

宿溪："……"

虽然不懂"颜控"[1]为何物，但是陆唤早就发现，宿溪喜欢"美人"。

不只是喜欢盯着他的脸看，还喜欢去看抛绣球的美女，更喜欢去烟花之地寻觅美女。上回遇到万三钱之女，虽然当时看不到宿溪的表情，但是光看宿溪的反应，陆唤便知道屏幕前的她必定是两眼放光。

对于宿溪的这个喜好，陆唤心中有些咬牙切齿。

燕国俊男美女那么多，若非她一直没开原画，恐怕早就在万花丛中迷了眼，可能根本不记得自己了。

不仅是燕国，她的世界里英俊之人也很多。霍泾川拿着几张女明星的照片来问陆唤认不认识的时候，陆唤才意识到，这个世界有一种职业，以外貌谋生，好看的人不比燕国少。

陆唤心中的危机感暴增两倍。

他读古书时，见到"以色伺人"的古例，素来会皱起眉头，然而，如今却有些理解那些"以色伺人"之人的心理了。

---

[1] 网络用语：指极度重视长相。

被别人盯着瞧，他会心生不悦，可唯独在宿溪这里，他希望宿溪能多盯着他瞧一会儿，只盯着他瞧。别人觉得他俊美，他只觉得浑身鸡皮疙瘩都快要起来了，可小溪说他好看，他的心却会怦怦直跳。

他看着宿溪不敢抬起的脑袋，定了定心神，道："即便你是故意的，也无妨。"

宿溪："……"

宿溪心中抓狂，要怎么解释她不是动不动就扒人衣服的色魔?! 她虽然是颜控，但也是一个顶天立地的纯洁的好颜控!

"快穿好衣服!"宿溪吼道。

陆唤慢吞吞地穿好了中衣。"好了。"

宿溪这才抬头，看他衣衫整齐，松了口气，掏出长卷尺来给他量尺寸。量完了胳膊，去量胸围，然后将他上身中衣微微掀起，从腰间量到脚踝。

陆唤穿着一身雪白的中衣，立在原地很挺拔，乖乖任她摆布。

宿溪将量好的尺寸记录在小本本上，这才松了一口气，抬头对陆唤道："好了，需要你的事情做完了，你走吧。"

刚才那一幕在她脑子里挥之不去，她需要静静。

陆唤："……"

陆唤委屈地看了她两眼，但见她没有留自己的意思，便只好回去了。

初始页面在她家里，实在有诸多不便，不仅要时刻担忧她父母会回来，而且这样始终不符合礼仪，亏待了她。

陆唤心想：必须早日在她的那个世界买下一处住宅了。

承州水患治理成功，京城官员对此有诸多嘉许，纷纷上奏请求表彰陆唤。皇上下旨，让陆唤尽快回京，不过，陆唤回京当日已经是夜里了，最早也得等到翌日才能进宫面圣。

他趁着这个时间，去了一趟京城外的农庄，见了仲甘平等人一面。

陆唤当初以别的户名寄存在钱庄的银两如今已经犹如滚雪球一般，越滚越大。皇宫中赏赐的官银不可典当，但是民间的一些碎银却是可以用出去的。

他取了一些碎银，又取了一些珊瑚镇纸之类的物件，换上那日霍兄给的衣物，来到宿溪这边。

　　宿溪正在熟睡，他并未打扰，大步流星地拎着包袱，去了城中的一处小巷。

　　他用霍泾川的手机查了一些资料，得知这个世界的身份信息需要用到"加密算法"等现代科技，于是想办法为自己弄了一张身份证。

　　名字便用"衍清"二字。

第十二章

科技改变生活

　　有镇远将军等人的支持，陆唤在朝中的处境并不艰难，反而势头渐起，逐渐成为除了太子和五皇子之外新的势力。

　　他尚未去承州之时，便已有许多朝中官员想方设法到他府中拜访，待到他又立下承州的大功，让皇帝龙颜大悦之后，每日前来拜访的官员更是踏破门槛。

　　这些人送来的大礼也是千奇百怪，送云雾毛尖、金雕珊瑚、珠宝首饰的也就罢了，竟然还有送来匠人，想要替他改造皇子府的。陆唤喜静，自然不喜欢一大堆人天天往府里搬假山，于是将这些人统统拒之门外了。

　　皇帝倒是对此乐见其成，燕国并无必须传位于长子的法例，一向是能者居之，新出来一个老九，激起太子与五皇子等人的斗志，未尝不是一件好事，至少能让太子更加专心于朝政，不再认为碌碌而为就可以轻松坐拥天下。

　　而皇后则在皇帝那里吃了个闭门羹，知晓若是再试图通过选妃一事朝陆唤身边安排人，恐怕会惹怒皇帝，于是只好暂时作罢。

　　陆唤恢复九皇子身份之后，上门议亲的官员也不在少数，但皇后和太子那边没动静之后，这些踏破九皇子府门槛的动静，也渐渐消失了。

陆唤总算可以在府中清净一段时间。

趁此机会，他处理了许多政务，又抓紧时间在系统中接收了新的任务。

最近京城中发生了几起流寇偷窃抢劫事件。

原本这些若是发生在各州，只算普通的民事案件，但因为发生在天子脚下，且前几日太后在前去礼佛时刚好撞见，受到惊吓差点晕厥过去，所以皇帝吩咐下去，命下面的人尽快处理此事。

将几个犯事流寇抓进大牢，倒是一件十分简单的事情，京兆尹派几个人便可以，但若是想要从根本上解决此事，还得彻查京城各大赌坊、烟花之地与胡商来往极多的东西市，以及管理混乱的外城、京城外等地。频频作乱的流寇大多藏匿于此。

范围不可谓不大。

可即便彻查这些地方，在流寇作乱之前，也很难分辨谁是普通百姓，谁是歹人。

一来二去，刑部和京兆尹拿不出主意，在大殿上吵作一团。

而短短两日内，京城中再度发生了两起命案。

系统发布的任务十七便与此有关：【请接收主线任务十七（高级）：京城中命案频发，引起百姓惶恐，请尽快想到办法降低犯案率，并推行至各州。任务难度四十五颗星。金币奖励 +3000，点数奖励 +15。】

陆唤接收这个任务之后，一时倒也没有轻举妄动。

他先让属下去大理寺，将近段时间来犯下命案、被抓进大牢的那些犯人的档案卷宗取来，查看一下原因。

近段时间五皇子有意和他争抢，这件事皇帝已经交给了五皇子，他明面上是不能去查案的，因此他特地让属下去了兵部尚书府中，转了个道才弄来了卷宗。

等到卷宗被呈上来，陆唤花了一晚上的工夫将其翻阅了一遍，大致有了些头绪。

天亮之前，他让人将卷宗送了回去，同时对属下吩咐了一些事情。

宿溪打开手机见到他在处理政务，知道他是在调查任务十七。

宿溪懒洋洋的，已经不打算参与了。反正不管发生什么事，他都会处理得很好。以前宿溪事事都很紧张，都要帮衬着，是出于老母亲的心态，总觉得对陆唤不放心，怕他受伤。但自从北境一战之后，宿溪发现他在这些事情上已经不怎么需要自己了。

尤其现在是在京城，即便五皇子和太子等人看陆唤不爽，也不可能在天子脚下刺杀他。而论玩心计，他们哪里玩得过陆唤，指不定是谁弄死谁呢。因此宿溪更没有操心的机会了。

在北境的时候宿溪还为此难过郁闷，但是现在她已经很顺利地转变了心态——男朋友有能力、有担当，不需要自己操心还不好吗？！

而且，宫斗、政斗电视剧宿溪看得很乐和，但是真让她参与进去，她的脑子是不太够用的，因此只要家里的另一半脑子聪明，她这一半就坐享其成了。

陆唤这边的事情还需等待，他亦不是每日都需要上朝，因此这日白天，他上午处理完政务之后，便给自己下了班，交代外面的守卫不要让人进来，自己打算小憩，但一转身，就来到了宿溪这边。

宿溪爸妈都不在家，宿溪正在房间里悄悄拆快递，见到陆唤来，眼前一亮，神秘兮兮地对他道："快来，帮我拆包裹。"

陆唤撩起衣袍在她身边蹲下来，将面前的一个箱子转了一下，看了眼发货地址，不由得感慨道："前日购入，今日便到，竟然如此之快。"

宿溪放下手中的剪刀，看向他。"陆唤，你怎么知道我是前天买的？你又偷看我！"

双向视频就是这点不好，随时随地可以看到对方。

宿溪刚知道陆唤只要一打开幕布就可以看到自己的时候，脸颊烫得不行，一连三天坚持洗头，每天在沙发上规规矩矩地坐着，竭力做个精致女孩。但是还没到四天，她就坚持不住了……

维持形象真的太累了。

最后，她还是恢复了躺在沙发上吃薯片的懒散样子。

为此，她逼迫陆唤不要随时随地打开幕布看自己，要是看，也一定得提前和自己说，至少得让她冲进卫生间往脸上抹点化妆品吧！

陆唤没想到自己一不小心说漏了嘴，顿时语塞。

宿溪气成球。"而且还是在上朝的时候！"

她给陆唤买了衣服，想给他一个惊喜，不想让他在幕布里看到，所以特地挑了他上朝不可能打开幕布的时候下单。

陆唤一边徒手将面前的快递拆开，一边抬眸，有些委屈地道："上朝时那些官员吵来吵去，实在是让人头疼。"

吵得他脑子嗡嗡作响，他只想看看她在做什么，图个清静。

宿溪将快递包装扔在一边，将里面的十几件衣服拿出来，懊恼地说："可这样就完全没办法给你惊喜了。"

陆唤看着她拿出衣服，顿时意外地睁大眼睛，露出喜上眉梢的表情，惊喜地问："小溪，这是买给我的吗?！"

宿溪："……"

宿溪被他故作惊喜的反应给逗笑，往他肩膀上捶了一下。"好了，别装了。"

陆唤见她笑了，这才跟着笑起来。

他见宿溪一直蹲在地上，忍不住将她拉起来，说："坐床上，小心腿麻。"

他不说宿溪还没觉得，一站起来果然觉得两条腿都麻了，便一屁股在床上坐下来，但是刚一坐下来，从脚趾到膝盖便犹如被电击了一般，宿溪忍不住吸了口气。

"果然麻了是吗?"陆唤又扶着她站起来，让她走两步，等她恢复了一些之后，才让她在床上坐下，顺势在她面前蹲下来，左手按着她的脚踝，右手将她的拖鞋摘了，轻轻揉起她脚掌上的涌泉穴来。

宿溪有点不好意思，但他力道不轻不重，宿溪被按得很舒服，仿佛连她多年痛经的毛病都能得到缓解一般，她不由得别开了脸。

过了会儿宿溪抽回脚，对他道："你快试试。"

陆唤扭头看了眼一地的衣服，心中动容，回头冲她道："原来那日你给我量尺寸，是为了这个。"

"不然是为了什么?"宿溪笑着道。

陆唤依然蹲在她面前。"我还在宁王府的时候，忽然有一天见到破旧的衣橱里多了一排大鳖，那时我便想，不知道是谁在暗中帮我。当时我无论如何也想不到是另一个世界的人。"

他说这话时，宿溪的视线就忍不住落在他衣襟处露出来的一小片锁骨上，那里还有浅浅的鞭伤疤痕。

宿溪笑着道："胡说，你以为我不知道你当时的心理活动？你明明是警惕万分，觉得给你送东西的人是大坏蛋。"

陆唤听她这话，莞尔了一下。

宿溪见他露出好看的笑容，心神荡漾，但同时又有些酸楚，她张开手，对陆唤道："抱一下。"

宿溪太跳跃，陆唤没反应过来，耳根陡然一红。"为何突然要抱？"

宿溪恼羞成怒。"快点，抱不抱？不抱算了。"

她话音未落，陆唤就陡然站起身来，俯下身拥住了她，宿溪坐在床上，被他压得微微往后仰，腰脊有些难受，发出了一声轻哼。

陆唤感觉得到，于是翻了个身，在床沿坐下来，搂住宿溪的腰，轻而易举地将她放在了自己膝盖上。

他紧紧抱着宿溪，将脑袋埋在宿溪脖颈处。

宿溪感受着贴着自己的少年胸膛处的跳动，感受到他的快乐和慰藉，无关乎任何欲望，他就只是单纯地拥抱他的唯一罢了。

宿溪把手放在陆唤的脖子上，说："都过去了。"

陆唤摇摇头，道："不必安慰我，我并不觉得那时苦。"

宿溪问："为什么？"

陆唤道："只是受一些皮肉之苦罢了，而且我现在都快记不得发生过什么了。我感觉我的人生是从一个风雪之夜，我的茶壶里突然多了水开始的。那之后喜怒哀乐才开始清晰了起来。至于先前……先前宁王府中有多少下人，长什么样子，我半点也没留心。不过，要是可以的话，幕布早点出现在我面前就好了。"

宿溪不解，将脑袋从陆唤的胸膛前抬起来，看着他。

陆唤也垂眸看她，莞尔道："想多帮你跑几次八百米，想偷偷往你口袋里塞零花钱。"

"零花钱！"宿溪顿时眼睛亮了，"说话算话！我给你买衣服花了好多钱，快穷了。"

陆唤将手伸入怀中掏了掏，掏出一张银行卡，递给她。

宿溪一头雾水。

陆唤道："我有身份证了，开了户，这是银行卡，里面应该有……"

陆唤将随身带来的一些古物换了钱，卖来的钱全都存进了这张卡里，他不大记得有多少，但是应该在六位数以上。

他道："应该有一些钱，密码是你生日，你改天去看看。"

宿溪飞速从他身上跳起来，两只眼睛冒着兴奋的光，对啊，她怎么没想到，陆唤随便从古代带点什么过来，都能卖好大一笔钱。

游戏系统是他的"亲爸爸"吧，凭什么200点是他能穿过来，而自己还要等到300点才能过去啊？！

"买手机！"宿溪拽着陆唤往外走，兴冲冲地说，"有钱了咱们去买个手机吧，我先教会你手机的功能，你别跟着霍泾川学了，我怕他把你教坏。"

陆唤笑了笑，无奈道："先换衣服。"

"对对对。"宿溪已经被这笔突如其来的横财冲昏了头。

她美滋滋地捏着卡，道："你快换，我转过身去！"

"穿哪一件？"陆唤看着地上一堆还没拆封的衣服，这些短袖、卫衣在他眼中看起来差不多，也不大分辨得出来衣服款式。

"今天好像降温……"宿溪转过身去，给他挑了一件黑色骷髅骑士卫衣，一条浅色的裤子，然后一双白色运动鞋。她兴致勃勃地递给他，然后就关上房门出去，在外面催促他赶紧换。

宿溪有点兴奋，又到了她最爱的环节：看男朋友变装。

过了一会儿，房门打开。

陆唤将地上那堆包裹收拾了一下，放在床脚，然后将快递包装压缩成一堆，拎着走出来。

"换好了？"宿溪目光灼灼地看着他。

他乌黑的头发宛如瀑布一般，实在太长，这一时半会儿也不能剪短，毕竟还得回燕国处理政务。于是只能拿顶鸭舌帽戴着。幸好他鼻梁又高又挺，一张英俊的脸不会让人认错性别。

宿溪第一次看陆唤这样穿，一米八几的身高，穿着大码的卫衣和干净的白色运动鞋，肩宽腿长，看起来就像是走秀的年轻偶像一样，随便往人群中一站，绝对鹤立鸡群。

"怎么？"陆唤见宿溪目不转睛，有点局促，他到底还是不怎么穿得惯这个世界的服装，尤其是胸前闪闪发亮的两个大骷髅，不知道是什么审美，但偏偏是宿溪买的，他不能表现出有意见。

"好帅。"宿溪眼睛发光。

陆唤心知她喜欢自己有一半是因为自己的脸，自然愿意在她面前将脸露出来，但他不喜欢被外面的人围观，于是微微皱眉，考虑出去之后是否要买一个口罩。

这话还未问出口，就见宿溪忽然雀跃地朝他奔过来，一下子扑进了他怀里。

"呜呜呜，好帅，我好喜欢。"宿溪抱着他的腰不撒手，脑袋在他怀里蹭来蹭去。

陆唤："……"

他方才要说什么来着，他已全然忘了。

不像燕国那边，约会还可以逛胭脂铺、看花戏、放河灯，现代社会情侣们约会无非吃饭、看电影、KTV 三部曲，无聊至极。

平时系里同学约宿溪出去做这些，宿溪都没什么兴致，觉得还不如宅在家里睡懒觉，现在她才知道，不是这些事情太无聊，而是一起玩耍的人实在是太常见了，宛如天天都要吃的白米饭，在学校里朝夕相处也就罢了，回家了还要吃一模一样的，哪里让人提得起兴致？

但是和喜欢的人在一起做点什么，那感受就完全不一样了啊。

宿溪拉着陆唤去商场，在自动扶梯前，两人止住了脚步。

陆唤虽然已经花了半年时间对现代文明进行了研究，但是毕竟时间不够充裕，大厦里面的事物都只是匆匆扫过，还没仔细研究过这种能载人缓缓向上的扶梯。

他不由得单脚踏上去，过了几秒之后，另一只脚才跟着踏了上去。

他眉梢上挑，对自动扶梯饶有兴趣。

宿溪光是看他这副样子都觉得可爱，看得津津有味、兴致盎然。

还哪里会觉得无聊？只恨时间不够用，他到时候又要回燕国"上班"，不能跟她去学校。

大约是工作日的缘故，商场里人不太多，但是两人所经之处，柜姐与顾客纷纷朝着陆唤和宿溪看来，只觉得这两人很是般配，男孩子高大俊美，女孩子肤白可爱，站在一起非常吸引人的目光。虽然男生鸭舌帽下的长发有些突兀，但不知道为什么，那女生站在他身边，眉眼弯弯的，便奇妙地中和了这种突兀感。

乘坐自动扶梯上去之后，宿溪和陆唤并肩朝一家奶茶店走去。

宿溪想让来自古代的陆唤也尝一尝她这边的美食，第一大特色当然是各种好喝的奶茶。

走在他们前面的一对情侣看起来也是学生，那两人可黏糊多了，还穿了情侣卫衣。陆唤抬手压了压帽檐，盯着那两人一大一小的衣服看了会儿，又看了眼宿溪，眼里闪过疑惑，竟然还有这种操作？

毕竟燕国的服饰男女之间泾渭分明，从来没有男子与女子穿着一大一小同样款式衣裳的。

宿溪被他求知欲十足的眼神逗得心中一乐，忍不住朝他挨得近了点，然后扭开头，假装若无其事地……抱住了他的胳膊。

确认了关系之后，牵手拥抱分明应该是一件很自然的事情，但大约两人都是青涩的新手，导致第一次做起来，一切都像是放了慢动作一般。

这一瞬，空气中的气味、周遭路过的店铺、他们所穿的衣服，都因此而变成了记忆里一道鲜活的风景。

"……"陆唤同手同脚了一下，才恢复正常行走。

他怦怦的心跳声在胸腔和耳膜里咚个不停，方才在家里宿溪突然扑上来抱住他，只是抱了一下，他便已经要花这一路的时间来平复心情了，而现在，宿溪还如无尾熊抱竹子一般直接用两只手抱着他的胳膊，可能、大概、应该会抱很久？

陆唤修长的手垂在身侧，紧张地捏了捏指尖，欢喜随着血液抵达头顶，整个人犹如过电。

他咳了下，竭力让自己表现得自然一点。

就是平日里平衡感极好，能骑马操练、力挽长弓的四肢居然有点不协调起来，走得不太顺畅，以及……嘴角控制不住地上扬。

宿溪也有点紧张，毕竟大庭广众之下嘛。但是碍于身边的九殿下繁文缛节太重了，分明很想和自己亲近一点，都快想疯了，却硬是一直生生忍着。自己要是不主动一点，什么时候才能和别的情侣一样手牵手？

她也毫无经验，但是即便底气不足，也要装出很熟练的样子。

于是她将陆唤的胳膊抱得更紧了。

陆唤的胳膊被箍得有些疼，但漆黑的眸子极亮。

两人心照不宣，耳朵红红，竭力装作很自然的样子，走进了奶茶店。

宿溪指了指几个招牌饮品，对应着图片，对陆唤介绍道："这是珍珠，这是椰果，这是奶盖，都是一些可以加在奶茶里的东西。奶茶倒也不完全是牛奶加茶，总之你可以理解成一种调味手法比较特殊的饮用之物。你想喝什么？这菜单上有很多图片，你瞅瞅。"

陆唤看着她："你想喝什么？"

宿溪毫不犹豫道："霸气芝士草莓。"她百喝不厌的也就这个了。

陆唤转头对服务员道："两杯霸气芝士草莓，一杯少糖去冰，另一杯正常，多谢。"

宿溪忍俊不禁，来这个世界久了，连怎么点奶茶他都学会了。

两个服务员都是男生，抬起头看他，有些被他的身高惊到。其实这身高也不算突兀，毕竟现代营养好，长得高的男孩子一大把。但不知道是不是因为柜台外面这位穿着黑色卫衣，戴鸭舌帽的男孩脊背格外挺拔，有种说不出来的气质，以至让人感觉他格外高，而且，尽管他神情温和，眸带笑意，但他往那里一站，无形中便已有了压迫感。

两个服务员将小票递给宿溪，陆唤便拉着她在角落的一处坐下了。

因为人不多，两杯霸气芝士草莓很快便好了。

陆唤去拿了来。

"这是吸管。"宿溪耐心地教他。

这些细节之物，即便陆唤此前没见过，还是能够一点就通。他将宿溪面前那根吸管上的白纸套摘掉，利落地插进那杯少糖去冰的霸气芝士草莓饮品中去，随即递给她，感叹道："科技改变生活。"

宿溪懒洋洋地用手托着腮，看着他："啊。"

陆唤递到她嘴边。

宿溪喝了一口，笑得眉眼弯弯。

虽然被伺候周到的是宿溪，但陆唤看起来比她还要高兴，还要精神振奋，像是恨不得冲到柜台边上，再买一千杯，一杯一杯地帮她插好吸管似的。

"你快喝呀。"宿溪捧过自己的那杯，催促他。

陆唤这才尝了一口。

宿溪期盼地看着他，问："怎么样？"

"第一次尝，有些甜，没什么果味。"陆唤评价道，"不过我很喜欢。"

宿溪高兴道："估计你喝不下了，下次来再带你尝尝别的味道，还有，我们这里好吃的好喝的可多了，还有火锅、烤肉、寿司、自助餐，你全都没吃过吧，可以挨个去尝。"

这些对陆唤来说的确都是新奇之物，不过他素来对美食佳肴没有过多的欲望，因此听见这些神色如常，他只是喜欢和宿溪一道做些事情罢了，无论所做之事为何。

而宿溪把自己说得有些馋了，她看陆唤一直笑眯眯地瞧着她，有些不好意思地抹了抹嘴角。

以前听别人说谈恋爱的时候无论做什么小事都觉得快乐，宿溪还嗤之以鼻，现在却发现原来真的是这样。

来商场买杯奶茶坐下来喝，原本只是件稀松平常的事情，但因为是同陆唤一起做这件事情，于是再平凡的事情，都让她觉得很快乐。

她心里像是住进了一只莽撞的猫，她看着陆唤的时候，猫就会拿尾巴挠一挠她的心尖，让她痒痒的，其他的时候又慵懒地趴成一摊，让她每一分每一秒都有种餍足感。

喝完奶茶原本打算看电影，但是宿溪见到今天也没什么好看的电影上映，于是取消了这个计划，反正等有好片子上映，再把陆唤从那个世界拽过来，也来得及。

于是两人散着步往回走。

刚好可以顺路给陆唤介绍各种城市特色，美术馆、手工店、人行道、红绿灯之类的。

上次陆唤来得匆忙，且不确定穿越机制，宿溪心里记挂着事情没心情闲逛，但现在一切尘埃落定，知道他随时可以来到她的世界，她就变得悠悠然了。

陆唤也一样，虽然仍然与这个世界格格不入，很多恋爱技巧他也不懂，但他见到飞速开过去的汽车，便会下意识地走在靠近汽车道的那侧，将宿溪护在内侧，等到有绿化带的地方，他就带着宿溪走在里面。

这些完全是无师自通的。

天气晴好，天空蔚蓝无云，天气凉爽不热，刚刚好，不过散一会儿步也容易觉得累。

陆唤停下脚步，转头看着宿溪，宿溪拿着还没喝完的奶茶，嘬了一口，问："怎么了？"

"距离到家还有一段距离，用我背你吗？"虽然是问句的语气，但陆唤耳郭微红，眸子里是期盼之意。

他早就想这么做了，还在另一个世界，宿溪让他做俯卧撑的时候，他就想这么做了。

后来才知道，他压根儿没有背过宿溪，当时压在背上的不过是宿溪的一根手指头，他在宿溪眼中还只是个短手短脚的卡通小人……

光是这么想想，陆唤就觉得有些气竭。

他竭力不去想这些丢脸的事情，没等宿溪反应过来，便抱住她的腰，将她抱起来放在一边的台阶上，然后转身在她面前蹲下来，扎了个气定神闲的马步。

陆唤非要背她，那她就恭敬不如从命了。

宿溪笑嘻嘻地说："接稳我啊！"

然后跳上他的背，重量也不算轻，但陆唤下盘极稳，晃都没晃一下，两只手握住她的腘窝，将她稳稳当当地背在了背上。

接着，少年大步流星，像是为了证明什么一样，走得极快极稳。

宿溪拿着饮料和他的帽子，下意识用两只手臂圈住他的脖子。

陆唤脖颈一僵，呼吸漏了一秒。绕来绕去，他终于达到目的，这才稍稍放慢了脚步。

宿溪趴在他背上，闷笑出声。

俯卧撑那次没能把"速度、力气、动作"三位一体的技能炫成功，他肯定要想办法炫回来的，还是熟悉的臭屁男孩配方。

"笑什么。"陆唤听着宿溪的笑声，耳朵不由得更红了。

莫非她发现了自己是从她看的那些肥皂剧里学来了这一招？他见那些男子摩托车骑得飞快，就能让身后的女子搂住男子的腰，便将此记在了心里。

宿溪搂着他的脖子，用空着的那只手捏着他通红的耳朵，哈哈笑道："没什么，就是觉得你可爱。"

陆唤不大乐意。"堂堂八尺男儿，怎可用'可爱'形容？"

还不如像之前那样用"帅"形容，"可爱"二字未免过于软萌，他不爱听。

"夸你就不错了，还挑三拣四？"宿溪笑着道，"你不是学会上网了吗，你去搜一下，一个女生形容一个男生可爱表示什么。"

陆唤单手捞着宿溪的双腿，腾出一只手，掏出刚买的手机，茫然地搜了一下。

他学习速度很快，第一次用手机，打字非常费力，但是现在打字速度已经可以和中老年人比拼一下了。熟练之后，应该就可以变成霍泾川他们的这种飞快的速度了。

他笨拙地摁着手机，只见网上说：

"形容一个人可爱，通常是非常非常喜欢那个人，喜欢到了极点，才会这么说。"

陆唤看到这行字，心里轰隆一下，幸福得不知所措。

他面红耳赤又激动不已，想了想，脚步稍稍放缓，最后他立在原地，微微扭头，用十分认真的口吻对身后的宿溪道："可我认为，你才最可爱。"

宿溪自认为心里的小鹿撞了好多天之后，已经练就了铁头功，但是猝不及防地撞见他漆黑温柔的眼眸，趴在他肩膀上，感到他耳郭擦过自己脸颊……她心里的小鹿还是重重地，砰砰砰撞出了一脸血。

这一刻，宿溪心中想，天啊，我都想要亲亲他了。

第十三章

篮球它裂开了

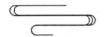

　　陆唤查阅完近来京城中发生的几起偷窃抢劫、斗殴伤人事件的档案卷宗之后，便直觉这些案件有些异样。

　　若是真按照大理寺已经捉拿归案的那几人所供述的内容来看，这些案件应该毫无共同点，只不过是几个乱民在不同时间、不同地点忽然起乱罢了，这谁预料得准下一起又会发生在什么地方呢？要说有什么对策，便只能是提醒一下百姓注意安全罢了。

　　但其中有一个细节却有些突兀，引起了陆唤的注意——按照大理寺记录的卷宗，其中两起案件犯事之人穷困潦倒，可犯事的地点却在内城西市。

　　京城内有两大集市，分为东西市。

　　西市因拥有一条漕运之河，素来胡商贸易良多，久而久之，西市所售之物几乎全都是奇珍异兽、金银宝器这类开出天价，只有达官显贵才能买得起的东西。

　　而东市一条天街贯穿，才是城内百姓采购交易、举办灯会，热闹聚集的地方。

　　且西边土地价高，只有朝廷重臣的府邸才能安置于此。宁王府因已没落，府邸只能设在较为偏僻的东边。

换句话说，寻常百姓大多在外城买物美价廉之物，即便手中还算有点银两，姑且称得上是京城中的半个富人，也顶多是去往东市采办一些物资。毕竟西市来来往往的大多是官宦子弟，若是不小心冲撞了，是没有命来赔的。

因此，这两个犯事之人分明家徒四壁，却在西市犯了事，便很奇怪了。

犯事那日他们去西市是干什么呢？

陆唤让手底下的两个人秘密查了查。查的却不是西市周遭酒肆以及烟花之地的老板们的说辞。这些大理寺应当是已经查过了，才能将犯事之人捉拿归案。而这些人也极容易被收买，再问一遍也是白费功夫。

他让人查的是几起案件发生当日，西市所有进出人员。

西市虽人流不大，但管辖并不算严格，这一点极为难查，需要户部的人配合。因而过了两日陆唤才将卷宗拿到手。

他让部下将几次案件发生之日，都在西市出现过的人挑选出来。这样一筛查，便从来往的几万人中挑出了一百九十八人。

这一百九十八人中，有几个人引起了陆唤的注意。

其中有一个尖帽长袍、高鼻深目的胡商，是两个月之前运送树木与地毯到京城的西域商人，此人来京城数次，近两个月却没有任何交易记录。

陆唤去了兵部尚书府上一趟。

西域来的人想要踏上燕国疆土必须有通关文牒，且要经过驻守将士的评估，若是容易作祟者，轻易不会被放入燕国疆域内。因此对这胡商做的评估记录兵部尚书应该收到过。

兵部尚书忙不迭带他去了库房，他的两个属下花了许久的工夫，才从积压成山的通关文牒中找出这名胡商的评估记录。只见北境将士对其的评估是：性情暴躁，双目如鹰隼，鉴赏能力极强。

兵部尚书知道陆唤最近在暗中调查此事，见他合上通关文牒副本，便转身关上门，问他："九殿下，如何？"

"恐怕这事不似大理寺查到的那般简单。"陆唤道。

这样一番调查之后，他心底对近来京城中流寇作案一事，几乎有了完全不同的推测。

他拧了拧眉，对兵部尚书道："那两个罪犯此前从未去过西市，却偏偏在西市玷污并杀害两名女子，应当只是替死鬼。"

兵部尚书听了，道："天子脚下犯罪不同于州郡犯罪，办案的人本就是提着脑袋办事的，更何况前些日子太后被冲撞，皇上勃然大怒，勒令尽快查清此事，捉拿犯人入狱。若是有人胆敢包庇，犯的可就是欺君罔上的罪名了。风头正紧，谁有那么大的胆子?！"

陆唤看了兵部尚书一眼。

兵部尚书这话虽然是个问句，可他心中已然转过弯来了。

这事在京城中闹得沸沸扬扬，目前是五皇子和大理寺在查。现在大理寺已经将犯案之人全都捉拿归案，上报给了朝廷，但其实只是抓了替死鬼来顶罪。皇上那边还以为事情解决了，龙颜大悦，觉得大理寺办事十分有效率。

但若是深查一下，肯定就能发现抓错了人，背后有人在包庇那胡商。皇上已至不惑之年，虽然疏于朝政，但也不是什么愚笨之人，否则也坐不上这个位置，被他发现是迟早的事。而即便他过了半月还没能发现，也必定会有人将此事捅到他面前去，让他发现。

到时候追究下来，要么是大理寺疏漏之下抓错了人，要么是大理寺被买通包庇那胡商、构陷无辜百姓。

五皇子都难辞其咎。

皇上盛怒之下，应当会革大理寺一众官员的职，禁五皇子的足。

这么想来，若事情真的这么简单，反而就奇怪了。

陆唤道："我查了下这名胡商，见他近两个月在京城没有过任何交易，关系很干净，几乎查不出他是谁的人，只是去年太子生辰时，他刚好路过太子府，便抬着奇珍异宝进去给太子贺了寿。若非得查，便只有他和太子这层关系了。"

他能查出这一层，皇上也能查出来。

兵部尚书道："您的意思，莫非是太子连同这胡商一道构陷五皇子？可太子没那么多心眼儿。这种事情，若非丞相那边所为，反倒更像是五皇子使的一出苦肉计，将自己设计进去，以此来扳倒太子。"

"你的猜测没有错，但目前缺乏证据，无法确定这胡商到底是谁的人，给谁办事，说是皇宫里的另外几人也未尝不可。"

兵部尚书道："二皇子一向低调，不大与人往来；三皇子虽然声色犬马，却也同样叫人看不穿心思。说是这两位，倒也不是没有可能，但如今……"

兵部尚书倒是被提醒了，陡然一个激灵，如今树大招风的不正是陆唤吗？！若是到时候按照他二人的推测，皇上开始调查起此事，这胡商一口咬定是受陆唤指使，那么事情便麻烦了！这实在很有可能。太子虽然是唯一与胡商有直接接触的，但众皇子中，却只有陆唤一个人在皇宫外有着一重"富贾"身份，要说这胡商在北境之地与陆唤有什么联系，也能编造出来一些。

到时候，无论是查出来这胡商是谁的人，还是这胡商一口承认，那位皇子都会变成借刀杀人、构陷太子、推锅五皇子之人。

到时候就不知道皇上会信谁了。

兵部尚书如此一想，冷汗涔涔，说道："我竟没想到区区京城流寇作乱，竟能引出这么多推测。如今没有太多的证据，也查不出来是谁设下此计……"

仔细想想，竟然感觉太子、二皇子、三皇子、五皇子这几位都有可能。而若不是他与镇远将军深知陆唤的秉性，恐怕会觉得陆唤嫌疑最大，毕竟一石二鸟地将太子和五皇子拖下水，他便是京城名望最大之人，也就是最大受益者。

他会这么想，只怕到时候皇上也会这么想。

虽没有证据表明这件事是冲着陆唤来的，但是陆唤算了算，他回京已经四个月有余，除了太子与皇后那边想借选妃给他身边安插人没成之外，另外几位皇子恐怕也曾试图安排眼线进他府中，只是他府中驻守的都是一道从北境归来的羽林卫，眼线根本挤不进来。四个月过去，藏在暗中的人一开始不敢轻举妄动，但现在怎么着也该按捺不住动手了。

陆唤对这些争来斗去的行为倒尽了胃口，深觉无趣，但既然兵来，将自然要挡。

他对兵部尚书道："暂且先不去管是谁设下此计，只管破局便可。"

他让兵部尚书翌日上朝时，在大殿上提出几项举措：将东西市划分成更清晰的区域，方便管理，并试行宵禁，待到太阳落山之后，由大理寺牵头，六部各部派出人手，在京城内巡逻。若是在宵禁之时抓到可疑或犯案之人，轻则打板，重则杀头。

除去先前流寇作案，京城内偶发的犯罪也着实不少，此举可以在一定程度上降低犯案率。

若此举在京城内试行后发现可行，还可推行至各州。

大殿上，兵部尚书提出此举之后，有官员赞同，觉得此举可极大程度维护治安，也有官员大力呵斥，认为宵禁影响民生，暂时还没辩论出个所以然来。

这个暂时不管，翌日，陆唤拜托云太尉，让其带几个官员去西市谈事，或者说装出谈事的样子。

云太尉与丞相是政敌。云太尉一旦前往，丞相那边必定会想方设法打听他与那几个官员在密谋何事。

这破局的重任，便落在了太子政党中唯一头脑还算清醒的丞相身上。

陆唤安排了一些事之后，静待事情发展。

除了此事之外，先前的任务十六，推进轻徭薄赋的法例，也不是一天两天就能完成的事情，还需要一个契机。陆唤想早些达到300点，于是越发地宵衣旰食。

不过，由于宿溪这边正在放暑假，等过一阵子她开学了，两人约会的机会可就不多了，于是陆唤每日快速地处理完政务之后，都会直接到宿溪这边来。

夏末，漫长的暑假就要过去，最后几天格外炎热，知了在宿溪家的小区、陆唤的府邸，都以同一个音调聒噪地叫着。霍泾川央求了宿溪好长时间，宿溪没扛住他的软磨硬泡，答应把陆唤叫来和他们打篮球了。

霍泾川见到陆唤眼睛一亮，过去打招呼："陆兄，我可想死你啦！"

他们球队前段时间有个队员脚崴了，一直缺人，导致系里几个男生半个多月都打不成篮球。老早就想叫别的球队的人来，但是相互之间不熟悉，容易发生冲突。

而陆唤简直是再合适不过的人选了。他个子高，能够震慑对方球队的人，但是打篮球他又是新手，不会盖过自己的风头。

霍泾川一边这么暗促促地想着，一边朝操场周围逐渐聚集起来的女生们看了一眼，心中小算盘打得叮当响。

陆唤大帅哥长着一张俊脸，可以吸引来好多漂亮女生，但待会儿开始打篮球了，那些女生就会发现，这人虽然长得帅，打篮球却完全是个菜鸟，还不如长得仅次于他，篮球技术比他强多了的霍泾川。

这样一来，那些女孩子的目光定然会全都集中在自己身上。

霍泾川得意扬扬地沉浸在自己的美梦里，看向陆唤的眼神也更加热络。

陆唤将乌黑长发扎了起来，戴着顶鸭舌帽，穿着宿溪给他挑的短袖，图案是野原广志，露出线条优美、白皙结实的胳膊。

虽然穿得有点幼稚，但脸上的表情又冷又酷，一下子就吸引了操场附近很多女生，不少人围到篮球场边上，还发信息给朋友分享。

霍泾川虽然和陆唤同龄，但他在温室里长大，哪里比得过陆唤这种在政斗中长大的小狐狸。

陆唤大致能猜到霍泾川的心思，心中觉得有些好笑。不过霍泾川平时对宿溪有诸多照拂，陆唤在确定了他并非能威胁到自己的人之后，便对他也有了几分善意。

他对霍泾川点了点头，道："霍兄，给我讲解规则吧，麻烦了。"

霍泾川已经习惯了他文绉绉的说话方式，给他讲解起三分球、投篮、犯规等必须知道的规则，另外几个队员都用看新大陆的眼神看着他。

宿溪穿着短袖、短裙，抱着外套挡在身前，守着一箱矿泉水站在操场旁边。顾沁就站在她身边。

宿溪有点紧张，上次见商场里有人穿情侣卫衣之后，陆唤就让她刷他的卡，买两件。

软磨硬泡了好久，宿溪就买了两件蜡笔小新的，自己身上的图案是美伢。

陆唤虽然不认识这两个卡通人物，但是眼眸一亮，显然高兴得不得了。

宿溪见他这么开心，也就随他去了，跟着他一块儿穿了情侣衫出来。

但是万万没想到今天操场上有这么多人，宿溪做贼心虚，脸颊发烫，用外套挡着身前的图案。

那些女孩子盯着陆唤眼睛发亮，议论纷纷，但顾沁已经见过陆唤好几面了，免疫力提升，就没那么移不开视线了。

她在和宿溪小声说放假之前的八卦："听说系草给你递过电影票的第二天，就故技重施约隔壁学校的女生看电影了。"

"是吗？"宿溪一边因为身上穿的衣服有些紧张，一边盯着球场，怕陆唤第一次打篮球磕到碰到，没怎么听进去顾沁的话。

顾沁比她还义愤填膺，翻着学校里的八卦，说："现在的男生怎么都这样，我看那根本不是喜欢，只是消遣吧。幸好溪溪你当天没和他去看电影，要不然得成笑柄了。"

说着说着，顾沁的视线忽然落到操场边一个穿针织长裙的女生身上，突然揪住宿溪的胳膊。"宿溪你快看，那个女生好漂亮。"

比起刚才的话题，宿溪显然对这个更感兴趣，她紧张的情绪稍稍被转移，眼睛顿时"唰"地就亮了，反手握住顾沁的手，问："哪里哪里？"

"那边。"顾沁伸手指了下，道，"不知道她那条裙子是在哪里买的，显得身材好好，我估计是穿不出这个感觉，溪溪你倒是可以尝试下这种风格，不要整天休闲风了。"

宿溪目不转睛地盯着那个女生，赞叹道："确实漂亮，'黑长直'可真好看啊，以前怎么没在咱们学校见过啊？是不是隔壁学校的……你去打听一下……"

她话还没说完，不知怎么感到身上冒出一股凉飕飕的冷气。

她下意识向制冷来源看去，就见篮球场上比赛还未开始，其他人都在热身，陆唤一边热身，一边幽幽地看着自己。

宿溪："……"

她突然想起来陆唤行军打仗，耳力、目力都极好，就这么十来米的距离，她说了什么他都能听见。

宿溪话到嘴边，陡然变成疯狂的夸赞："不对！身材是好，但没有陆唤好！长得是很好看，但我觉着还没有陆唤好看！"

顾沁："？？？"

陆唤的表情舒展开来，但接下来的热身，一直有意无意挡着宿溪看向那女生的视线。

宿溪："……"

霍泾川是真的不知道陆唤是从哪个山沟沟里出来的，居然连三分球、罚球这种规则都是第一次听！他抱着敷衍的想法，草率地讲了一下之后，发现陆唤竟然还听得非常认真。难不成陆唤说他"不会打篮球"其实不是自谦，而是真的不会?!

　　自己的确是想叫个不怎么会打篮球的帅哥来衬托自己,但不是想叫个拖后腿的啊!

　　霍泾川的表情顿时十分难以言喻。

　　他看着陆唤,忍不住问:"我有个问题很早就想问了,你是不是从哪个朝代穿越过来的?"

　　陆唤看了霍泾川一眼,不慌不忙地从裤兜中掏出自己的身份证。

　　霍泾川见他跟掏什么宝贝似的掏出一张卡片来,不禁凑过去看了一眼。

　　陆唤在他头顶气定神闲地道:"本市人,童叟无欺。"

　　霍泾川:"……"

　　他心道:"我信了你的邪!哪里有本市人方言都听不懂的?!"

　　吐槽归吐槽,篮球赛还没开始,霍泾川和一群队友围着陆唤,让陆唤先投个篮试试,看看待会儿将他安排在哪个位置合适。

　　陆唤已然明了规则,无非在敌军包围下,将篮球掷入那个筐内。

　　他接过篮球,只觉得过于轻,里面像是充了什么气体一般,捏在手里毫无重量感。比起长枪、重箭等,堪称轻若无物。

　　这样的话,需要将力道放轻,否则只怕会扔到校外去,惹人非议。

　　这样想着,陆唤朝后走了两步,将篮球卡在掌心,他胳膊垂着,可篮球仿佛有什么吸力一般,紧紧扣在他手中。

　　霍泾川身边的队友道:"你带来的帅哥看起来不像是不会的样子啊!单手抓篮球可不是谁都能做到的!你就做不到。"

　　"……"霍泾川抱着胳膊,面子有点挂不住,"我也怀疑他在要我……"

　　话还未说完,陆唤手一抬,手指轻轻一点。

　　投球了。

　　那颗篮球在空中画出一道完美的抛物线,还没砸进篮筐里,球场上的人便都知道这颗球投得十分准。

　　场外的人也睁大眼睛,喝彩道:"好球——"

　　谁料喝彩的话刚说出口,那颗球倒是进了,可过了零点零几秒,"哐当"一声,篮筐竟掉在了地上!

篮球在地上窜了几个来回，宛如杀伤力极大的武器，周围的人纷纷惊恐躲避，终于，它弹着飞进远处的草坪里。

有人跑过去捡了起来，举着球对霍泾川这边的人说："裂了。"

篮球它裂开了。

篮球场上的众人："……"

篮球场外的围观者："……"

宿溪："……"

霍泾川倒吸一口冷气，冲过来对宿溪道："你从哪里认识的这种可以倒拔垂杨柳的人物啊？手轻轻一抬，篮球都被他砸裂了！这篮球是我们班体育委员带来的，一百多块呢！"

宿溪："……"

陆唤看了眼自己的手，微微皱了皱眉，意识到自己力道还是大了。原因很简单，无论是挽弓还是射箭，或是在校场上掷出长枪，都需要极大的力气，他这几年来已习惯成自然。方才分明已经将力道放轻了，可没料到这球状物和篮筐简直如风中残柳，不堪一击。

这话说出来必然十分招打，因而陆唤主动道歉："这球我赔。"

众目睽睽之下，他负责任地去教学楼搬来一张桌子，放在篮板下面，随后捡起篮筐和几颗钉子，徒手将篮筐装了回去。

还用力拧了拧。

被他拧过，原本微微有些松动的篮筐立刻变得稳固，只怕是学校倒了篮筐都不会掉。

宿溪哭笑不得，对霍泾川道："你体谅一下，陆唤天生神力，以前又没打过篮球，凡事都有第一次嘛，再给个机会。"

霍泾川不太信她，很怕接下来他们打篮球，陆唤打他们。

幸好打篮球的男孩子们都不是很计较这一颗篮球的损失，反而惊叹至极，围着陆唤想看一下他的胳膊是怎么长的，明明也没太夸张的肌肉啊，白皙修长又好看，甚至比他们中的两个大个子还清瘦，可为什么能有砸坏篮筐的爆发力？

有人提议道："陆兄，你走远一点，投个三分试试看，说不定远一点就能轻松投中了。"

陆唤又捡了个篮球，走到三分线外。

这一次他微微敛了敛神，将力道放得更轻，几乎是用手指弹出去的。

一道优美流畅的抛物线之后，"哐当"，篮球果断进筐！这一回力度控制得刚刚好，从地面回弹的篮球依然带着势如破竹的力道，但在快要接触到篮筐时，速度变为了零，篮球重新落回地面。

操场上看到这一幕的人都惊呆了。

长得帅的人果然不走寻常路。二分球都不屑投，得投三分才行。

陆唤眉心舒展开来，感觉自己基本上已经知道该用何种力道了。他饶有兴致地捡起篮球，对霍泾川等人道："可以开始了。"

说实话，霍泾川内心是不信陆唤能担当后卫、前锋或者任何一个位置的，毕竟他连投篮都是现学的，可万万没想到，接下来的半场赛，陆唤一顿操作猛如虎，无论是防守、猛攻，还是刚练会的投篮，他几乎没有死角。

但凡他站在防守位，对方球队几个人带球冲过来都没办法突破，反而被他轻而易举地伸手一捞，把球给抢走了。

而但凡他猛攻，连自己这边的队友都不需要，他一个人就可以冲破对方球队好几个人的防守线，三分命中。

半场球赛打下来，霍泾川听着场外激烈的喝彩声，神情恍惚。

他跑来跑去，球都没摸过，怀疑自己不是来打篮球的，而是来跑步的。这根本不需要自己嘛，陆兄一个人就够啦。

中场休息。他和众人跑得气喘吁吁、大汗淋漓，陆唤额头上一点汗水都没有，清清爽爽，看起来也不累，还要走到宿溪身边去拧矿泉水瓶。

霍泾川看着场外已经完全被陆唤吸引走目光的女生们，愁得吐血。

这和他想象得完全不一样嘛！

球场上的其他男孩子心思也一样，他们专门来学校打篮球是为了什么啊，为了听女孩子们给一个不认识的帅哥加油？这样还不如在小区附近的破烂篮球场打呢。

他们想撺掇霍泾川，让他去跟陆唤商量下，下半场就别让这"高富帅"上场了吧，不然还有他们什么活路。

不过霍泾川还没撺掇，陆唤看了眼天色，就主动跟他说换人了。

他道："天色已晚，我得把小溪送回家了。"

晚了的话宿溪父母回来，两人就不好进宿溪房间了。

霍泾川这才松了一口气，头一回感觉宿溪有点用处，对她道："快快快，把你家大力水手领回去。"

宿溪白了他一眼："有事钟无艳，无事夏迎春。是你自己软磨硬泡让我们陆唤来打篮球的。"

她扭头问顾沁："要一起回去吗？"

顾沁的心思完全在场外一些好看的小姐姐身上，对她敷衍地道："你们先回吧，我再看会儿。"

刚好宿溪也怕和顾沁一块儿回去会露馅儿，要是顾沁发现她居然直接将陆唤领进她家，那可就尴尬了。

她拉着陆唤往校门口走。

陆唤好知好问："大力水手是何物？"

宿溪对他说："是一部动画片里的人物，主人公吃了菠菜，力气就会变得很大。"

陆唤莞尔："如此看来，你是菠菜。"

宿溪一下子没明白他是什么意思，和他并肩朝着校门口走了几步才反应过来，他的意思是，如果自己不在他不会打得这样认真，就不至于狂进几十个球，一个都没漏给霍泾川等人，结果被队友赶走了。

宿溪顿时脸颊一热。

陆唤欲言又止，看了她一眼。

宿溪感到有些好笑，说："除了第一个球把篮筐砸坏了，后面的球都打得很帅的！我就没见过比你更帅的！"

陆唤这才心满意足。

以陆唤这种级别的颜值，在学校里走一圈，没有人大着胆子上来要微信，是绝对不可能的。两人从操场走到校门口，这短短的一路，跑过来要微信的已经有好几拨人了。

即便陆唤视而不见，但次数多了也够烦人的。

宿溪心中吐槽，她明明就站在陆唤身边啊，为什么这些妹妹都视若无睹，都当她死了吗?! 她忍不住将挡在身前的外套丢给陆唤，气势汹汹地道："帮我拿着。"

情侣衫一祭出，果然前来要微信的人都消失了。周围向往的眼神都变成了对宿溪的艳羡，以及若有若无的可惜。

宿溪："……"

虽然霍泾川说再也不找陆唤打篮球受虐了，但是他接下来几天又央求宿溪把陆唤叫过来了几次。

只不过打篮球的地点不再是学校，而是小区附近。

被一群中年大叔、阿姨围观，霍泾川和另外几个男生菜得理直气壮，终于可以享受由陆唤带着他们虐杀对方的爽感了。

话分两头。京城中平静的湖面之下暗流涌动。

丞相得知云太尉与几个官员下朝后私下去了一趟西市的醉花楼。这几人府中近来也没有婚嫁丧宴等大事，无故在府外聚首，行踪还故意不被人知道，不知是要密谋什么事情。丞相放心不下，于是叫府中眼线去钉着。

然而这一钉，却叫丞相钉出了件大事情。

他的眼线告诉他，醉花楼附近的茶坊底下有间私人开设的赌场，有位胡商脾气大得很，赢了便将钱统统揽于怀中，若是输了便对赢他钱的人拳打脚踢。

这一回是踢了郴州知府在京读书的次子。

这郴州知府的次子也不算什么无名无姓之人，按道理说应该是要闹大，将这胡商捉拿起来的，但不知为何，这胡商一介草民，背后竟然像是有靠山相护，以致郴州知府次子走投无路，连夜逃出了京城。

官商勾结的事情在京城并不少。朝廷里有官员想要洗钱，便是通过一些商人来实现的，而这些商人中，又数从西域来的胡商为最佳人选，因为他们来去自如，办完事情之后，一纸通关文牒便可离开京城。

因而有些胡商靠上了这样的大靠山，便以为自己在京城能横着走，不将京城百姓的性命当回事了。

丞相听了眼线所说之事，第一反应便是这胡商有猫腻，以他为起始顺藤摸瓜地查，说不定可以揪出什么贪赃枉法的官员来。

而且这事说不定与五皇子及大理寺近日刚处理完的京城流寇伤人一事有关。

若是查出五皇子有包庇之罪，刚好可以趁此机会削弱他在京城中的力量，而即便与五皇子没什么关系，那也是一件功劳，可以顺水推舟地记在太子头上。

这两年太子虽然被封了东宫之位，但是地位实在不稳，比起五皇子和被皇帝带回来的九皇子，可以说是毫无政绩，丞相也怕长此以往会动摇东宫地位。

于是，他派人秘密地去查，却没料到，查来查去，那胡商竟然只和太子有些关联。

难不成在背后包庇胡商，借胡商和赌场之手洗钱，暗中下手将郴州知府次子赶出京城的人，是太子？

这怎么可能？

丞相是万万不会相信的。他倒不是觉得太子忠廉无双，不可能干出贪赃一事，而是不相信以太子的脑子，畏首畏尾、优柔寡断的性格，会周全万分地将郴州知府次子赶出京城，还处理得干净利落，嫁祸给大理寺捉到的那几个人。

此事必定是有人打算陷害太子，才设计出来的。

丞相如此一分析，坐不住了。

他先让亲信传信去东宫，信中隐晦地提及了此事。

太子当夜回信，声称自己与此事绝对无关，望他不要误信小人谗言。

丞相这才彻底放下心来。

他怕到时候皇帝也查到此事，治太子与胡商相勾结的罪，于是当晚便进了宫，决定先发制人将此事告知皇上。无论是谁下的这盘棋，先将太子择出来就是。

陆唤借由丞相之手，终于将此事捅到了皇帝那里。

郴州穷乡僻壤，缺吃少穿，郴州知府次子在功名和金银之间选择了后者，带着仲甘平给他的一包银子，连夜离开了京城。必须让他这样的人与那胡商对上，却战战兢兢地示弱，丞相才会起疑，才会去查。

他是陆唤抛出的一个饵。

当晚，皇帝震怒。其一是居然有人胆敢在天子脚下勾结胡商大量洗钱。其二是五皇子与大理寺查案，没捉到真正伤人的人，却捉了几个替死鬼回来，竟然有人胆敢在他眼皮子底下偷梁换柱。其三是显而易见此事并非现在看到的那么简单，肯定涉及皇子们之间的厮杀陷害。

皇帝先免了五皇子与大理寺调查此事的权力，令自己身边的御林军首领亲自去查。

本来只是一件小事，却陡然牵扯出这么大的一件事来，一时之间，京城官员人人自危，生怕站错了边。尤其是五皇子政党的人，即便胡商背后主谋不是五皇子，但五皇子查案不力的罪名是躲不了了。

五皇子的脸色不大好看。

但此时正触皇帝霉头，没有官员敢上前宽慰。

皇帝这边查着案，京城中有些官员循着风声，忍不住偷偷摸摸地上门拜访陆唤。

毕竟先前大家觉得最有希望登上那个位置的，不是太子就是五皇子，但这件事情一出，却让人在衡量之下觉得不动声色的九殿下可能才是希望最大的。

即便不能如镇远将军等人一早便站在他身后，但临时抱佛脚，或是亡羊补牢地去逢迎一二，或许也能起到作用呢。

只是九皇子府对外声称一律不见客。

陆唤对此事置身事外，除了上朝、处理政务，便是待在寝殿内，去宿溪那边。

而每每此时，借口自然是倦了、早早歇下了。

或许是他睡觉的次数实在太多，不知怎么的，京城逐渐传出九皇子从小被养在长春观，身体虚弱，面色苍白，再加上在北境负伤未愈，终日气力不足的流言……

这消息传出去，京城中打陆唤主意的贵女们也纷纷退了几分……再怎么天潢贵胄，未来夫君也不好是个不行之人啊。

虽说这些传闻乱七八糟、荒唐至极，但既然为陆唤提供了便利，陆唤也就让下属对这些谣言睁一只眼闭一只眼了。

他将这事对宿溪说了，宿溪笑得肚子疼。

宿溪忍不住向下看了一眼。

陆唤脸有点黑："……我行。"

十日之后，京城中陡发一件大事，令文武百官震惊不已，议论沸腾，原来是半月前的流寇一案水落石出。

背后牵扯官员众多，其中以太子为首，朝中人竟与胡商勾结，在府中敛财无数！

这胡商在西市数次狐假虎威地伤人，却没有官员去捉拿，概因太子帮忙偷梁换柱，让大理寺误抓了几个替死鬼。

五皇子查案不力，当真误抓了几个清白之人。

如今京城内民怨沸腾，请愿之一，让大理寺放了无辜的替罪羔羊；请愿之二，天子犯法与庶民同罪！

皇帝为了平息民怒，将那胡商及其从西域带来的人格杀勿论，并夺了太子的印，勒令其禁足思过，五皇子办案不力，罚俸一年！其他有贪污敛财行为的官员，情节严重者抄了九族，情节较轻者削了官职。

这些官员大多与太子、丞相一族有所牵扯。太子党损失惨重。

因念在主动上告此事，丞相免过抄家一劫。

这件事在大殿上由皇上派去查案的御林军首领告知，水落石出之后，丞相根本不敢相信。他在大殿上大呼："太子性情忠廉，绝非敛财之人，此事必定是有人栽赃陷害！"

更何况那晚他抓紧时间进宫之前，分明还让亲信去东宫传过信，太子对此事一问三不知。

可皇帝震怒，将供词、证据以及去年灾害时错漏百出的账簿摔在他面前。"证据确凿，丞相还要为太子说话吗?！"

丞相翻完那些账簿，腿都软了。

京城下了场大雨，天色阴沉沉的，因最近这件事，无人敢去触皇上的霉头，几个太子党甚至告病不出，竭力减少存在感。

人证物证俱在，御林军从东宫查缴到了去年赈灾时他趁机揽获的金银财宝，已经翻不了案了。丞相走出大殿之后，与皇后以及其余的太子党羽产生了深深的嫌隙。毕竟是他深夜进宫告发此事，这怎么解释？

丞相无法解释，他憋着一口郁气，一气之下病倒了，躺在床上整整三日没去上朝。

他始终不信太子能以一己之力干出这些事情。

即便敛财之事是太子做的，可后面的偷梁换柱、陷害五皇子办事不力又是怎么回事？

皇帝也不想想，太子愚钝，有这个脑袋吗？

背后必定有推动之人，可是是谁呢……二皇子，五皇子，还是九皇子？

丞相直觉自己那晚送与太子的信，根本没传到太子手上，他恐怕是被谁算计了。此时太子已经被禁足，没人能去东宫，他也没办法去问太子了。

不过还有那名亲信，他这才想起将传信的亲信叫来，却没料到，下人面色苍白地冲进来跪在他面前，说那名亲信昨晚巡逻时失足淹死在河渠里了。

丞相一口气差点没上来。

线索就此中断。

任务七

　　请接收主线任务二十一：于四十年内研究制造出，或者委托科学家研究制造出"系统001号"，将其送回2020年12月7日，加载在宿溪的手机上。金币奖励+0，点数奖励+0。

　　唯一的奖励是：她。

　　　接受　　　　　　　　不接受也得接受

第十四章

万家灯火，又添一盏

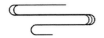

雨滴宛如断线的珠子一般，噼里啪啦地砸在京城各地，洗去西市死去之人的血。震惊整个京城的事仍在官员之中发酵，只是无人敢在明面上讨论。

这日深夜，九皇子府的侧门小道上停了一顶低调的青帘小轿。

原本府上的下人遵从陆唤命令，无论谁人前来，一律不见，也不予通传，可当青帘小轿里的人露出一只手，拿了腰牌出来之后，门口那几个下人顿时犹豫了。过了一会儿后，有人匆匆进去禀告了陆唤。

可半炷香后，下人回来，诚惶诚恐地对轿中人道："殿下睡了，二殿下，您还是请回吧。"

轿中人微笑的嘴角顿时僵住，随后眸光微冷。

片刻后，青帘小轿打道回府。

这件事说简单也很简单，陆唤去见兵部尚书那日便猜到了。

胡商前后与自己、太子、五皇子都有粘连，彻底与之无关的人是谁？

这件事起因于京城几个平民百姓深夜无辜被杀，其中一具尸体躺了一夜，刚好冲撞了微服礼佛的太后，使得太后受惊，一病不起。皇上这才发怒，让五皇子和大理寺去彻查此事。

五皇子可不是什么蠢人，早就查到了这件事应该与太子那边有关，但他选择按兵不动，按照太子那边抛出的线索，放过了胡商，将几个替死鬼捉拿归案。

他如此行事，并非是想放过太子，而是在等这件事发酵，到时候再将真相引出，告到皇帝那里去，将太子及其部分党羽敛财一事揭发。否则死了区区几个人，怎么能扳倒太子呢？皇帝只怕会大事化小，小事化了。

势必要等到民怨沸腾，谩骂声传到天子耳朵里，朝廷无法交代了，皇帝才会大发雷霆。

只是五皇子没想到，还没等他将此事收尾，斜里突然冒出来个深夜进宫的丞相，提前让东窗事发。

五皇子脸色难看，这样一来，他什么功也没立下，还哑巴吃黄连，变成了"脑袋糊涂、抓错了人、办事不力"的蠢货。

皇帝还罚了他的俸禄。

不过令五皇子心情好的是，太子这么一被禁足，还不知何年何月能重返朝政。连太子印都被剥夺了，看来皇帝怒气很重。

他唯一不明白的是，丞相一向站在太子那边，为何突然反水？

他不明白，皇后以及太子其余党羽也都不明白，因而几乎和丞相断绝了往来，有了隔阂。

然而，丞相在大殿上说中了一点，太子脑子平庸，是不可能做到这样完美的善后的。

太子贪财，二皇子低调，三皇子好色，五皇子好功。

去年趁着灾荒大量敛财，这件事的确是太子所为，御林军首领翻出来的账簿也证据确凿。开了春之后，太子按捺不住联络了胡商，借由胡商之手洗钱，也确有其事。

只不过，接下来的一切事情，便与太子无关了。

二皇子查到太子敛财这一点之后，筹谋了一个很大的局。胡商进城之前，他秘密绑了那胡商的妻儿，让胡商听从他的派遣。这件事需要追溯到胡商进城之前，那时胡商没有行踪记录，根本查不出来。那胡商明面上是被太子选中洗钱的人，但实际上是二皇子送到太子跟前的眼线。

　　太子蛰伏了一个冬季，好不容易找到了一个突破口，再加上这胡商办事能力极强，便在几个月前的那场宴席上与之合谋。

　　太子只做了这一件事。

　　接下来找到替死鬼、借尸体冲撞太后等事，全是二皇子暗中所为。原因无他，和五皇子的目的一样，为了激起民怨。等到民怨足够之时，再一举揭发此事，太子才能死得更快。

　　原本在他的计划里，挑破这件事的要么是五皇子，要么是陆唤。若是五皇子挑破，他便能让太子倒台，五皇子与太子党羽结下血海深仇；若是陆唤挑破，他不仅能让太子倒台，让五皇子落下个办事不力的坏名，还能让陆唤与太子党羽结下仇怨。

　　无论如何，鹬蚌相争，他都能坐享其成。

　　然而他没料到，他将别人当棋子的时候，陆唤先他一步，将丞相的眼线引到西市醉花楼，将这把刀转移到了丞相手中。

　　陆唤其实也只做了这一步，还是相当于自保的一步。

　　他见过皇帝，很了解皇帝的秉性，要说眼线，哪个皇子府的眼线都没有皇宫里的那位眼线多。在京城里，无论做什么，都不可能瞒过皇帝。

　　因此，半路换了丞相信的，其实是皇宫里的那位。

　　太子本人可能不信，一门心思想让丞相倒台，削弱丞相与太子党羽之间联系的，其实是皇帝。

　　皇帝见陆唤将丞相送上门来，就顺水推舟，将告发此事的帽子安到了丞相脑袋上。之后无论如何，太子党羽与丞相之间的嫌隙算是小不了了，这极大程度上冲击了太子、丞相、皇后、太子党羽这股势力。

　　不过，在二皇子那边，大约以为最后补刀的是陆唤，因此今夜特地前来，想看看是否有联盟的可能。

　　太子、二皇子、五皇子、丞相全都看不明白真相，除皇上外，陆唤大约是唯一知道事情始末的人。

　　皇上倒是没动二皇子，陆唤大约可以琢磨到他心中的考量，倒不是因为不舍，而是此事波及的范围已经够大，若是再牵扯进一位皇子，只怕皇族颜面会损失太重。

陆唤在这边默默揣测着圣意的时候，大明宫里的皇帝正对着卿贵人的画像，生出了老九深不可测的想法——这件事中陆唤做了什么吗？他什么也没做，若是细细剖析起来，甚至无法治他的罪。因为他只是给云太尉传了一句话："听闻醉花楼的酒好喝，云太尉不如邀几个官员去尝一尝，银子本殿下付了。"

能因这么一句邀请治他的罪吗？

但就是用这样一句邀请，他却四两拨千斤地将老二和老五试图卷到他身上的是非给拨了出去，也将刀子送了出去。甚至，皇帝怀疑他揣测到了自己的意思，所以才会选中丞相。

皇宫里，皇帝眸色不明。

短短几日内，京城就发生了许多大事。太子被禁足三日后，受到惊吓的太后在坤宁宫崩逝了。

举国哀悼。

京城中连下多日大雨，宗亲提议应有人前去为太后守皇陵，皇帝在一众人中选中了陆唤。

圣旨降下来，称唯有九皇子如今没有妻室，且九皇子大孝大仁，特此破了燕国皇子弱冠之后才能封号的例，封陆唤为燕清王，守孝一年。

旨意降下来之后，满朝文武震惊，为何会派近日来在京城中声望威重的九皇子去守皇陵？这不是被贬吗？

镇远将军与兵部尚书在朝堂上极力劝阻，称九皇子年少，应另派宗亲前去守皇陵。

皇帝却执意如此，让陆唤七日后便随灵柩出发。

镇远将军与兵部尚书并不知晓，守皇陵一事是陆唤主动对皇帝提出的。他的想法很简单，一年而已，自己要想彻底适应宿溪的那个世界，最好是减少政务，去那边读一年书。

除此之外，上回自己为了完成任务十七，恐怕已让皇上产生了一些怀疑，这个时候暂避锋芒是好事。

这下，皇帝就猜不透陆唤的想法了，但是他心中也觉得，老九去守孝一年是好事。

太子、二皇子、五皇子之间的斗争本就暗流涌动，不是短期内能结束的。老九回京之后，局面更加混乱。老九简直将另外几个兄弟玩弄于股掌之上。等老二和老五反应过来，肯定会联起手来对付他。

皇帝的心里很矛盾，一方面他不希望任何人觊觎自己的位置，一方面他知道必须要选出一个合适的继承人。

他一边觉得衍清在几个皇子之间，再适合肩负天下不过，但一边又有些忌惮这个十几年后才认回来的儿子。

而现在，陆唤主动提出守皇陵一年，无疑让皇帝稍稍松了口气，立刻便同意了。

守皇陵的事情还在争执之中，宿溪这几天准备返校要带的东西去了，没有时时刻刻打开游戏，所以还不知道。

炎热的暑假即将结束，她在为另一件事情头疼。

前几天她的班级群里弹出来一条通知，说是按照传统，大二统一要住校了。

还有三天开学，请各位同学做好家长的工作，等到开学当天，带上一些行李和日用品来学校，辅导员会在教室等待同学们，统一分配住校寝室。[微笑表情]

这的确是宿溪这所大学的传统，只是放暑假之前，老师说今年政策可能有变，不一定住校，于是宿溪和顾沁她们没怎么在意，但没想到，暑假快结束了，学校想清楚了，还是得住校。

宿爸爸、宿妈妈有点不放心，下班回来后，不满道："干什么突然要住校，学校食堂营养能跟得上吗？"

宿溪倒是对住校这件事表达了充分的理解，说："大二专业课多，学校想便于管理吧。"

宿爸爸、宿妈妈一想，这倒也是，他们商量了一番之后，把字给签了。

宿妈妈趁着还没开学，给宿溪采办日用品去了。

住校这事宿溪没有异议，她只愁一件事：她去学校住了，那陆唤每次怎么过来呢？初始页面要还是她卧室的话，那陆唤迟早得被自己老爸老妈抓包。

这个初始页面有没有办法改掉？

但要是改掉的话，改到哪里去呢？她住校之后，肯定是和系里另外三个女生住一间宿舍的，没有单间，总不可能让陆唤凭空出现在自己学校的宿舍吧……

问题大了。

开学前一晚，夏蝉在小区里的树上"知了知了"地叫个不停，十分聒噪。

天气渐渐变得凉爽，宿溪没有开空调，而是打开了窗子。

她还在琢磨她住校之后，陆唤怎么办的问题。她倒是可以利用每天中午吃饭的时间，和陆唤见一面。

只要给陆唤一套自己家中的钥匙就可以，那会儿爸妈也不在家，陆唤可以自行出入。

但是……唉。

宿溪觉得，那样的话见面机会可就少多了。这还没分别呢，她就已经感觉到淡淡的不舍的滋味了。

宿溪之前也没考虑太多她和陆唤以后的问题。

也不能这么说，她其实也思考过一些……她本以为，她读完大学及研究生之后，应该会找一份工作，偶尔回家看望父母。而陆唤那边上朝处理政务，和上班也没什么区别。等到她和他都下了班，可以一块儿做很多事情。

经济上也不用担心，他那边随时可以将一些银子带出来。而即便有一天他带不出来了，自己也可以赚钱养活他。

但是突如其来的住校让宿溪发现，自己还是想得有些简单了。

按她先前的计划，相当于完全将陆唤划为那个世界的人了，他在这个世界的作用只是待在自己身边，陪伴自己。但事实上，陆唤如果生活在这边，也会需要这边的朋友，要有人际往来。他出去后，会有人问他做什么工作，从哪里毕业。如果他这些经历完全空白的话，那么就会永远和自己的这个世界格格不入……

更重要的是，到时候爸妈那边怎么说呢？

宿溪感到有点头秃。

　　她喜欢陆唤，像那天晚上承诺的那样，无论发生什么事，她都不会和他分开。爸妈不同意不是什么大不了的问题，他没有这个世界的学历也没有关系，只要两个人在一块儿，慢慢解决就行了。

　　这样想着，宿溪决定先解决这个问题。她打开手机，打算趁着爸妈已经洗完澡进了卧室，把陆唤叫过来小声商量一下。

　　仿佛心有灵犀一般，陆唤忽然出现在了她房中。

　　宿溪吓了一跳，压低声音："你怎么突然过来了？"

　　"你明天就开学了，我想带你去个地方。"陆唤也压低声音道。

　　他熟门熟路地从宿溪的床底下拉出一个纸箱子来，里面装着他在这个世界的一些衣服。

　　"现在？"宿溪看了眼手机，"都快十一点啦。"

　　陆唤穿着一身白色的长袍，束发的布条也是白色的，宿溪才反应过来，应该是两天前太后崩逝，他还在守孝，晚上才能回一会儿皇子府。也不知道今天守孝一整天，饿着没有。

　　宿溪立刻道："你饿不饿，我去下点面条吧？"

　　"不饿。"陆唤摸了摸她的脑袋，道，"只是今日白日里实在抽不开身，所以只能这会儿来。"

　　他拿着衣服，看了宿溪一眼。

　　宿溪立刻脸颊发烫，转过身去，什么也不看。

　　现在爸妈都在主卧，自己出房门得弄出动静，陆唤就不好换衣服了，反正自己转过身也是一样的。

　　宿溪问他："去哪儿？不会回来太晚吧？"

　　陆唤道："就一会儿。"

　　宿溪看了眼自己身上的睡衣，又看了眼房门外，有种做贼的雀跃感。她小声说："可是我们怎么出去，从房间到大门，是会走出声音来的。"

　　陆唤从椅背上拎起她的外套，像给小孩子穿衣服一样给她穿上，宿溪顺从地伸长手。

　　"这样就不会发出声音了。"陆唤俯身，捞起她腘窝，将她打横抱起。

　　一回生二回熟，第一回公主抱陆唤耳郭通红，还十分忐忑，怕唐突了宿溪，但现在俨然驾轻就熟，凑到宿溪耳边道："我走路很轻。"

宿溪感到紧张又刺激，点了点头。

陆唤走路果然很轻，除了关门时发出了一点点响声外，几乎让人察觉不到，更别说主卧里已经鼾声震天的宿溪父母。

他熟练地拿了钥匙，揣进自己口袋里。

两人出了小区。

陆唤拦了辆出租车，让司机一路往前开。

宿溪发现他竟然让司机开到了自己学校对面。

学校对面是一片高档小区，本来因为地段好，房价就很贵，更因为学区房而涨价许多。如果宿溪没记错的话，这里应该要三万一平方米了。

宿溪心里隐隐预料到了什么，越来越激动。

陆唤带着她进去，按了其中一栋单元楼的电梯，然后站在一套公寓面前，从另一个口袋里掏出钥匙，开了门。

门一开，玄关处的灯光应声而亮，是一套窗明几净的美式装修公寓。

宿溪怕踩脏了地面，大晚上的也不敢大声说话，兴奋地惊呼道："你什么时候租下来的？"

"是买。"陆唤扬起眉梢，有些得意，但同时又有些忐忑，怕宿溪拒绝，想了想，他道，"还有件事想告诉你。"

宿溪转过身来看他，觉得他说得十分认真，突然有种不好的预感，生怕他说出什么再也来不了之类的话，却没想到，陆唤接下来的话让她一下子对未来生活期待到了极点。

他目光灼灼地注视着宿溪，道："我打算考你们学校了。"

宿溪愣了两秒，觉得十分不真实，忍不住上前两步，捏了捏他的脸——是真的，可是怎么说出来的却是胡话。

陆唤顿时莞尔，一下子将她抱了起来，在空中转了一圈，等宿溪气息不稳地被放下来后，他低下头轻轻吻了下宿溪的眉心，双眼注视着她，道："我明白你的顾虑。我在那边向皇帝提出了守皇陵一年的请求。"

"可是守皇陵会不会很清苦？电视剧里演的守皇陵不都是很清苦的吗……"

宿溪顿时心头一酸，说不出是感动还是心疼。

她将陆唤抱得更紧了点。

陆唤心说：不能经常见到你才清苦呢。

但他没说出来，他心满意足地感受着宿溪因为心疼而渐紧的怀抱，她细软的长发扫在他脖颈上，柔软而温暖。

万籁俱寂，万家灯火，又添了一家。

陆唤以前从未感受过家的滋味，但他想，现在他有了。无论是在这个世界，还是在那个世界，有她的地方才是家。

陆唤买房过户之前认真地查阅了一下这个世界的资料，发现并不像燕国，只要有足够的银两和户部的公文便可购买一块土地或府邸那样简单，竟然还需要层层审核，十分烦琐。

于是他上个月中旬便已提前开始准备。

有两天他趁着宿溪睡午觉的时候，通过中介过来看过几次房。

这个地段的新楼盘全是期房，要想买一整套，就只能买二手房。本来陆唤心中对二手房十分不喜，但没想到居然十分顺利地找到了一套装修风格非常对他胃口，几乎全新的房子。这里距离宿溪的学校很近，她随时可以过来休息。

这样一想，陆唤觉得这房子十分合适，便迅速准备好了钱。

虽然费了一些周折，但事情还是办完了。

在尘埃落定之前，陆唤担心出什么意外，便没有和宿溪讲，等一切事情都办好了，他才带宿溪过来。

他想给她一个惊喜。

宿溪确实惊喜到了，她在公寓里转了转，兴奋地打量着每一个角落，满脑子都是这一块要怎么布置，那一块要放点什么。

公寓前主人搬走之后，陆唤已经熟练地从网上下单了保洁，让人来打扫过，因此现在公寓里干净整洁，就是没什么家具。

宿溪走到厨房拉开冰箱看了一眼，兴奋地说："明天下课后可以去超市一趟，买些吃的把冰箱填满！"

她已经能充分想象和陆唤一块儿摊在沙发上吃薯片、刷微博、打游戏的生活了！

陆唤跟在她身后，道："还有床榻、桌案、灯这些家具，改天一起去置办吧。"

"还有！"宿溪猛然转身，地板刚打完蜡，很滑，她身子往后一仰差点摔倒，陆唤眼明手快地将她拉住。宿溪激动得完全顾不上其他，她仰起头，目光灼灼地盯着陆唤道："我可以在你这里养猫吗？"

哪个女孩子不想养一只软萌漂亮的小猫咪呢？宿溪每回逛街，看到街边的猫咖和宠物店都迈不动腿，但宿妈妈有洁癖，是不可能让她养的，她软磨硬泡了几年都没用。

但宿妈妈万万没想到，她不让女儿养，却有别人买房让她女儿养啊！

宿溪心潮澎湃，猛地抱住陆唤的腰，手脚并用地缠住，仰头盯着他道："陆唤，让我养猫吧！"

陆唤心脏跳得飞快，完全招架不住。

他想也没想，直接就要答应了，但话到嘴边及时刹住了车。她要是养了猫，是不是就有新的崽崽了？到时候还能分出视线给自己吗？

陆唤心中很是怀疑。

他总感觉宿溪对自己的喜欢很不靠谱，真的是那种女孩子对男孩子的喜欢吗？莫不是把游戏养崽的心态转变为现实养崽了吧？

宿溪拧了下他的背，问："你怎么回事，还想不答应？"

"你衣服穿好。"陆唤伸手将宿溪松松垮垮的外套下的睡衣拽了拽，遮住她的锁骨。

他喉结动了下，看向别处，脸上故意露出犹豫的神色："嗯，这个我得考虑下。"

"还考虑？"宿溪气不打一处来，说好的有求必应呢，难道崽的翅膀硬了？！

"那怎样你才可以答应？"宿溪问。

陆唤道："第一，让猫睡客厅或者阳台，不可以钻你被窝。"

宿溪心想：养猫不就是为了从被子里薅出一只软绵绵的小可爱吗？不让猫钻被窝这简直丧心病狂！陆唤你丧心病狂！

但是管他呢，先答应着，到时候陆唤还能冲进她房间把猫咪丢出去不成？

于是她笑眯眯地道："那当然，没问题，我懂，你怕猫掉毛，我洗床单时弄脏了洗衣机，连累到你。"

陆唤："……"

他心说："不，你不懂。"

宿溪问："还有什么条约吗？第二和第三呢？"

陆唤理直气壮道："第二和第三我还没想好，等想好了再告诉你。"

宿溪有点无语，怀疑陆唤最近用新买的手机看了《倚天屠龙记》，学起周芷若了。但想着即将到手的小猫咪，她也就一并答应了下来。再说陆唤还能提出什么要求？左右不过是过生日了要她送礼物，要吃她亲手做的饭菜。

这晚，宿溪被陆唤送回家之后，怀揣着兴奋和期待，在网上搜索了大半夜的正规猫舍，打算尽早去接一只软绵绵的小猫咪回来。

接一只猫回来要做的事情可多了，还得买猫窝、猫抓板、猫粮等等，于是宿溪刷完了猫舍，又立刻去逛淘宝，还喜滋滋地把一大堆营养品加入了购物车。

陆唤换上来时的衣装，回到皇子府歇下之后，忍不住打开幕布看了眼她那边的情况。

当见到她凌晨四点还在盯着手机屏幕上的猫一脸痴汉笑时，他："……"

虽说君子一言，驷马难追，但陆唤确实后悔答应这件事了。

陆唤前往皇陵之前，去拜访了镇远将军与云太尉等人，与他们商量了一下接下来的事情。

如今太子已经被禁足，其党羽与丞相生了嫌隙，联盟四分五裂，外戚势力不再如之前那般强大，正称了皇帝的心意。二皇子先前蛰伏许久，现在野心也渐渐露出水面，他与五皇子之间势必还会有所较量。

京城并不会风平浪静，情势只会愈演愈烈。

陆唤这一年待在皇陵，虽然是他自己所请愿，但外人不知其缘由，皆以为他是被皇上贬黜，这倒使得其他几位皇子对他的警惕稍减。

这样一来，在这些人争斗之际，他反而可以额外做许多事情，不受到干扰。

其中一件便是还未完成的任务十六，推进燕国的徭役赋税改革。

陆唤与兵部尚书商讨过，现在想要减轻徭役赋税，缓解百姓压力，几乎是不可能办到的事。上奏折给皇帝，也会直接被扔回来。

得从实际情况出发。

燕国并非什么富饶之地，国库也并不充盈。已经击退的北境外敌虽然近几年暂时不会来犯，但是燕国还是需要养好兵力，以防万一。这些，都是很烧钱的。

要想做到这一点，前提条件是燕国国库先富裕起来。

正所谓开源节流。一方面得大力推动燕国农业种植技术，加强生产力。另一方面还得从贪官污吏身上着手。正如先前查出来东宫太子敛财无数，朝廷里大贪小贪的蛀虫还不知道有几多，一一去查，也要耗费一些时间，还不能打草惊蛇。

陆唤正好借着这一年的时间，暗中派遣身边下属完成这些事情。

至于任务十七，在皇上采纳了宵禁这个举措，并让各州试行之后，陆唤这边就已经弹出了完成的信息：【恭喜，完成主线任务十七（高级）：京城中命案频发，引起百姓惶恐，请尽快想到办法降低犯案率，并推行至各州。任务难度四十五颗星。获得金币奖励 +3000，点数奖励 +15！】

宿溪和陆唤都发现，点数累积到 200 点之后，任务全都变得非常难，也几乎都与改善整个燕国的政策有关。

怪不得宿溪一开始做那些"替陆唤获得老夫人赏识"一类的任务时，系统说难度只有几颗星。

原来更难的在后面！

现在的任务十七，难度都已经是四十五颗星了！更别说减轻徭役赋税、推进改革的任务十六，难度已经达到六十五颗星。

宿溪十分想知道达到一百颗星难度的任务到底是有多变态。

任务十七完成之后，总点数才达到 215，由于难度变大，进度开始变慢。陆唤又再接再厉地让系统赶紧弹出任务十八。【请接收主线任务十八：燕国在外贸、外交往来上一向没有章法，请整顿来往交易的西域胡商，设立外贸监察机构。金币奖励 +4000，点数奖励 +18。】

燕国这些年尾大不掉，皇帝虽算不上昏庸，但的确无法照顾到燕国的经济民生、军队外御等方方面面。于是许多从异国来的商人以非常低廉的价格从燕国买走了许多珍稀的木材、药材，而与之交换的呢，却是一些看似美丽，实则没什么用的宝石。

许多官员都被骗过，将宝石买了回来，却发现落地即碎。

外贸交易市场非常混乱，燕国因民间药材被大量换走，想要充实国库之时，反而不得不从异国购入。长此以往，燕国自然越发贫穷，而异国却逐渐富足。

用宿溪那边的说法就是，需要将燕国的局势逆转为贸易顺差，以强民生。

陆唤接收下第十八个任务，但是这个任务也是个长期任务，还得让一些官员去皇帝那边递递奏折。

暂时急不得。

镇远将军等人原本以为陆唤去守皇陵是被皇帝贬黜，但是经由陆唤解释之后，他们倒是理解了。

陆唤所下决策的确没错。目前京城中的几位皇子都想要得到皇位，原本其野心可能还能按捺住，但是当陆唤以九皇子的身份回京之后，二皇子与五皇子便沉不住气了。若是陆唤继续留在京城，必定要接下他们的明枪暗箭。

对此陆唤倒是觉得不足为惧，兵来将挡，水来土掩即可，但若是一直如此，便抽不开身去做别的事情了。比起与他们缠斗，争夺帝位，倒不如将时间花在一些有助于黎民百姓的事情上。

他们想爬上皇位，这份野心本身没错，但即便将对手一个个斗倒台，做了皇帝，燕国百姓还是处于水深火热之中，人心亦不会归顺。

京城七日丧事已过，满城萧索。

大雨停歇之后，皇宫里派来两列御林军，皇上将其赏赐给了陆唤，这些人会护送他一路前往皇陵。

毕竟是皇子，守皇陵也不可能真的那么清苦，相反，陆唤所居住之地名为台山行宫，与京城中的皇子府差不了多少，就是清冷了些，除了驻扎的御林军和他从北境带来的一些羽林卫部下之外，再看不到京城繁华热闹的街市。

没了官员络绎不绝地登门，陆唤将人派遣出去，身边只留下一个信得过的照应下人，开始清闲幽静地闭关，按照守皇陵的惯例，抄写起了经文。

　　而这边，宿溪打算等陆唤抵达台山行宫住下之后，给他补补课。

　　这天早上六点多，陆唤就过来了，宿溪等他换好衣服之后，拉着他一块儿出了门，去做彻底融入这个世界之前要做的最后一件事——剪头发！

　　"确定要剪短吗？"宿溪伸手摸了摸陆唤乌黑的长发，看他一副气定神闲的样子，觉得自己比他还心疼。

　　她问："燕国男子全都是玉冠长发，被人发现你头发这么短，会不会很奇怪？"

　　陆唤道："台山行宫冷清，几乎没人去，我身边都是心腹，无碍。若是要下山，我戴上轻纱帽即可。待到明年回京，头发应当已经长长了。"

　　宿溪还是不太舍得，让陆唤走远一点，给长发模样的他拍了几张照，存在手机里，这才带他去了一家自己提前预约好的网红理发店。

　　两个人进了店，早上八点多，网红店刚开门，没有别的顾客，就只有理发师一人。

　　理发师见到陆唤惊为天人，表情十分夸张。"帅哥，想剪个什么样的头？"

　　陆唤道："问她。"

　　宿溪从手机里调出自己最喜欢的年轻爱豆[1]的照片，让造型师按照照片剪。"这种能剪吗？"

　　理发师连忙道："当然能呀，而且你朋友剪出来应该比照片上的这人好看多了！"

　　陆唤也看了眼宿溪手机里的那张照片，心中醋坛子打翻，冷冷道："我不要与这人相提并论，给我随意剪个平头吧。"

　　宿溪笑喷了，将他按在椅子上。"你比他帅！"

　　陆唤表情稍霁。

　　理发师开始给陆唤剪头发，宿溪趁机去外面吃了碗小馄饨。

　　等吃完逛了一圈回来，一走进去，陆唤刚好扯掉盖在身上的围布站起来。

　　宿溪的视线落在他脸上，惊艳不已。

---

　　[1] 网络用语，英文 idol 的音译，意为偶像。

陆唤长发时已经足够俊美，举手投足间还带着一股古人的气度。但是剪了干净的短发之后，似乎完全变了一种感觉。一双眼睛漆黑，不自觉地透着一股凉意，站起身来的那一刹那，挺拔得犹如风里的白杨。

退去了几分千年光阴的气质之后，他看起来就像是学校里永远引人注目的那种干净大男孩，然而又比所有长得好看的人更添几分清冷挺拔的气度。

宿溪怀疑他一进校门就会登上各大学校论坛。

宿溪开始想把他藏起来了。

陆唤觉得脖子凉飕飕的，没有头发披肩，十分不习惯，忍不住摸了摸刺猬脑袋。

他朝宿溪走过来，问："我现在像你们这里的人了吗？"

大长腿朝自己一迈，宿溪要晕了。

宿溪顾不上回答他，眼见就连理发师都忍不住直勾勾地盯着陆唤看，赶紧拽着陆唤的手离开理发店。

两人回到小区楼下，陆唤在楼下等，宿溪偷偷摸摸上去，把陆唤的衣服等物用箱子装起来，拿下去给他。

这些东西放在宿溪房间，她总觉得像是颗定时炸弹，生怕哪天被打扫卫生的老妈发现，现在让陆唤带到公寓那边去，她总算是放下了一颗心。

接下来，两人兵分两路。

陆唤去处理新家物业手续的事情，宿溪回家收拾东西，宿爸爸和宿妈妈下午要送她去学校。

宿溪想着等陆唤考过来了，在学校就能见到他，心中异常雀跃，只觉得天气明媚，脚步都十分轻快。

宿妈妈帮宿溪收拾东西，见她还在哼歌，心中觉得匪夷所思，以往哪次开学宿溪不是垂丧着脑袋，怎么今天这么兴奋？！

宿妈妈问："你高兴个什么劲呢？"

宿溪脸不红心不跳地答道："想到即将投入到没日没夜、废寝忘食的大学生活中，我心潮澎湃！"

宿妈妈："……"

宿妈妈感到十分欣慰，打算中午奖励宿溪多吃一个鸡腿，下午让宿爸爸开车送两人去学校。

宿爸爸还有事，放下她俩和行李就先走了。

宿妈妈带着宿溪领了钥匙，又拖着行李箱回到宿舍楼下。

宿舍楼一共有好几栋，分为女生宿舍和男生宿舍。

人来人往的全都是家长和学生，一眼分不清谁是谁，有些混乱。

宿妈妈拉着行李箱，宿溪拎着书包，来到楼梯前，宿妈妈看着台阶傻眼了："你们寝室在几楼？"

宿溪看了眼钥匙牌号："506……五楼。"

她赶紧上前一步拎起自己的行李箱，道："我来吧，妈你腰不好，悠着点。"

"还是我来，我来，溪溪你放下。"宿妈妈心疼女儿，不满道，"怎么你寝室在这么高的楼层，爬上爬下不得累死？你快放下，别折腾，我来。"

宿妈妈要伸手去夺行李箱，宿溪两只手已经将行李箱拎了起来，挪了几级台阶。

就在这时，宿妈妈忽然听到从身后传来一个清亮好听的男孩子的声音："宿溪，我帮你们吧。"

宿妈妈还没反应过来，就见一个身形颀长、面容俊朗的男孩子大步流星地走了过来，他单手将宿溪手中的行李箱拎了过去，十分轻松的样子，看了眼宿溪背上的书包，他又将宿溪的书包给摘了下来。

他抬起头看向宿妈妈，露出温润有礼的笑容："您好，您是……宿溪的姐姐吗？我是她的同学。"

宿溪："……"

戏精！

她心中疯狂吐槽，回头看了眼自己老妈，只见老妈已经笑得合不拢嘴了，她将头发挼到耳后，说："你这孩子怎么这么乖巧，哪里是姐姐啊，我是溪溪的妈妈。"

陆唤像是唐突了她一般，立刻变得有些局促。"阿姨好，抱歉。"

话还没说完，宿妈妈宽容地道："没事，我的确长得比较年轻，那同学就拜托你了，太感谢了，你叫什么？"

陆唤看向宿溪，漆黑的眸子里有几分只有宿溪才看得懂的得逞笑意："陆唤。"

他拎着宿溪的行李箱往楼上走，走得十分轻松，但出于礼节，始终在宿溪与宿妈妈前面几步，还时不时停下来等一会儿。

宿妈妈在后面看着，忽然捅了捅宿溪的胳膊，美滋滋地道："看来我是真的很年轻，是不是最近做的头发显年轻？不过你这个同学，看起来学习成绩就很好，有空让他去咱家做客。"

宿溪："……"

母亲，你的原则呢？

什么叫看起来成绩就很好，看脸看出来的吗？

第十五章

崽崽是现代人啦

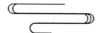

宿舍是四人间，两个下铺已经有人放了行李，但是人不在，应该是出去了，于是宿溪只好选择其中一个上铺。

其实将东西搬过来，住校也只是走个过场，学校对面有公寓，还有陆唤，她回宿舍睡的次数估计不会太多。但她总不能和老妈说自己打算一直都去陆唤那里住吧？

老妈只怕会气得心肌梗死。

因此宿溪老老实实地挑选着床铺。

宿妈妈在宿舍里走了一圈，皱起了眉头。"水池有点脏，我去楼下超市买扫把和拖把来，给你打扫一下，你先收拾东西。"

宿溪点点头道："好。"

宿妈妈一走，宿舍里只剩下宿溪和陆唤两人。宿溪松了口气，问："你手续都办好了吗？"

"嗯。"陆唤下意识往怀里掏去，结果掏了个空，这才想起来自己今日穿的是这个世界的长袖卫衣与长裤。

他从裤兜里掏出两张卡片，递给宿溪。"一张是食堂的饭卡，已然充值一千，一张是公寓的门卡，若是卡掉了，也能开门，密码是你的生日，你拿好。"

宿溪心中充满了期待，兴奋地看了陆唤一眼。

陆唤垂眸看她，眼角眉梢也有几分压不住的喜悦，两人像是背着大人偷偷早恋的小孩一样，都有些心虚。

尤其是宿溪。她忍不住把陆唤往外推，小声道："好了，你快走，不要在我妈面前找存在感。"

帮忙拎个行李没什么，要是继续待下去，宿妈妈肯定要起疑。

陆唤个子高，站在狭窄的宿舍过道里，显得宿舍很小，再一次把宿溪心中短手短脚的小包子形象刷得淡了些。

他岿然不动，看了眼单薄的上铺板床，道："我来时去过楼底下的超市，采购的人非常之多，伯母去了，没有半个小时无法回来。你爬上爬下诸多不便，我替你把床铺好再走。"

宿溪拗不过他，只得随他去了。

宿溪将行李箱打开，把里面的部分衣物收拾进衣柜，做个样子，待会儿老妈回来好交代，剩下的一部分她打算直接拎到学校对面的公寓去。

陆唤动作飞快地将她那张床铺栏杆上的螺丝拧了一遍，然后从口袋里掏出一卷粉红色的泡沫卷，细心地裹缠在铁梯上。

那泡沫卷上还画着粉红色的熊本熊。

宿溪看见这一幕有些凌乱，就跟看见征战沙场的少年将军突然掏出一个芭比娃娃一样。

她凑过去问："你这是从哪里买的？"

陆唤道："淘宝。"

宿溪整个人都不好了。"你啥时候学会用淘宝的？"

陆唤不以为意道："此物极其方便，想要采购什么便直接下单，过几日自会有人送货上门，还算简单，若有不会，百度即可，我一试便会。小溪你可有想买之物？放入购物车，我隔几日替你清空一次。"

宿溪摊手："你手机给我，我看看你都买了些什么。"

陆唤将手机递给她。

宿溪拉了把椅子坐下来，翻了翻陆唤的订单，发现他竟然还是个败家子，买了窗帘、餐具等物不说，还买了很多刀枪剑戟什么的，除此之外，还将很多毛茸茸的玩偶加入了购物车，于是宿溪忍不住问他："你买这些干什么？"

陆唤道："武艺不可丢。"

宿溪道："我是说这些玩偶！"

陆唤迟疑了一下，看向她："我以为你会喜欢。"

宿溪哭笑不得，又有点感动。

逐渐学会使用手机，对陆唤而言就已经是较为艰难的事情了。他虽然说用淘宝用得很轻松，但是对从未接触过这些新奇事物的他而言，其实还是有些吃力的。

他这是在努力融入自己这边的世界。

所以，虽然他买的这几个毛茸茸的玩偶她没什么太大的兴趣，但是她喜欢他。

"你猜中了，我很喜欢。"宿溪莞尔道。

陆唤这才松了一口气，眸子里露出和给她买了胭脂之后如出一辙的骄傲神情，他嘴角轻轻一勾，十分霸道地道："我就知道。"

臭屁！宿溪快笑死了，把他脖子猛地一钩。"过来。"

幸好陆唤腰力极好，否则肯定要被宿溪带一个趔趄，他俯下身，就感觉宿溪在他左脸颊上亲了一口。

陆唤睁大眼睛，耳根迅速红了，他眼睛很亮，拿过手机，又飞快地下单了几个，然后侧过身，用右边脸颊对着宿溪，闷不吭声。

宿溪道："……滚啊！"

谁想要死亡芭比色[1]玩偶啊！

两人正说着话，忽然有人来了，宿溪心头一跳，一把将陆唤推开。

进来的是一个穿长裙的女生，她的视线落在两个已经被占据了的下铺上，不高兴地皱了皱眉。

宿溪报名时在辅导员那里看过宿舍名册表，506四个人，三个和她是一个系的，另外一个是别的系的，因为奇数不好分配，所以被分到她们宿舍。

---

[1] 形容特别粉嫩的颜色。

宿溪主动和对方打了个招呼："你好，我是宿溪。"

那女生点点头道："你好，于霈。"

陆唤给宿溪铺好床，顺便给她把蚊帐挂上了。现在还是夏末初秋，宿溪如果中午懒得出校门，想在宿舍午休的话，有蚊帐会舒服得多。

上铺距离天花板有些近，他个子太高，蹲在上面久了有些难受，于是快速铺好后他便跳下来了。

于霈眼睛一亮，注意力顿时被这男生给吸引了过去，她从没在学校见过长相这么优越，气质这么独特的男生。

"你哥哥？"于霈忍不住问宿溪。

宿溪笑了下，回道："我朋友。"

于霈的表情顿时更加热络。"第一次来咱们学校？不然我不可能没印象啊！"

她实在太热情了，宿溪心说："不好，不会是看上我家崽了吧？"

陆唤则有些不满于宿溪的敷衍，更正道："男朋友。"

于霈的笑容顿时僵在脸上。

陆唤也看了眼于霈，见于霈不是什么能吸引得宿溪移不开眼的漂亮女生，长相还算普通，于是放下心来，拿了宿溪的开水瓶，转身出去给她打水了。

陆唤出了宿舍门，于霈还在盯着他的背影看。

宿溪见到这一幕，心中叹了口气，这下完了。

陆唤留长发的时候多数时间都戴着鸭舌帽，整个人十分低调，但自己带他剪了头发之后，他不用戴帽子了，就完全露出他那张俊美得不像话的脸来，他以后要真的在她学校读书，还不知道有多少女生会跟他要联系方式。

祸害啊祸害。

宿溪的手机响起来，宿妈妈买好了东西，拎不动，让她下去接一下。她和于霈说了一声，转身下楼去了。

没过一会儿陆唤拎着开水回来了，又从宿溪的行李箱里找出一条抹布，去水池那边打湿后拧干，把宿溪的书桌和椅子上的灰尘擦掉。

于霈看着他，连自己的行李都不想收拾了，想搭话但是又不知道从何搭起。

盯着他看了会儿，于霈脸颊有些红，小声问："打开水的地方人多吗？"

陆唤还没意识到她是在和自己说话，抬头看了眼发现宿舍里就只有自己和她。

他答道：“不多。”

“你叫什么？”

陆唤皱了皱眉，没理她。

于霈又道：“帅哥，我还有一个箱子在楼下，实在太重了，还没搬上来，你可以帮我个忙吗？”

宿溪提着宿妈妈新买的扫把和拖把上来，正要推门，就听见了这话，以女孩子的第六感，她敏锐地觉得自己这新室友对陆唤动了心思。她登时有点不爽。

但是陆唤估计感觉不出来，毕竟现代女孩子和古代女孩子截然不同，古代女孩子总是羞涩万分，而很多现代女孩子表达好感的方式都是直接套近乎。

他分辨不出来，说不定会答应。

宿溪又觉得自己有点小气，帮忙搬个东西也没什么，女孩子的确力气小，陆唤一向与人为善，自己有什么好吃醋的，要不就让他帮于霈搬一下吧。

宿溪推开门，就见陆唤慢悠悠抬起头，扫了于霈一眼。“你无手无脚吗？”

宿溪：“……”

于霈：“……”

宿溪心说：“我错了，我是产生了什么错觉，竟然认为陆唤与人为善。”

于霈脸色青一阵白一阵，她将行李扔在床上，夺门而出。

宿溪估计她被这么一戗，不讨厌陆唤都算好的了，哪里还对陆唤喜欢得起来？

她心情复杂地走进去，看了陆唤一眼，一米八三的男生反坐在凳子上，见她来了，立刻站起来，眼睛亮晶晶地邀功：“桌椅全都擦好了。”

宿溪觉得他站姿有点怪怪的，说话时不正面对着自己，而是侧身站着……她抓狂道：“陆唤，你干吗用右边脸对着我？！没有了！不亲了！别惦记了！”

陆唤幽幽地看着宿溪，有些失望，原来一次只亲一边脸颊的吗？

宿妈妈马上就要上来了，陆唤也不便久留，他飞快地帮宿溪把地板一拖，就从另一边的楼道下了楼。

宿妈妈进来之后，被宿溪的执行力惊了一跳，她才下去采购半小时不到，宿溪居然已经把床铺好，衣服收拾好，还把桌椅擦了，甚至连水池子也洗过了。

宿妈妈欣慰至极，觉得宿溪在做家务上终于能独当一面了，而宿溪心虚无比。

宿妈妈叮嘱一番就离开了，开学就这样在打扫卫生中度过。

开学前两天都不上课，于是宿溪和陆唤一道去了一趟家具市场和大型超市，将公寓里缺少的一些东西补足。

公寓有两间卧室，她和陆唤一人一间。两人非常忙碌，但是觉得十分充实。

忙完这些，宿溪在猫舍定了一只棕虎斑的扁脸异国短毛猫，半个月后猫咪打完疫苗，就会被猫舍送过来。

九月五日，学校正式开始上课。

宿溪给陆唤报了个成人自考的辅导班，陆唤也开始早出晚归，于他而言，这个世界的知识着实有点难，尤其是数学，虽然已经学过《九章算术》等与数学相关的知识，但毕竟一些特殊符号他从未接触过，从头开始还是非常艰难的。

英语先前陆唤已经自学过，除了口语要从头学起之外，其他的已经有了些基础。至于历史、地理等，他倒是上手得非常快。

而最快的莫过于语文。

辅导班的语文老师引经据典，发现提到历史上的一些治国策略时，竟然只有陆唤能对答如流，那语文老师简直像是挖到了宝一般，对陆唤爱得不行。

陆唤一直调整着自己，让自己尽快适应这种现代生活。

除此之外，他一有闲暇就去宿溪的学校"蹭课"。

下课后，宿溪趴在桌子上，问他："你感觉怎么样？"

比起周围瞌睡虫上身，趴成一片的同学，陆唤简直神采奕奕，他一边抄写着单词，一边道："这里没有权势等级，尔虞我诈，我觉得很不错。"

在燕国，无论是谁与他结交，都或多或少抱有目的。

长工戊等人投奔他，是希望从他这里得到庇护；万三钱、仲甘平等人与他合作，是希望从他这里获得利益；而兵部尚书等人自不必说，君君臣臣，鸿沟如天堑。

但是辅导班那些十八九岁的同学，心思却单纯得令陆唤感到有些不可思议。

有的人靠近他就是因为他长得帅，有的人则是为了抄他作业，还有的人就更加纯粹了。

人与人之间无上下之分，无利益牵绊。

自由而平等。

宿溪莞尔，也由衷地为陆唤感到高兴。

她先前还有点忐忑来着，害怕陆唤虽然因为自己而来到这个世界，但是对这个世界的印象并不好。现在看来，除了自己，他还是能从这个世界得到更多有益的东西的。

"开学一周了，今晚叫上霍泾川和顾沁去咱家吃火锅吧。"宿溪道。

陆唤笑道："好。"

因为陆唤的出现，之前的三人党俨然正在变成四人党。

对此顾沁非常乐见其成，虽然不是自己的，但是整天看着帅哥养养眼也好啊，可霍泾川就不是那么爽了，总有种朋友被陆唤夺走的感觉。

下课后，陆唤将门卡塞给他俩，就和宿溪一块儿去超市买涮火锅用的食材了。

霍泾川和顾沁用门卡进了公寓，在两人的公寓里看了一圈。霍泾川道："我总怀疑陆唤是富二代，这房子即便是租的，一个月也要好多钱吧？放着宿舍不住，他居然在外面租房子。"

顾沁拧了拧其中一间卧室的门把手，发现拧不动，奇怪道："难道他是和别人合租？我看到卫生间有女生的东西。"

霍泾川没有顾沁那么敏锐，道："可能是他亲戚的。"

两人打开电视机，一边看电视，一边百无聊赖地等宿溪和陆唤回来。

超市里。

陆唤推着车，将食材放进车里，宿溪走在他身边，抓紧时间打开手机看最近更新的电视剧。

陆唤不得已牵着她。

宿溪完全不用看路，心中美滋滋的，要是和她妈一块儿逛超市时这样做，她妈肯定得一巴掌把她手机打掉，有男朋友就是好啊！

陆唤看了眼她的手机屏幕，见又是爱恨情仇、虐来虐去的肥皂剧，不解道："为何编剧会这样编？"

他因为刚融入这个世界，最近问题很多，宿溪都会认真回答。

于是宿溪抬头问："什么意思？不这样编怎么编？"

陆唤指了指她手中的屏幕，说："这人不是说爱这人吗？怎么发生一点误会就跑了？"

宿溪乐了："不这样哪里来的冲突啊？"

陆唤摇摇头："我自幼孤苦无依，小溪于我而言是唯一的朋友，唯一的亲人，也是最珍惜的爱人，若换作是我……我心悦你，努力离你更近一点、对你更好一些都来不及。可这些电视剧里却要发生这么多误会，男女之间动不动便走失在人海中。"

这话换别人来说，宿溪会觉得他未免太过自信，但由陆唤来说，宿溪知道，他字字发自肺腑。

相处久了就会发现陆唤是个很认死理的人。

他神情认真，对电视剧里的主人公嗤之以鼻，宿溪抬头看他，心中一乐，忍不住踮起脚奖励了他右边脸颊一个轻轻的吻。

废话，那是因为你比他们都要好。

陆唤喉咙一动，他可能觉得匪夷所思，自己说这种话竟然可以得到亲亲？！于是他张了张嘴巴，又要复述一遍。

宿溪有点无语，这人是不是太得寸进尺了？

她一把捂住他的嘴巴，怒道："别唠叨了，看路，买货！"

公寓客厅里有个茶几，他们将买来的火锅食材全都堆在上面。宿溪之前买了个四人锅，插上电，将水和火锅底料倒进去，开火便可以慢慢放食材了。

宿溪之前和陆唤两人吃过一次，陆唤从未吃过这种形式的食物，拿着筷子眼巴巴地看着，像是发现了新大陆。宿溪被他的眼神萌得心肝乱颤，完全无心学习，这怎么行？！因此宿溪大力喝止，让陆唤不要故意卖萌，早点从从古代来的乡巴佬进化成新世纪的潮男行不行？！

这会儿宿溪、霍泾川、顾沁三人正将食材挨个拆开，陆唤进厨房洗菜去了。

霍泾川十分猴急地将鱼豆腐往火锅里扔，宿溪忍不住用筷子打他的手。"先别煮，陆唤还没出来呢！"

"我们先吃着，等他出来再煮一轮不就是了？"

"就你那速度，不等陆唤出来东西就都让你吃光了。"

霍泾川不满道："宿溪，你最近不对劲啊，为什么胳膊肘总往外拐？你和陆兄认识多久，和我们认识多久？你干吗护他跟护宝贝一样？是兄弟就让我先吃！"

宿溪道："……算了，吃吃吃，撑死你，我去厨房帮忙。"

霍泾川这才高兴了，哼着小曲把他最爱的鱼豆腐一股脑儿都倒进了锅里。

陆唤也爱吃那个，宿溪特地拿了两包，见霍泾川一次性都倒了进去，她气不打一处来，起身去了厨房。

陆唤正在穿围裙，回头看了她一眼，眼里全是笑意，他道："来者是客，就让他吃吧。"

鱼豆腐虽全被霍兄吃了去，但他心中高兴。

宿溪走到他身后，对他道："对待霍泾川不用客气，他经常去我家蹭吃蹭喝。"

陆唤心中有些羡慕霍泾川，他道："你家氛围一直很好，怪不得霍兄爱去。"

陆唤洗好了青菜，宿溪和他一块儿出来，果然见茶几旁边的霍泾川和顾沁已经吃了一轮，正在喝可乐了。

见一直是陆唤忙活，宿溪不用动手，霍泾川笑着说："可以啊！以后谁嫁给我们陆兄有福了！"

宿溪坐下来，一筷子敲过去。"吃你的饭，整天小嘴叭叭的。"

陆唤挨着宿溪盘腿坐下来，似笑非笑地瞟了宿溪一眼。

宿溪心神荡漾，赶紧仰头看天花板。

火锅热气腾腾，四个人吃得满头大汗。

霍泾川抽风似的一拍桌子站起来。"祝贺火锅！祝贺未来！来，陆唤你也说两句。"

陆唤笑了笑，站起来，拿杯子和他们碰了碰，一饮而尽，道："我愿在座各位岁岁无忧。"

"呸。"霍泾川说，"一天到晚说话文绉绉的，你头发都剪短了，就别魂穿古装剧了！"

宿溪哈哈狂笑。

陆唤无奈地看了她一眼，坐了下来。

对陆唤而言，宿溪带给他的不只是一盏灯、一碗面，更是一个鲜活的世界。

以前陆唤从未想过，一个人居然可以这样活着，身边有心爱的人，有好友，电视机热热闹闹地开着，火锅冒着热气，大家说说笑笑，插科打诨，完全不用担忧明日的生计、后日的阴谋。

他待在宿溪身边的每一分每一秒都觉得餍足，觉得自己仿佛在贪婪地从她身上摄取人间烟火的气息。

可乐有点呛，陆唤第一次喝时感觉胃里呼啦啦地狂冒泡泡，怕被宿溪嘲笑是燕国来的土包子，都不敢说。多喝几次，他才习惯了这种碳酸饮料。他已越来越融入这个世界了。

他喝了一口可乐，见宿溪嘴角有点油渍，莞尔一笑，抽了张纸巾伸长手给她揩掉了。

霍泾川一向迟钝，还没意识到什么，而顾沁看看陆唤，又看看埋头狂吃的宿溪，只觉得哪里有点不对劲儿。

吃完火锅，照例又是陆唤收拾。

顾沁也就罢了，还会帮着擦擦桌子，霍泾川完全不帮忙，摸着肚子摊在沙发上一动不动，还使唤陆唤再拿一瓶可乐来。

宿溪气得又踹了他一脚。

陆唤理也不理他："男子汉大丈夫，有手有脚，终日颓靡不振成何体统？你这样无人会嫁你。"

宿溪哈哈笑着帮腔："就是！"

霍泾川道："……岂有此理！你们两个人一起挤对我！宿溪你是我发小还是他发小?!"

宿溪才不理他，转身进厨房帮陆唤洗碗了。

到了晚上八九点，霍泾川和顾沁也懒得回学校了，于是四人在沙发前的地毯上席地而坐，往茶几上扔一堆零食，关了灯用平板连了电视机投屏，看起了恐怖片。

宿溪和顾沁坐在中间，陆唤穿上外套，坐在宿溪右边。

比起谈恋爱的偶像剧，陆唤对动物世界、科学探索之类的栏目非常痴迷，对这种恐怖片则一般般了，因为根本吓不到他。旁边三个人吓得脸色苍白，他看着电视机里偷偷钻进女主人公床下的凶手，一脸木然。

电视上，女主人公半夜发现门把手被晃动，门外有人。

这边三个人吓得"啊啊啊"大叫——顾沁和霍泾川抱头惨叫，宿溪吓得抱住陆唤的腰，把头埋进他的胸膛。

陆唤耳根一红，还能这样?!

他突然爱上恐怖片了。

陆唤唇角勾起，揉了揉宿溪的脑袋，道："假的，有我呢。"

"别说话！"宿溪努力往他那边挤，恨不得把他当成抱枕抓起来挡住自己的视线。陆唤有些哭笑不得，主动抬起手，让她抓着自己胳膊，只露出一点点眼睛看屏幕。

不得不说，坐在陆唤身边看恐怖片，这片子都变得没那么恐怖了。

但是接下来霍泾川冷不丁来了一句："你们看窗户那边是不是有个人影。"

"啊啊啊，霍泾川你神经病啊！"顾沁和宿溪都快吓哭了。

鸡飞狗跳了一阵之后，都到深夜了，四个人也不打算熬太晚，顾沁揉着眼睛洗洗睡了。

公寓里两个房间，两个女孩子一个房间，陆唤一个房间，霍泾川十分矫情地认为两个大老爷们儿不能睡在一起，于是占据了沙发。

九月中旬的天气已然十分凉爽，树叶缓缓飘落，宿溪的睡衣已经换成了毛茸茸的针织长袖。

顾沁可能玩得太累，睡觉时发出了轻微的呼噜声，宿溪没能睡着，拖着枕头，赤着脚，轻手轻脚地推开了陆唤的房门。

月光从未拉严的窗帘缝隙照进来，陆唤单手枕在脑袋后，也没睡着。

他坐起来道："怎么不穿拖鞋？地上凉。"

"嘘。"宿溪把枕头扔到他床上，爬上他的床，道："他俩睡着呢，别把他们吵醒了。"

陆唤穿的睡衣是前段时间宿溪给他买的。从白色的中衣、长袍、褒裤换成这种带卡通图案的长袖、长裤，他一开始还很有点不适应，但现在已经彻底习惯了。

"睡不着吗？"陆唤低头看宿溪。

宿溪在床的一侧躺下来，抱着他的腰，闭着眼软绵绵地道："嗯，可能吃撑了，胃不太舒服。"

陆唤也躺了下来，隔着宿溪的睡衣帮她按揉起来。

与大部分肩不能扛手不能提的男生相比，他的手掌十分有力，暖热的掌心按揉在宿溪的胃部，令宿溪感觉暖融融的，想要发出满足的喟叹。

宿溪睁开眼，发现陆唤侧躺着，正一瞬不瞬地看着她。

她倏然脸颊发烫。"干吗这样看着我？"

陆唤耳根有些不易察觉地红。"我只是想，房间里不是开了空调吗，可为何这么热？"

宿溪无语道："你脑子里别乱糟糟地想些有的没的，要不然我出去了。"

"我什么也没想。"陆唤并起两指，自证清白，"未娶你之前，我不会对你做任何事情。"

他抚了抚宿溪的头发，道："在我看来，你还小。"

宿溪整个人都不好了，压低声音道："别用这种老父亲的语气说话，你过来之前，我还觉得你小呢。"

"那现在呢？"

陆唤很不服气，翻身把宿溪圈在双臂之间。他纯情而注意分寸，身体并未接触到宿溪，但光是扑面而来的属于朝气蓬勃的男孩子的气息，就让宿溪有点呼吸不畅了。她竭力稳住心跳，睁大眼睛看着他。

月光照在他白皙的俊脸上，也落在他染红了的耳郭上。

男孩子的肩膀很宽，撑在自己身侧的手臂也很结实。他很温柔，甚至撑在枕头上的双手都小心翼翼地没有压住自己的头发。

宿溪着迷地看着陆唤，心中忽然充满了想要拥抱他、亲吻他的冲动。

她以前没谈过恋爱，对那些电视剧里男女主角接吻的剧情不太理解，上下两片嘴唇罢了，有什么好亲的，但是她现在却像是受到苹果诱惑的夏娃，这一瞬间想冲进他怀里，明天不起床，后天不上学，就这样紧紧抱着他。

原来喜欢是这种感觉啊，宿溪心想，真是十分奇妙。

宿溪面红耳赤地别过脸说："……不小。"

陆唤看着她，喉结下意识动了动，他生生克制住，在她身边侧身躺下来，一只手抱住了她。"可以这样睡一会儿吗？"

宿溪钻进他怀里，闭上眼睛，勾起唇角道："可以。"

陆唤紧紧搂着她的腰，发现她的腰竟然这么细，隔着一层睡衣，仿佛都能感觉到她肌肤细腻的触感。

不行，不能想这些，陆唤默念了几遍色即是空。

他听见旁边的宿溪打了个哈欠，问："你麻将最近学得还行吧？"

陆唤道："大致会了。"

宿溪和他列了个清单，一周教他一项这个世界课本之外的东西。

"那就好，我妈喜欢打麻将，以后过年带你上门，你会打麻将很加分的。"

陆唤笑了笑，如此一般规划，他和宿溪都对未来充满了浓浓的期待。

宿溪睁开眼，与陆唤四目相对，心中觉得很踏实。

陆唤给人的感觉怎么说呢，就好像枕在自己脑袋底下的他的胳膊一样，舒服又暖和，也像是永远都不会关闭的港湾，无论未来有什么阻碍，他都绝对会是死死牵着自己的手不放开，带着自己一道往前走的那个人。

陆唤也望着宿溪，他背对着月光，宿溪刚好迎着月光。浅浅的月光落在宿溪干净白皙的脸上，让她的睫毛在下眼睑投下一小片阴影。

她对着他弯了弯唇角，陆唤心都跟着融化了。

"还有一件事。"陆唤期待地道，"未成婚之前，可以如此吗？"

宿溪还没反应过来他说的"如此"是什么，就见他的脑袋忽然飞快凑近，分别在她的眉心、鼻尖和嘴唇上印下蜻蜓点水的三个吻。吻完，陆唤将脸埋进枕头，耳根红得不像话。

宿溪忽然有点嫌弃，觉得他很没用，眨了眨眼，问他："你难不成没见过别人接吻吗？没吃过猪肉总该见过猪跑吧？"

　　陆唤觉得方才那样已然非常逾矩了，可万万没想到宿溪还有点嫌弃。他将宿溪搂紧，茫然地问："那要如何？"

　　她忽然感觉陆唤不行，自己比陆唤行多了，好歹也是看过无数肥皂剧的人。

　　两人的鼻息凑近，气温升高。

　　陆唤屏住呼吸看着宿溪，着迷一般，忽然没头没脑地来了句："小溪，你真好看，我心悦你。"

　　"……我也喜欢你。"宿溪陡然破功，心想：算了，让陆唤知道自己比他更行，他要郁闷好多天了。

　　宿溪自认十分善解人意，转而将头埋进陆唤的胸膛里，笑道："但你可要先学会怎么接吻啊。"

第十六章

攻略未来丈母娘

陆唤刚到辅导班的时候，的确引得话题万千，但是半个月过去，大家就逐渐对这个大帅哥习以为常了。

除了帮助陆唤学习基础知识，宿溪每周还会教陆唤一件现代的事情，从打麻将到刷微博，再到狼人杀和滑旱冰，陆唤学什么都很快，再加上除非燕国那边有事，大部分时间他都待在这边，有了充足的时间，于是渐渐地，他越来越像一个二十一世纪的大男生，也越来越融入这个世界。

刚来这个世界时，他最不习惯的莫过于打车。坐在有四个轮子，仿佛在地上飘移的马车上，陆唤整个人的世界观都受到了巨大的冲击，习惯之后，陆唤便忍不住开始研究起各种汽车的车型来。

这大概是令所有男孩子都把持不住的爱好，对机械类的东西的强烈热爱。

他还网购了扫地机器人和一些模型，用来拆开看里面到底是什么构造。

周末的时候，宿溪抱着平板电脑坐在沙发上看电视剧，他就在旁边拆拆拆。

宿溪简直都有点羡慕他了，因为此前从来没接触过现代文明，所以在他眼里，新奇之物简直太多了。

有些在宿溪和霍泾川他们看来平平无奇的东西，比如说取暖器，陆唤都忍不住将中间的发热灯丝拆下来瞧一瞧。

如此一来，宿溪的世界对陆唤而言，就有了太多可以探索之处。在宿溪的陪伴下，很快陆唤就不再像一开始那样，与这个世界格格不入了。

除了言行举止、待人接物仍然保留着燕国的习惯之外，他走到哪里，街上的人都只会以为他是哪所学校的校草，或是还不红的小明星。

不得不说宿溪心中是非常踏实的。

在两个世界还不能进行互相连接之前，她产生过很多顾虑，可是后来发现，原来她都白担心了。

不存在两个世界永远无法见面这样的事情，因为他会努力完成任务来到她的世界。也不存在他站在她的世界里格格不入，最终只好与她分道扬镳这样的事情，因为他会努力融入，努力在一个完全陌生的世界以正常人的方式生活着。而但凡他下定决心去做的事情，最后都会成功。

陆唤从来不会让她患得患失、担心害怕。

以前那个小包子一样的崽崽，从一个纸片人开始，慢慢地用时间在她心中描绘出一个有血有肉有温度的人。

也是直到他来到她的世界，她才意识到，他不只是有心事的时候头顶会冒泡，高兴的时候头顶长太阳，不高兴的时候头顶乌云密布，更是活生生地站在自己面前，拥有着无限美好品质，温柔坦诚、执拗坚持的少年。

宿溪每天看到陆唤都觉得心里暖洋洋的，十分满足。

仿佛既拥有了底气，又拥有了勇气。无论未来如何变幻，都不足为惧。

这天周末，宿溪预订的猫咪终于到家，猫咪用笼子装着，因为是乘坐出租车来的，大概吓坏了，喵喵地叫。

宿溪激动得不得了，跟爸妈说自己去找顾沁，其实一早就在公寓这边等着了，她将笼子和猫拎到阳台，阳台上早就准备好了猫砂盆和猫粮碗。

笼子一打开，胖乎乎的小猫咪警惕地看着四周，磨磨蹭蹭地走了出来，小肚子上的肥肉乱颤。

宿溪心都萌化了！"唰"地抱起它来，搂在怀里摸摸它的小脑袋，捏捏它的小肥脸。

陆唤从外面买完菜回来正好看到这一幕，见宿溪把猫抱在怀里又摸又亲，就连开门传来响声，他回来了都没听到。陆唤换了鞋子走进来，宿溪还在激动地捏猫爪子……

陆唤咳了一声，问她："我买了虾，中午吃虾吗？"

宿溪抬头看他一眼，惊喜地叫他过来。"快快快，给它取个名字。"

陆唤把菜放进厨房，走过来，在她和猫面前蹲下，捋起袖子刚要抱猫，却见那只猫陡然乍毛，胆小地缩回笼子里去。

"……"陆唤瞥了它一眼，"取名为胆小吧。"

"别怕，他人很好的，不凶。"宿溪笑着对猫说。

她将手伸进去，揉了揉猫咪的头，思考片刻，抬起头来看陆唤，一锤定音："就叫胆大好了。"

陆唤看了眼笼子里缩成一团的小猫咪。"……你确定吗？"

胆大很快融入了这个公寓里的生活，但不知道为什么，它有点惧怕陆唤，但凡陆唤出现的时候，它都飞快地夹着尾巴逃窜，陆唤喊一声它的名字，它便迅速躲进宿溪的怀里。

对此，宿溪和陆唤都感觉相当迷惑。大概是住在同一屋檐下的两个雄性生物之间的不和。

宿溪让陆唤多喂喂胆大，和它好好亲近一番，可但凡陆唤倒进猫碗里的食物，它一概不沾。最后不得已还得宿溪来喂，陆唤只能铲铲屎。

燕国那边的人哪里能想到他们的九皇子明面上是去守皇陵，实际上每天都在另一个世界，纡尊降贵地蹲下去给一只四脚兽铲屎呢？

陆唤预料得果然没错，宿溪第一次养猫，一整个星期都处于兴奋当中，恨不得将猫抱进房间里一块儿睡。

一个星期七天里面有五天，陆唤敲门喊宿溪起床，推开门时，都发现那只肥胖的猫心满意足地摊开了肚皮，睡在宿溪头顶。

肥猫懒洋洋地睁开眼皮，发现又是他这个两脚兽进来的时候，还瞟他一眼，那眼神非常像是在炫耀。

"……"

陆唤的脸都黑了。

本来晚上一直都是两个人在沙发上并肩靠着，做着各自的事情，这只肥猫来了之后，整整一个星期都占据着宿溪的大腿，悠然自得地舔着爪子。

偏偏宿溪还被它萌得心肝乱颤。

陆唤瞥了眼胖得摸不出腰身的肥猫，整个人气压都有点低，郁闷地寻思，这究竟哪里可爱？

他实在忍不住，快准狠地捏住肥猫的脖颈皮，拖住它的屁股，将它赶下沙发。

肥猫委屈巴巴地跳上茶几，冲着宿溪"喵呜"一声。

宿溪刚刚还在撸猫的手顿时一空，看向陆唤："你干吗？"

陆唤比猫更委屈，倒进她怀里，脑袋枕在她大腿上，拿起茶几上的卷子递给宿溪，道："有题不会。"

有题不会这可是大事！宿溪顿时正襟危坐。"哪一题？！"

辅导班组织过一次考试，第一次考试陆唤考得不是很好，毕竟即便他再怎么天资聪颖，也不可能在这么短的时间内将这么多内容学会。

万万没想到，陆唤在燕国虽然是学霸，但来到这边还是对各个科目有些不适应，看来老天爷给他开的金手指也没有太夸张。

还被霍泾川嘲笑他是学渣！宿溪想起来都想捶霍泾川一顿。

她早就想找个时间帮陆唤补习了，宿溪连忙接过卷子和笔，打算先自己演算一遍再给他讲。

这样一来宿溪完全将猫抛诸脑后。

陆唤单手搂着宿溪的腰，对不远处趴在地上的那只肥猫勾起了唇角。

肥猫："……"

有病啊。

一个月后，陆唤和胆大之间无形中的争风吃醋才渐渐好转，胆大将陆唤每天给它铲屎看在眼里，终于肯从宿溪膝盖上跳下来，跳到陆唤的膝盖上去，稍微和陆唤亲近一点了。

而宿溪也总算从一开始的狂热心态，转变为正常的养猫心态。每天对肥猫的亲亲抱抱不再那么频繁，开始分配给陆唤一部分。

陆唤头顶才终于多云转晴。

宿溪教会陆唤在手机上用那些听力软件、习题讲解 APP 之后，陆唤就花了大量的时间在上面。他比任何人都要刻苦，大多数同学，包括宿溪还是要睡一会儿懒觉，赖一下床的，但他可能是行军习惯了，从无这个行为。

他每日孜孜不倦，点灯刷题。自己刷完一遍，还要监督宿溪帮他核查一遍。于是第二次考试的时候，比起第一次考试，他的成绩简直有了质的飞跃。

宿溪都惊呆了。

天气变冷，雪就下了起来，快过年了，宿溪也没办法待在公寓，必须得回家，陆唤便帮她收拾好了东西，打算送她回去。

回去之前，他一如既往地每夜回到台山行宫露个面。这半年来他抄写的经文已经堆成了一摞，他安排了两个下人抬到另一个殿里放着。

台山这边也下了雪，纷纷扬扬的，飞檐之上遍布冰雪。

陆唤这小半年来没再剪短头发，半长的头发被宿溪扎了起来，回到燕国之后，刚好可以束冠。他换上绣龙的长袍，打开长期关着的殿门，出去同羽林卫交代事情。

但还未走出两步，忽然听到山腰上的马嘶声，是从京城里来的人。

十分突然，这夜从京城里传来了一个大消息。

半年前利用胡商洗钱一事闹大，当时太子只是被禁足，但是从传来的消息看，这半年来二皇子可能又动了什么手脚，最后是五皇子解决多方阻挠，将太子一事公布于众。而刚好一个月前，被太子搜刮过油水的州府再次发生灾害，民怨沸腾，一时之间朝廷控制不住，竟有人提议，废太子以平民愤。

这封信是兵部尚书让人传来的，应当不会是假的，陆唤在台山行宫待了半年，消息隔绝，但是这消息传到他这边，却并不算晚。此时大殿上应该正争执不下。

他神色不变，眸色有些晦暗，转身回到殿内，先将信在烛火上烧了。

如果他没记错的话，上一次在幕布上看到的任务十九是设立教育总盟，推行文化，对教育事业进行补助，设立郡县学堂，促进燕国人民开智。

而任务二十是踏入朱雀门，坐拥太极宫，成为燕国的皇帝。

兵部尚书急切地派人传信给陆唤，肯定是希望陆唤尽快回京。现在朝局动荡，太子面临被废，在民生哀怨之下，皇帝说不定会为了平息此事，真的将太子废了！到时候陆唤不在朝中，十分被动，就只剩下二皇子与五皇子争这太子之位。

而一旦让他们中任何一个人上位，将来陆唤再想扳倒他们便难了，毕竟这二位一个能忍，一个有勇，都比缩头乌龟太子要强得多。

即便陆唤无心帝王之位，这两人中任何一个当上皇帝，都不会留他。

他与废太子不同，没了丞相，废太子便扶不上墙，但陆唤却是个强大的威胁，任凭哪个皇子做了皇帝都不会允许这种威胁继续待在京城。

言下之意，陆唤现在已经没有退路了。

但陆唤现在回去却是名不正言不顺。守皇陵一年，无诏不得回京，若是明目张胆地回了，狼子野心昭然若揭，只怕又给了二皇子把柄。若是暗地里回了——这倒简单，却在京城里连个下脚之地也没有，露了面，还是名不正言不顺。

如今之计，只能等一个合适的机会，再光明正大地回去。

要想做皇帝，最好是没有任何污点，才能赢得民心，百姓才能归顺。

若是回信，只怕中途会被有心之人拦截，即便自己不回信，兵部尚书为官多年，也知道该如何自行保全。于是，陆唤这夜并没回信，而是静静等待事情继续发展。上回让二皇子渔翁得利了一回，这一次，他决心让二皇子成为捕蝉的螳螂，竹篮打水一场空。

又是一个寒冷的冬天。

台山大雪铺天盖地，延绵不绝，京城局势风起云涌，千变万化。

陆唤叮嘱两个较为亲近的羽林卫每日将打探来的消息递入殿内之后，便继续闭门不出。

从他这里得不到任何回音的兵部尚书却是急了。

兵部尚书一方面觉得陆唤大约有自己的谋划，自己不必为陆唤担心；另一方面又难免焦灼于陆唤消极的态度，毫无坐拥太极宫之心。

他和镇远将军一开始并无明确立场，直到陆唤恢复九皇子身份，众人带军从北境回来之后，两人才多次站在陆唤那边，如今二人已经完全是九皇子的派系了，一荣俱荣，一损俱损，陆唤不坐上那个位置，他们这些人接下来的日子也不会好过。

就算不是为这个，而是为了天下百姓，他也希望陆唤能登上那个位置，使得燕国河清海晏。

朝廷命官都在京城，镇远大军已经回了驻守之地，从宫外进到皇宫，共有明德、朱雀、寒天三道城门，非战乱时期，大军入不了京城，一旦入京，便会被以谋逆之罪捉拿。

兵部尚书担心京城局势生变，于是提前将自己与镇远将军的家眷亲属安排出了城。

宿溪也没想到她再次登上游戏时，燕国竟发生了这么大一件事情。

她打开手机时，百姓小人乌泱泱一片，聚集于朱雀门外，向朝廷请命，废除太子，虽说这件事背后肯定有人挑拨，故意激起民愤，但归根结底，要不是太子趁着国乱中饱私囊，哪里会闹出这么大的动静来？

现在大殿上的那位骑虎难下，废除太子动摇国本，不废太子只怕是民心不稳。

等到陆唤从台山那边穿过来，在房间里换好衣服出来之后，宿溪忍不住拿着手机去找他。"你打算怎么办？"

胆大在地上用背拱宿溪的脚，宿溪轻轻将它踹开，嘀咕道："妈呀，你们燕国的二皇子有毒，我之前还以为他真的是个老实人呢，没想到藏了一手。"

"是啊，老谋深算。"陆唤显然还惦记着当年秋燕山围猎的那件事，"这种人设是不是很帅气？你还留了盏灯给他呢。"

宿溪："……"

跟着我看电视剧看多了吧，还知道"人设"。

陆唤盯着宿溪的手，幽幽地问："你用哪只手帮他抹药的？抹得那么匀……"

"你要干吗？"宿溪急忙左手抓右手，把自己的手藏在背后，"这种醋你也吃，我又不是为了他才救的他，你不一早就知道我是为了你……"

话还没说完，陆唤凑到她身后去抓她的手，宿溪下意识往后退去，退到墙边退无可退，被陆唤壁咚[1]了一下。陆唤抓起她的手，往自己胸膛上抹了抹。

宿溪："……"

陆唤这才高兴起来，道："别人有的我也要有。"

宿溪道："神经病啊！我在最开始的时候还弹过宁王府中两个下人的屁股呢，你要不也有一下？"

说完她真的捏了下身前少年的屁股。

陆唤的脸色一瞬间精彩纷呈。

玩笑话不多说，重点是如今京城的局势，宿溪很为陆唤担心。但陆唤算了下时间，现在还没到时候。

无论现在二皇子和五皇子谁占上风，到时候想要争夺太子之位，都必须要皇帝下一道圣旨。皇帝不会轻易将太子之位给他们中的任何一个人，文武百官原本就站不同的派系，也不会轻易归顺于他们之中的任何一人，那么到时候想要胜出必定只有一条路——谋反。

陆唤只需要静观其变即可。

"等到情况再混乱一点，我再去收拾烂摊子。"陆唤道。

听他这么说，宿溪多少放了心，反正不管怎样，受伤是不可能的，还有自己和系统这个金手指呢。

但该来的还是要来，宿溪得回家过年，两人整整一个寒假见不到面。

喂完了胆大，陆唤拎着宿溪的行李箱送她回家。其实也就几条街的距离而已，但不知道为什么，宿溪异常舍不得，心里空落落的，尤其是除夕和初一自己肯定得在家，陆唤只能一个人过年了。他以前每年过年都是孤独一人，宿溪其实很想陪他过年的。

楼下。天上飘洒着细细屑屑的小雪。

虽然是白天，但因为天光不太亮，自动路灯开着。

陆唤站在宿溪身前，给她拢了拢围巾。"回去打电话给我，明天也要打电话

---

[1]网络用语，指男生把女生逼到墙边，单手或靠在墙上发出"咚"的一声的动作，源自日本的少女漫画，现衍生为告白高招。

给我，除夕继续打电话给我。"

宿溪道："明天我应该能跑出来，到时候附近的公园见。"

"好，我等你！"

陆唤眼睛亮了亮，他正想说这话，又担心宿溪觉得他太黏人了，见宿溪先脱口而出，他心里暖暖的，道："你记得多穿些衣物，暖和一点。"

"嗯嗯，过年期间你记得多刷题，你那边回京之后估计要耽误一阵子。"宿溪叮嘱道，"还有，喂饱胆大，不要趁着我不在，就克扣它的粮食。"

陆唤酸溜溜道："对那只肥猫就是关心它的饮食如何，到了我这里就是督促我学习，其他的都不关心是吗？"

宿溪看着他，忽然道："我真舍不得你，要不你跟我回去吧。"

陆唤惊喜道："此话当真，小溪你要承认我了吗？我现在就上去收拾东西。"

宿溪被他认真的语气吓了一跳，话还没说完，叫的车子来了。

宿溪赶紧溜了，不负责任地笑着对他道："别做梦了，至少等我大三大四吧，不过初四你可以来我家，以同学的身份做客！"

陆唤有点幽怨，但仍是忍不住笑起来，他迅速将她的行李箱放进出租车的后备厢，然后跟着上了车。

宿溪本来以为这就可以开溜了，谁知道他还跟着上了车，大惊失色道："陆唤你干吗，还真要去见我爸妈吗？"

"送你回去。"陆唤无奈道，"我明白，自不会为难于你，见你父母一事等你准备好后再说。"

宿溪这才松了口气，拍了拍胸脯。

陆唤握住她的手。

车子在霓虹灯照射下的路上缓缓开动，街道上，过年氛围很是浓重，到处张灯结彩，陆唤也是第一次见到这个世界的新年，虽然不如他们那边过节时的街市热闹，但各种商店林立，却是更加繁华。

车子开的一路上他朝外看，宿溪给他介绍路边摆着的一些烟花和鞭炮。

陆唤猛然想起秋燕山围猎之后，她消失八日不见，出现时在自己头顶放的那炫目的烟花，他毕生难忘。

不知道这个世界的烟花又是何等美景。

这样想来，他与她还有许多事情未做，等着慢慢完成。

宿溪希望车子开得慢一点，这样就可以和陆唤多说会儿话，但是即便再慢，也就是几条街的距离，很快车子就抵达了小区，宿溪不得不推门下车。

陆唤替她将行李箱从后备厢拎出来，送她到了单元楼附近。

陆唤对她道："晚上见。"

宿溪错愕道："晚上？"

陆唤指了指她口袋里的手机，道："你别忘了，还有这个。晚上洗完澡叫我，我去你那里一块儿写作业吧。"

"啊，我差点忘了！"宿溪还以为要两三天都见不到面呢。

陆唤那边的幕布可以调整初始页面，之前他就将初始页面调整到了公寓那边，否则这段时间以来，每次都出现在自己房间，肯定是没办法躲过自己爸妈眼睛的。

他既然可以调整初始页面，那么他只需要先回到台山行宫，然后再将初始页面调整到自己房间，岂不就可以轻松进入自己房间？然后在老妈进自己房间前，他再回到燕国……

还能这么玩?！

宿溪惊喜万分："你刚刚怎么不说?！"害得她以为好几天见不到他，怪失落的。

陆唤本来刚刚就打算说的，但是见到宿溪垂着头，怏怏的样子，他才感觉到，宿溪也会因为他不在而思念他。

这下宿溪放心了，美滋滋地道："那行，我上去了，晚上见。"

她边说边倒退着走，快走到单元楼下才转身朝前，但是推着箱子进了单元楼以后，她又忍不住回头，却见纷纷扬扬的雪花中，陆唤仍然站在路灯下，遥遥地看着她，他双手插在黑色羽绒服口袋里，因为头发又长长了，所以戴了顶棒球帽，即便隔了这么远，仍能看见他眉目如星，视线只落在自己身上。

他见自己回头看，张了张嘴，像是对自己说了句什么，但是已经隔了一段距离，宿溪听不清了。

不知道为什么，宿溪心中涌起一阵强烈的割舍不下的思念之情，这还没分开呢，就已经开始想念了，四下无人，她就这么将行李箱扔下，忽然又往回走。

走着走着，忽然又跑起来。

陆唤漆黑的眸子带着笑意，在她宛如一枚炸弹般冲回来之前，张开了怀抱，于是宿溪砸进他怀里。

"你刚才说什么？"宿溪踮起脚，环着他的脖子。

陆唤环抱住她的腰，另一只手揉了揉她的脑袋，对她道："我说……"

宿溪支棱起耳朵，耳郭有些烫，她总觉得刚才那个口形，像是某三个字。

"我爱你。"陆唤微微垂眸，直视她的眼睛。他说这话也像是有点难以启齿，但他仍死死抱着宿溪的腰不放。

宿溪的脸红了个透，她就知道。"那我上去了。"

陆唤道："好。"

他用力地抱紧了宿溪，脑袋在她脖颈间埋了一会儿后，才松开了她。

宿溪一步三回头地往单元楼里走，直到消失在电梯里，陆唤也没走掉。

她拉着行李箱站在电梯里，想起方才陆唤认真的眉眼，嘴角不知不觉笑得咧开了，有个倒完垃圾的阿姨跟她一块儿站在电梯里，奇怪地看了宿溪一眼，问："小姑娘，谈恋爱啦？"

宿溪有点害羞，傻笑了两声，等到电梯停在自己家那一层，连忙拉着行李箱冲了出去。

住校之后，她平时也会一周回一次家，因此宿爸爸、宿妈妈见她回来，什么表情也没有，宿爸爸在厨房烧水，宿妈妈在沙发上嗑瓜子，看了她一眼："回来啦？刚好，帮你爸浇浇花吧，他忙不开。"

仿佛不是两人亲生女儿的宿溪："……"

宿溪放下行李，怨念地拿起浇花的水壶走到阳台上去，她无意中往下瞥了一眼。

楼下，确认她回家之后，高大的男孩子双手插在口袋里，仍站在那里没走，见她在阳台上出现，他笨手笨脚地学着宿溪看的电视剧里面的人，双手举过头顶，对宿溪比了个大大的心。

宿溪望着他，又抬头看了眼天上的雪，笑着想，自己大概是中毒了，怎么会一天比一天喜欢他呢。

陆唤也懂了一些这个世界过年时候的人情往来。初一到初三宿溪要和父母一块儿去亲戚家拜年，到了初四的时候，他就可以以同学的身份去宿溪家拜年了。

一个人上门难免会引起宿溪父母的怀疑，于是宿溪打电话强行把霍泾川从被窝里叫出来，让他和陆唤一起来。

门被敲响，宿妈妈把手上的水在围裙上擦了擦，从厨房出去开门，就见到两个穿羽绒服的大男生站在外面。

其中一个是从小看着长大的小霍自不必说。另外一个皮肤白皙，俊眉英目，很有些眼熟，宿妈妈回忆了一下才想起来是开学的时候帮忙拎过东西的男孩子。

她连忙笑吟吟地让两人进来。"快进来，今天在我们家吃中饭吧。"

"好啊。"霍泾川换了鞋后就大刺刺地走进去，直接进了厨房，问，"阿姨，中午吃什么呀，有没有炒土豆丝？"

陆唤还站在门口，对宿妈妈笑了笑，然后将自己带来的两个手提袋递给她。"阿姨，一点小礼物，新年快乐。"

"怎么还带礼物呢？！"宿妈妈嘴上这么说，但还是下意识地将手提袋打开，结果表情立刻变得惊喜万分，其中一个手提袋里居然是一副麻将。

这麻将的做工十分精细，每一张牌都光滑晶莹，摸在手里有一种玉质感，在灯光下光华流转。

宿妈妈一瞬间怀疑这是玉雕刻成的，但是又想，哪有小孩送过年礼物送这么贵重的。

而另一个手提袋里是一壶酒，装酒的容器不太像现代的那种玻璃瓶，而像是电视剧里的那种坛子，总之香味溢出来，吸引得宿爸爸都从书房跑了出来。

宿妈妈可不能收，对陆唤道："谢谢小陆同学，但是你这礼物未免也太贵重了吧？！"

陆唤道："不贵不贵，都是一些家乡特产，我去其他同学家拜年也带了相同的礼物。"

宿妈妈听他这么说，才放下心来，扭头就给他包了一千块的红包，说：

"给你。"

原本宿妈妈给宿溪朋友的红包都是包个一两百，意思意思，除了霍泾川和顾沁每年会多一点之外，其他上门拜年的同学数目都比较小。

但是她觉得陆唤这两份礼物怎么说也是一份心意，还不知道价格要多少，她也不太识货，估算了一下就直接包了一千，现金不太够，还从宿溪和霍泾川的红包里分别抽了几百块塞进去。

宿溪有，霍泾川也有，陆唤也就收下了。

但是等宿爸爸、宿妈妈去厨房忙活，三个人凑在宿溪房间把各自的红包打开一看，宿溪八百，陆唤一千，霍泾川两百。

宿溪："……"

霍泾川："……"

他跳起来一脸怒容地看向陆唤："以前你没来，阿姨都给我五百的，你怎么这么多?！"

"你得了吧，每年来我家都蹭吃蹭喝还蹭压岁钱！有这么多你还不知足?！"宿溪虽然心中也正哀叹今年压岁钱怎么少了好几百，老妈竟然把自己的钱掏出去给陆唤！但就是见不得霍泾川针对陆唤，立刻站在陆唤那边："陆唤上门带了礼物，一副蓝玉做的牌，每张都是无价之宝，你带了什么，你每年就带一张嘴！"

"蓝玉，还无价之宝？我不信。"霍泾川哼笑道，"你再富二代也不可能带古董来吧?！"

宿溪看了陆唤一眼，会心一笑，陆唤也笑而不语。

陆唤最拿手的就是雕刻一些小木雕，刻得栩栩如生，这些宿溪都已经见识过了，在玉上面雕刻对他而言也不是很有难度，但是因为只有几天时间，他就没有亲手去做，而是交给了属下，让属下找了几个雕刻匠人，按照图纸连夜赶工，就把一副牌给雕刻出来了。

"不要动不动就互相对视好吗，我还在这里呢！"霍泾川简直没眼看，恨不得冲过去把两人分开。

陆唤淡淡地对霍泾川道："倒不是多贵重的东西，一点心意罢了。"

宿溪道："就是！你送了什么？心意都没有！"

霍泾川："……"

陆唤又将宿妈妈给他的红包里面的一千块全部拿出来，递给宿溪。"全都给你。"

宿溪眼睛一亮，以前每年都是一千二，看来塞翁失马，焉知非福啊，被老妈抽走了四百，但是又被陆唤送回来一千，今年居然有一千八，发大财了！

"……"霍泾川气了个半死，嘟囔着不要吃狗粮了，扭头就去看电视了。

厨房里，宿妈妈一边择菜，一边笑得合不拢嘴，宿爸爸在一边倒了一点点酒，闻了闻，也是爱不释手。宿溪这同学送礼物怎么那么会投其所好呢？宿妈妈喜欢打麻将，宿爸爸喜欢喝点小酒。

宿妈妈偷偷瞄了眼，三个孩子都在房间，忍不住小声对宿爸爸道："我觉着刚来的那个小陆，像是喜欢我们家溪溪。"

宿爸爸不太高兴，把酒坛子放下，道："你就知道瞎编，人家是纯洁的同学关系不行吗？"

"纯洁啊，孩子们看起来都挺纯洁的，但他看我们溪溪的眼神明显不一样。刚才进卧室之前，我看见那小孩还特地把小霍拦在外面，让溪溪收拾好东西，才让小霍进去。"

"这能代表什么？"

宿妈妈神神秘秘地压低声音道："女孩子房间总是有一些散乱的东西要收拾起来才能让人进啊，这孩子细心啊，而且看起来对小霍进溪溪房间很有意见的样子。"

"我服了你了。"宿爸爸接过择好洗净的菜，开始炒菜，道，"一个小动作都能分析出这么多，你当你福尔摩斯啊。"

"女人总是敏感一些的，我感觉小陆看溪溪的眼神和你当年看我的是一样的。"宿妈妈看了眼已经人到中年发福了的宿爸爸，找补了句，"当然，溪溪眼光比我好，这孩子从头到脚都胜你万倍。"

猝不及防被扎了一刀的宿爸爸："……"

宿妈妈和霍泾川的妈妈之前喜欢把从小一起长大的宿溪和霍泾川撮合在一起，但这会儿宿妈妈仔细对比了下陆唤和霍泾川两个男孩子，越想越觉得，小霍的确很优秀，但是和小陆比还是不行啊。

瞧小霍进门那鸡窝头，一看就是在家躺在被窝里不起床滚的。但小陆就不一样了，个高腿长，黑色羽绒服帽子上的一圈毛干干净净。先不提长相上小陆要胜出小霍一个量级，反正男孩子重点不在长相，光是礼貌程度，小陆都要比小霍高不少。他进门知道送礼物，小霍呢，一进门就往厨房跑，根本不用指望他能帮忙做家务了。

而且据说，这个小陆的成绩也很不错，不比小霍差。

这还有什么可以挑剔的？小陆简直完美。

之前宿妈妈用丈母娘看女婿、闺密看闺密儿子的眼神看霍泾川，觉得小霍这孩子还算不错，但大概是因为那时候周围没有谁和他比较吧。现在出来了个小陆，样样比他强，宿妈妈看着在自己家蹭吃蹭喝的霍泾川就没那么顺眼了——瞧他还一个人独占沙发，紧紧握着遥控器，抓起盘子里的瓜果吃，盘子一下子就空了。

不行。

宿妈妈直摇头，小霍不行，她倒戈了，小陆更好。

宿妈妈心里这样暗促促地想着，沙发上看动画片笑得宛如公鸡打鸣的霍泾川毫无察觉，压根儿不知道自己已经在宿妈妈心中从女婿候选人一下子沦落到了宿溪的普通朋友。在房间里的宿溪和陆唤同样也不知道，只是感觉他们出来之后，宿妈妈热情到了极点。

吃饭的时候宿妈妈不停地给陆唤夹菜，让小陆多吃点。

比例大概是这样：给宿溪夹一筷子，给霍泾川夹一筷子，给陆唤夹三筷子。

平时在宿家都能享受到两筷子菜的霍泾川顿时宛如被打入了冷宫，浑身冷飕飕的。

吃完饭后，他们一块儿看了会儿电视，沙发上的座位分布也出现了明显的变化。以前霍泾川来宿家，都是和宿溪、宿妈妈一块儿坐在正中央正对着电视机的长条沙发上，最没有家庭地位的宿爸爸一个人坐在旁边离他们老远的两人沙发上。

但不知道为什么，今年坐在长条沙发上的变成了陆唤和宿溪，霍泾川被赶去和宿爸爸坐一块儿了。这个位置看春节晚会都要扭过头去，脖子酸得要命。

他和宿爸爸互相对视一眼，眼泪都要流下来了。

陆唤却是十分受宠若惊，大概是从来没有感受过这样的家庭温暖，导致宿妈妈不停地给他倒茶，让他吃橘子，他竟然有点不知所措起来，看了宿溪好几眼，宿溪让他快吃之后，他才剥了个橘子……递给了宿溪。

宿溪："……"

宿妈妈："……"

霍泾川："……"

这小子太会巴结了，难怪把他在宿家的地位挤掉了！

先前还不能来到这个世界，只能通过幕布看着的时候，陆唤便觉得宿溪家里气氛其乐融融。或许也只有这样父母恩爱，无论发生什么事都共渡难关的家庭，才能培养出宿溪这样的性格来。

那时宿爸爸、宿妈妈还不认识他，但他已经对宿爸爸、宿妈妈十分了解了，因此初次见面就觉得非常亲切。现在终于可以坐在宿溪家里……陆唤看着热茶上方缓缓升腾的蒸汽，觉得心中一阵满足。

初四拜完年后，宿妈妈就叮嘱陆唤多过来玩，她非常热情，完全不知道这几天宿溪紧闭房门的时候，陆唤都在书桌的另一边，和她在一起。

又下了几场雪，陆唤和宿溪、霍泾川、顾沁三人一道，在公园里堆雪人，打雪仗。

本来是团雪球互捶，但不知道为什么最后演变成谁往宿溪身上砸雪球，陆唤就砸谁。偏偏陆唤掷雪球精准无误，命中率百分之百，霍泾川和顾沁都被砸得惨兮兮，满头大雪，帽子、脖子里也全都是，忍不住怒道："喂！陆唤作弊啊，开挂吧？不玩了！"

宿溪完全被排除在战局之外，又好笑又郁闷，对陆唤道："还让不让我参加了?!"

陆唤只好退出，他一退出，战局恢复了平衡，三个人又疯玩起来。

但少年蹲在花坛上，羽绒服大帽子盖着脑袋，漆黑漂亮的眼睛盯着她看，一副可怜兮兮的样子，宿溪又不忍了，主动退出。"我也不玩了，打来打去有什么意思，衣服都湿透了，干脆堆雪人吧。"

"她就知道护着他。"霍泾川都无语了，扭头对顾沁吐槽道，"要不我俩也凑成一对，这样他俩结婚的时候，我们家只用送一份份子钱。"

顾沁有点慢半拍，愣了一下，顿时满脸通红，一脚踹过去。"滚啊。"

公园里，并排四个雪人，两个挨得近一点，另外两个隔了老远。

因为堆好后，陆唤非要把他的雪人挤在宿溪的和霍泾川的雪人中间，挤来挤去，最后把他和宿溪的雪人挪了出去。

漫天飞雪，打打闹闹中，新年就过去了。

这同样是陆唤所拥有的第一个真正意义上的新年。从前在宁王府看着外面街市小巷张灯结彩的时候，他从没想过有一天，身边会有心悦之人，有朋友，还有会关怀自己的长辈，打雪仗、堆雪人这些事情虽然寻常，但是对从未拥有过的陆唤而言，却具有不一样的意义。

第十七章

最后一项任务

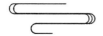

　　燕国那边京城的事态持续胶着，太子一事还没有彻底下定论。

　　开春后，陆唤让兵部尚书提议的设立外贸监察机构一事有了眉目，太子身上虽然出了大事，但皇帝还是想要保住太子的，于是从上元节到开春这段时间，想尽办法地把先前发国难财的那件事推到从西域来的胡商身上，这样一来，燕国与其他诸国的贸易矛盾便突显了出来，兵部尚书坚持不懈地上奏此项举措，皇帝便顺水推舟地同意了。

　　和先前的宵禁一样，外贸监察机构同样是先选择几个州郡试行。若想推行至整个燕国，没有半年时间无法完成。

　　但圣旨颁布之后，陆唤这边的系统便弹出来任务十八完成的消息，于是十分顺利地，总点数累积到了 233 点，距离 300 点还有一大截，但是关于减轻徭役赋税的任务十六无论怎么进展迅速，也至少需要三年时间来完成，因此点数方面，陆唤和宿溪都不急，毕竟急也没什么用。

　　先前陆唤数次实施措施，都是通过兵部尚书来完成的，这一年以来，倒是让兵部尚书在朝中和京城中积累了不少威望，先前兵部不过是六部中普通的一部，现在却俨然成了六部之首。

陆唤保持着每日都从眼线处获取京城消息的习惯，并继续陪着宿溪读书。

只是，上半年隔几日回一趟台山行宫即可，这半年却因为京城局势变幻莫测，不得不每夜回去一次。

好在陆唤有着良好的身体素质，比旁人有着更多的精力。

一整个春天，陆唤戒掉了娱乐活动，为了考上宿溪所在的大学，他一心一意地扑在学习上，而宿溪也感到了一丝紧迫感，更加努力了起来。

大燕庚子鼠年小满，太子遭到的弹劾越来越多。四月廿九，太子被废，迁出东宫，幽居皇子府。

民怨散去不少，大殿上却更加风起云涌。

太子这一退，东宫之位空出，再有册封，怕就要正式监国了。文武百官不得不在二皇子与五皇子中选一人站队，大家虽都还记得台山行宫有位守皇陵的九皇子，但是九皇子却已经有十个月没从台山传来任何消息了。

二皇子与五皇子的明争暗斗愈演愈烈。

京城消息频频传来，陆唤数夜未睡，前往燕国部署。

宿溪其实很有点担心，但是这个时候也只能撑着一口气，将这段时间挺过去，等到京城中局势稳定，才能真的松口气。

这个过程的确有点难，但只要他和她一起努力就好了。

夏天炎热，电风扇在头顶嗡嗡作响，宿溪与陆唤一道听听力，白色的耳机线两人一人一根，在脖颈处隐没，外面的夏蝉聒噪不已，自习室里却格外安静，两人时不时抬手勾一下选项。

听完听力之后，陆唤继续刷题，宿溪帮他节约时间，给他把听力一并改了。

批改完后，宿溪有些惊讶地小声道："你这次居然只错了一道。"

"有奖励吗？"陆唤悄悄地问。

他脑袋一靠过来说悄悄话，宿溪就脸红，催促道："快继续写卷子，把这张写完之后叫我，我帮你对答案。"

陆唤点点头。

过了一会儿宿溪剥了两颗糖，递了一颗给他，清凉味的，可以提神，在夏日聒噪的蝉鸣中宛如一阵清风。

这夜，陆唤前往台山行宫的时候，再一次从兵部尚书那里接到了消息。

如陆唤所料，二皇子开始动手了。

一日前，朱雀门陡然封锁。

先前皇宫里就传出过消息，皇帝在御花园晕倒了，不知道是中暑，还是因为前段时间太医判断出来的有中风的先兆。

近半年来皇帝因为太子的事情殚精竭虑，龙体一直不怎么好，前几日在大殿上有重臣催促快点立新太子辅助监国，然而皇帝久久未下决定。翌日皇帝便下了一道圣旨，让守皇陵已经有一年之久的九皇子衍清回宫。

这道圣旨却没能出京城。

幸好皇帝早有所料，拟了两道圣旨，一道骑马送出京，一道交给身边宦官，三日后离开皇宫交给兵部尚书。

而在此之后，朱雀门便彻底封锁了，御林军重兵把守，称是查皇宫里丢失谕旨一事与给皇帝下毒之人，官员全都不得进入。

京城中有许多官员抗议，但是大部分官员的家眷在轻舟节入宫赴宴之后便没有回来，一时之间众官员也不敢轻举妄动。御林军首领不知何时成了二皇子的人，这几日在朱雀门外十二时辰轮回巡逻，擅闯者死。

五皇子显然没有料到二皇子居然如此胆大包天，猝不及防地便起事了，五皇子带兵与其对峙，然而二皇子却将五皇子的母妃推于城门之上。

这便是短短几日以来，京城内发生的巨大变故。

兵部尚书等人未雨绸缪，将家眷送出了京城，此时未受掣肘，但是诸多同僚都在御林军的控制之下，此时必须要有人前往北境，带兵过来救皇帝。

然而，这个时候事态严重，整个京城都被封锁起来，已经是连苍蝇都难飞出去的情况了。

陆唤收到心腹几经周折送来的信的当夜，便安排当时和自己一道上台山行宫的羽林卫做了一些措施。大部分人仍然留在台山，唯有加上陆唤在内的六个人穿上黑色斗篷，轻装上马，分成三队，秘密疾速朝北境燕国兵力驻扎之地赶去。

然而路上遭到了刺杀。

这场刺杀早在陆唤的意料之中，二皇子只怕是早就下了命令，但凡从台山上下来的人，一个活口也不要留。这些人跟他下山之前，陆唤已经吩咐过，如果发生什么事情，不要誓死保护自己，也不要前往北境，直接脱了羽林卫服饰，混入百姓之中逃过一劫。

这场刺杀自然是成功了。

三天后，漕河上漂起一具尸体，被泡得面目全非，怀中有九皇子的玉牌，禀告到京城之后，整个京城的人都以为九皇子死了，举国同丧。

但那其实是一具身形与陆唤相似的死囚尸体，早在半年前，陆唤做准备的时候，就让人找来送上了台山行宫，答应安顿好死囚的家人。

当时刺杀之时，马背上的人的确是陆唤，假装受伤滚入河中的也是他，只是从这时起他便直接回到了公寓当中，二皇子从河中打捞出来的人，便是那死囚犯了。

二皇子并不知道这一点，只知道除去了心头大患之后，皇位终于唾手可得。

五皇子母妃受到挟持，不得不退让一步。

随即，京城颁布诏书，皇帝自称年事已高，二皇子仁爱宽厚，能为燕国带来福祉，择日传位于他。

先前京城以及皇宫封锁，一切都只是秘密进行，二皇子完全能撇清关系，但此诏一出，二皇子想要夺得皇位的狼子野心便昭然若揭。唯有等到二皇子下此诏书之后，陆唤才可以名正言顺地以护驾之名带兵回京。

于是，诏书颁布三日之后，京城议论纷纷之际，事态陡变，城外赫然是从北境归来的大军，乌泱泱一片，威风凛凛。

九皇子也没死。

既然九皇子没死，为何监国的二皇子却说他死了？九皇子手中明明有皇上亲笔写下的诏书，为何先前尸体找到之前，二皇子却说他无诏回京？

只能得出一个结论：二皇子图谋不轨，挟持了皇宫中的皇帝。

陆唤带领大军入京变得名正言顺起来，甚至顺理成章地在百姓口中和史书上变成了一记英勇大功。

在大军威压之下，皇宫里的御林军毫无抵抗之力，五皇子甚至为了皇宫里的母妃，主动里应外合，开了城门，放大军入内。

庚子年五月初五，朝局动荡，二皇子入狱，成了阶下囚。

燕国民心所向，向的是带大军救国的九皇子衍清。

想当皇帝很简单，杀了宝座上的人篡位即可，但难的是民心归顺，以及长达数十年地守住这皇位。

第一个想当皇帝的人，是谋逆，是篡位。谋逆永远名不正言不顺，迟早会有人造反。

第二个人将第一个人赶下来，却是护国。

皇帝龙体欠安，本就在等待一个退位的机会，只是二皇子按捺不住，早早地动了手。二皇子也不得不动手，皇帝即便不将皇位传给陆唤，下面还有高他一着的五皇子，他没有机会。

陆唤等了半年，最后见这二哥还是动手了，便也不得不顺水推舟，让他成了垫脚石。短短数日的风云变幻，却令惊慌之中的燕国人民前所未有地拥护起九皇子来。

燕历庚子年五月初六，皇帝正式颁布圣旨。

奉天承运，皇帝诏曰：沿用燕朔年号，九皇子聪慧过人，得天庇佑，朕今传位，使其登基为帝，望其能为明君，使燕国百姓安居乐业。普天同庆，减税三年。

燕朔庚子年五月初六，是宿溪这边的七月三日。

陆唤带领近卫入太极宫，登基大典于三月内择吉日举行，一切终于尘埃落定。

许多事亟待处理，例如尚衣局需要量尺寸赶制新的龙袍，文武百官等待论功行赏，补位提拔，百姓等待二皇子及其同党谋逆一事的说法，中风的老皇帝即将迁入行宫。

百废待兴之时，陆唤在大殿上商议完事情之后，令燕国大赦三日，三日之后再行上朝。

这三日京城内热闹非凡，只知道似乎迎来了一位愿意减轻赋税的明君，却不知道，翌日，这位明君便参加了另一个世界最后一科的自考。

因为时间紧急，他身上的衣袍也来不及换，一路上，他一身明黄龙袍简直成了整个学校最亮丽的一道风景线，走到哪里，老师、学生都要倒吸一口冷气。

不过幸好，抵达考场的时候，距离开考还有二十三分钟，完全来得及，等在考场外的宿溪松了一口气。

走廊上，正在苦口婆心劝全班同学做完题目后认真检查的辅导学校老师的视线猝不及防扫到陆唤身上，差点一口气没提上来，怒目而视："同学！你怎么还玩 Cosplay ?！平时又聪明又帅的一小伙子怎么就这个癖好改不掉呢?！"

陆唤："……"

宿溪："……"

宿溪憋笑憋得肚子疼，陆唤转过身来，无奈地看着她。

不过好在考场虽然对衣物检查很严格，但是只限于不准夹带任何小抄，穿什么监考官还是没有权限管的，于是这一天上午考试的时候，陆唤就这么堂而皇之地穿着龙袍考了一场。

考完后陆唤和宿溪去她学校吃饭，又一次成了全校最为引人注目的一道风景线。

由于本身长得清秀白皙，从小到大不乏被人盯着看的场景，再加上和陆唤待在一起近一年，他这张脸走到哪里都要惊艳到别人，因此宿溪早就已经习惯这种小场面了。

但是过来一块儿吃饭的霍泾川和顾沁十分不习惯，恨不得在脸上贴张字条，表示自己不认识这位穿龙袍的。

穿龙袍来学校也就罢了，关键是那张脸，把他旁边的人都衬托成贵妃、太监、丫鬟，这就让人非常不爽了。

好在已经全部考完，宿溪和陆唤可以回一趟公寓，将龙袍换下来，换成一身短袖。

夏日炎炎，实在是太过炎热，陆唤脱掉龙袍去洗澡，宿溪赤着脚踩在冰凉的地板上，去冰箱里翻雪糕吃。冰凉刺激的感觉残存在唇齿之间，总算是驱散了夏日的暑热。

陆唤擦着头发出来在她身后坐下，宿溪递给他吃了一口，陆唤问："这是草莓味吗？"

宿溪点点头，用炫耀的语气道："这个燕国应该没有吧。"

"确实没有。"陆唤笑着凑过去，就着她的手又咬了一口，含含糊糊地道，"不过有那种冰棍。"

他道："小溪，不要瞧不起我们燕国，燕国也有许多好玩好吃的东西，待日后点数积累到300点，我带你过去玩。"

宿溪立刻在心中盘算了下陆唤还需要完成的任务，登基是系统发布的第二十个任务，也是被系统评级为难度最大的一个任务，点数奖励是30，陆唤昨天踏上大殿的时候就显示这个任务已经完成了，但是现在加起来点数也只有263。要想达到300点，还需要完成时间跨度最大的赋税任务和设立学堂、百姓开智的任务。

这两个任务难度倒是没有那么大，却是个漫长地改变燕国的过程，水滴石穿，非一日之功。

"你觉得这两个举措推行下去，大概需要多久才能完成？"宿溪问道。

陆唤擦着头发，思索片刻，道："燕国此时实在不够富庶，要想完成这两个任务，起码得三年时间。"

他一说完，宿溪立刻暗促促地想到，三年之后，自己不是已经满二十二了吗，要是到时候能结婚，刚好可以去燕国玩，就相当于全世界独一无二的蜜月旅行了。

宿溪立刻被自己心中这么迫切的想法给惊到了，而陆唤居然和她想到一起去了，他看向别处，手指捏了捏毛巾，俊脸莫名有些红。"我听说你们这边有个说法，好像是新婚夫妇领取结婚证之后，会去一个地方游玩……"

陆唤话还没说话，宿溪立刻跳起来。"谁答应要嫁你了？话说得这么早！"

但少年眉间清朗，目光灼灼，盘腿坐在那里，好脾气地抬头看着她，她又一百零一次可耻地心动了。

陆唤成人自考结束，宿溪也放暑假了。

宿溪陪陆唤去辅导班收拾东西的时候，许多同学来和陆唤告别，同窗一年，陆唤与这些人说话的时候，嘴角也带上了一些笑意。

放假了，不出去玩一趟实在说不过去，而且陆唤也有很多现代城市没有去过，两人计划来一场旅行。

宿溪问："你想去哪儿玩吗？"

"燕国百废待兴，还有许多事情亟待处理，最近半月我怕是抽不开身，半月之后，我们一道去旅游。"陆唤道，"你先不要和霍兄他们一起去，陪我半个月。"

宿溪好笑地问："你这可是央求我，你要拿什么贿赂我？"

陆唤走到她身边，忽然把正在吃雪糕的她给抱了起来，宿溪不是第一次感受到陆唤的力气，但是每次他轻而易举地将自己背起来或者抱起来的时候，她都要惊呼一下。他双手托着她的腰，就让她在他的手臂上坐着了。

少年眉目如星，抬头看她，道："奖励是这样抱你一整天行不行？"

"不行，这样不是你占我便宜吗?！"宿溪手里的雪糕差点掉了，十分不满。

"三年后，你当皇后，燕国只有你一个皇后。"陆唤低低地说，像是充满期待地请求。

宿溪低头看他，一年以来，他又成熟了不少，面容俊美，有种介于少年稚气飞扬与男子成熟气魄之间的感觉，宿溪感受着他的体温，其实已经心花怒放了，但是脸上仍不动声色，冲着他微笑了一下，道："不行。"

陆唤显然没想到她会拒绝，顿时有些急，抓着她腰的手都用力了几分，正要问为什么，忽然听见宿溪道："除非到时候你求婚。你没听说过我们这边除了蜜月还有求婚的习俗吗？"

陆唤一下子被幸福冲昏了头脑，完全控制不住自己越来越上扬的嘴角，晕头转向了一会儿才说："自然，自然。"

他像个得到最心爱的宝物不知所措的少年人一般，傻傻地看着宿溪，重复了好几个"自然"。

九皇子继位，燕国百姓奔走相告，喜乐一片。

当九皇子还只是一位民间的皇子时，便已有了许多诸如永安庙治病救人、神秘高科技带领全国农庄发展的传说，三州赈灾、筹集粮草的丰功伟绩，于敌军峡谷救人凯旋的英勇事迹，以及带领北境大军抵京围困谋逆二皇子的壮举。

桩桩件件加起来，有勇有谋，仁厚爱民，是燕国至今为止登基昭告天下时，最让百姓喜出望外的一位皇帝。

新帝本就得民心，更何况大赦天下之时，他还宣布了一些减轻徭役赋税的措施，这使得常年苦不堪言的百姓看见了一些新的希望。于是新帝衍清继位以来，整个燕国都处于一片祥和与充满希冀的氛围当中。

文武百官有的站错了队，畏惧至极，担心新帝即位后，第一个拿他们开刀，以谋逆之罪论处，于是惶恐不安。而另一些原本就跟着兵部尚书站在陆唤身后的人，此时腰杆子总算直了起来，眼巴巴地等待着加官晋爵。

却没料到新帝的好恶与以前的皇帝不同，站错了队的除非情节严重，并无过多惩罚，部分站在他那边，早早地开始巴他，给他府上送去礼物的，他也完全没有要重用的意思。新帝制定了一条全新的官员选拔制度：唯贤是举，唯才是用。

短短半月，官员之间的变动非常大。

原丞相外戚一党已因为笼络御林军辅以谋逆之罪入狱，兵部尚书升任为现今的丞相，而当初随着陆唤从北境归来的一些将士则入了兵部。

二皇子入狱，五皇子觉得自己在新帝这里毫无翻盘的机会了，识时务者为俊杰，于是申请当一个闲散王爷，但兵部尚书和陆唤一致认为，五皇子虽然有些冒进，但在政务上还是十分有能力的，于是将他留在京城，封为贤勤王，要揽的活儿还不少。

而镇远将军见一切已经尘埃落定，决定告老还乡。他的老家在漳州，主动申请调任为漳州知府。

临走的那天，陆唤亲自去送他。相识一场，虽然一开始镇远将军对陆唤有诸多刁难，但是在北境的时候，却也对陆唤有非常多的提携，没有镇远将军和兵部尚书倾囊相助，陆唤登上帝位也没那么容易。

镇远将军在北境一战之前，便已经两鬓微霜了，如今更是满头白发，他看着陆唤，十分感慨，想了想，道："与吾皇相识已经三年了。"

陆唤道："是有三年了。"

第一次见面还是在皇宫夜宴上，陆唤是个在秋燕山围猎上得胜的宁王府不起眼的庶子，镇远将军心中对他的偏见很大，故意不接他的酒杯，不过当时陆唤一笑了之。

回忆起这些，镇远将军不由得感慨时光易逝，对陆唤道："还望皇上坚守初心啊。"

他所指的初心，便是在北境的时候，有一日夜里陆唤值守，见路边有快要冻死了的人，回到帐中，让将士们将一些能够御寒的衣物分发给那些百姓。包括陆唤自己的，也一并带去了。

那时镇远将军还没有从兵部尚书那里得知陆唤九皇子的身份，但是心中却隐隐有着扶持他上位的想法。原本以为这会是个漫长的过程，但是得益于九皇子尊贵的身份，继位倒是变得顺理成章起来。现在一切都已经尘埃落定，他对新帝又很放心，留着他这把老骨头监国好像也没什么用了。

陆唤看着镇远将军，凝重道："定然不负将军所望，还望将军保重身体。"

镇远将军这便离了京，因为没有子嗣，也没有太多家财，就没有带太多人马。

陆唤以前得到过镇远将军的许多帮助，送走了镇远将军，心里自然也有些怅惘，但是还有一大堆政务亟待处理，也没时间考虑那么多。

将文武百官按功过赏罚进行了一些思虑良久的调任之后，还有各处知府、皇宫内的侍卫、宦官等需要整顿，两个半月后的登基大典也急需筹备，陆唤将其交由户部尚书去解决。

这次大军可以顺利进京，虽然是五皇子弃暗投明开的城门，但是其中未必没有户部尚书从中斡旋的功劳。户部尚书的女儿当年是由陆唤救回来的，因而他始终对陆唤存有一份敬意。

燕国各州大赦，京城热闹非凡，虽然是暑热之日，却繁华得宛如上元节。

京城中唯一日子不好过的莫过于宁王府，宁王妃一干人等既担心新帝会找罪尤抄家，又后悔不迭，若是早知道当初住在柴院的那少年会有今日——登上九五之尊之位，成为燕国的新帝，他们无论如何也不会苛待于他。

被贬到偏远地区的宁王这个时候终于忍不住送信回来，信中全是一些咒骂老夫人与宁王妃的话，帮不上忙不说，还影响了自己的仕途，简直是妇人无用。原本以为被贬只不过是几年的事，这下好了，永远回不了京城了。

宁王回不来，老夫人一把老骨头也没办法去，怕一路舟车劳顿就死在半路上，想到可能临死也见不到儿子一面，老夫人双腿一软，差点晕厥过去。

当然，这些都是后话了。

太上皇被送去了云州行宫，在那里缅怀卿贵人的一生。

而京城里，史官也开始正式编纂记录起新皇衍清的政绩。

两个月后，文武百官和百姓们发现，燕国多了一位不爱美色、不爱金银的好皇帝，但凡谁往宫中送美人，不仅要被皇帝问责，而且美人回去的时候脖子上会有莫名其妙跟被鬼掐过一样的痕迹，仿佛有人在怒气冲冲地暗地里拧他们送去的美人。

而他们送来的美人被拧了，这位新皇反而十分开心，面露悦色，似乎有些得意。

官员们："……"

新皇什么毛病?!

而且，渐渐有传言称，这位皇帝非常爱睡觉。每日离开大殿，处理完政务之后，就遣散众人，只留下亲卫，在太极宫一睡便是半天，连晚膳都不用。

这下京城里的传言就更神乎其神了，人们纷纷认为新皇是在修仙。

但无论如何，新皇继位短短两月，燕国便焕然一新，有了欣欣向荣的气象，百姓都认为他是燕国历史上政绩最为显著的一位明君。

新帝登基仪式简单办过，燕国百废待兴，因此并未铺张浪费，一切从简。宿溪虽然不能参加，却在屏幕外津津有味地看完了陆唤登基的过程，她还投影到墙上，叫霍泾川和顾沁来看。

霍泾川和顾沁都疯了，指着投影仪道："那个年轻的皇帝怎么越看越像陆唤?! 还衍清，这不是陆唤身份证上的名字吗? 陆唤去拍电视剧了?"

宿溪也快笑疯了，"嗯嗯"着道："他家里投资给他拍了部短片。"

霍泾川："……"

顾沁："……"

果然是富二代，他们顶多拍个校服艺术照，这人都拍上登基大典的短片了。

等等，霍泾川疑惑道："为什么陆唤脑袋上顶着一行字……二十岁在燕国已经可以娶妻生子了的陆唤?"

宿溪乐不可支，刚要说话，忽然见正在朝着天阶上走去的陆唤抬起眸来，似乎是意识到他们在看他，于是猝不及防，陆唤头顶的那行字忽然变成了"必须要娶到宿溪的陆唤"。

宿溪："……"

霍泾川："……"

顾沁："……"

看个短片都要被迫吃狗粮，当宿溪的狐朋狗友真的很不容易。

宿溪一怔，顿时面红耳赤地从沙发上跳起来，她现在算是知道为什么陆唤头顶的备注会变了，敢情压根儿跟系统没关系，是陆唤自己改的！

一个月后，陆唤的自考结果出来了，他拿到了高等教育自学考试毕业证书，由主考学校和自考委分别盖章。

陆唤决定报宿溪所在学校的计算机专业。

终于可以上同一所大学，可以一道上课了，两人都很激动。

陆唤忍不住抱着宿溪道："到时候我会申请在校外住，我们就可以和现在一样……"

说到一半，陆唤耳郭微红，觉得自己未免太不正人君子了些，他鼻尖有些痒，忍不住在宿溪怀里蹭了蹭。

万万没想到宿溪比他还兴奋，眼睛亮晶晶地看着他："我觉得很好啊！"

陆唤："……"

陆唤正式上课前，宿溪和他头上戴着纸帽子，一块儿给住的地方来了一次大扫除。

陆唤一直有将家当随身带着的习惯，现在，除了宿溪曾经送给他的那盏灯，其他东西，包括胭脂，他全都搬了过来，放在空的房间里保存妥当。

宿溪笑话他灯笼不离身，他还羞赧地说这是定情信物。

宿溪："？？？"

送灯笼给你的时候你只是个崽，并没有喜欢你好吗？

然而这话宿溪只能在心里想想，要是说出来，陆唤又要眼睛红红地看着她了。

这天，霍泾川和顾沁又跑过来蹭饭吃，这次轮到这俩人去买火锅食材了。他们还没过来，宿溪和陆唤就已经打扫完屋子，并洗了个澡，坐在地板上纳凉。

夏日炎炎，外面是骄阳烈日，屋内因为有空调，却是十分凉爽。

宿溪拿着一根雪糕，抬头看着擦拭着头发的陆唤，问："你又给我爸妈送东西了吗？"

"一些人参，西域使者进宫时进贡之物，对中老年人身体有好处。"陆唤道，"何况，时不时送一些东西，待到你父母发现是我送的，便可以知道，我日复一日地追了小溪多久，我想，这样他们应当会更放心将你交给我。"

"还有你乱改的名字是怎么回事？"宿溪好笑地问，有时候早上起来，陆唤就已经去那边上朝了，她得通过手机看一下陆唤在大殿上进展如何，什么时候下朝，好方便煮饭什么的，结果看到"必须要娶到宿溪的陆唤"一行鲜红的大字在眼前晃悠，简直快被晃到精神恍惚了。

"给我改掉！"

"顶多字号调小一点。"陆唤有点委屈，走到她身后席地而坐。

宿溪朝后靠去："真不改？"

陆唤支起一条腿，方便她靠进他怀里，垂眸看她。"你若是答应了，便可以改掉。"

宿溪眨眨眼问："改成什么？"

"相公啊，丈夫啊，什么的，都可以……"陆唤耳郭发红，竭力镇定地道。

宿溪看他的样子快笑死了，倒是一时半会儿想不起来自己刚刚要说什么了，她正要努力去想，忽然听见头顶陆唤有些沙哑的声音："宿溪，我学会了，你抬头。"

"嗯？你学会什么了……嗯！！！"宿溪一抬头，陆唤的头便低了下来，一个吻落在她的唇上。

陆唤的唇辗转在她的唇瓣上，有些动情，又有些餍足，朝她掠夺而来。

宿溪的头不得不朝后仰过去，最后支撑不住倒在他怀里，呼吸微微急促。

而他继续低下头来，长驱直入。

干净的松柏气息落入宿溪的鼻息里，来源是刚洗过的头发，是陆唤身上的衬衣，也是她刚吃过的酸甜冰凉的雪糕。

耳畔尽是夏日的蝉鸣，空调的嗡嗡声，然而这一切却渐渐远去，最后只留下将自己抱在怀里的少年的心跳声，一如初见。

当陆唤还住在那间四面漏风的柴院时，一个看起来很平凡实则很神奇的水壶无意间拨动了一个不一样夜晚，那是一切的开端。

当他穿过竹林，脚步越来越快，呼吸越来越急促地回到柴院，看见檐下的那盏灯时，那是心动的第一个瞬间。

宿溪有时候会想，如果那时在医院住院的时候，没有打开那款游戏，她和陆唤会有怎样的未来呢？

但是后来她发现，没有这种可能性，因为，无论如何兜兜转转，她都必定会遇见陆唤。

而对陆唤而言，他从不允许这种可能性的存在。

在两人身后，陆唤的幕布上不知何时弹出了最后一个任务，也是唯一一个没有点数奖励的任务。

然而，创造出系统的人知道，这个任务即便不给予点数奖励，陆唤也会拼了命地去完成。

【请接收主线任务二十一：于四十年内研究制造出，或者委托科学家研究制造出"系统001号"，将其送回2020年12月7日，加载在宿溪的手机上。金币奖励+0，点数奖励+0。】

【唯一的奖励是：她。】

因为心悦你，所以每一个轮回都想要找到你，每一个平行世界也都要见到你。

每一个四十年后的我，都给四十年前的自己发布同一个任务二十一。

那个任务不再有金钱奖励和点数奖励，然而每一个我都毫不怀疑，年轻的我仍会不顾一切地去完成。

第十八章

梨花开的时候，她就来了

　　当宿溪从陆唤那里知道，《帝王之路：病娇皇子独宠你》这款游戏是一个时光机器，而这款时光机器以及所附带的系统很可能是由四十年后的他们一起将其送到2020年还在读大一的自己手机上之后，逻辑能力有些差的宿溪成功地被陆唤给绕晕了。

　　"可为什么是我呢？"宿溪有点纠结于这一点。

　　她上下打量着无论穿什么衣服都很俊美，不管是长发玉簪还是漆黑短发，走在大学校园里都会引来惊艳目光的陆唤，心中产生了深深的疑惑。

　　和上能治理国家，下能考研究生的男朋友相比，自己除了长得还算好看，皮肤很白之外，简直有点平凡了。

　　"只可能是你。"陆唤从床上坐起来，从背后拥抱住宿溪，将下巴抵在她的颈窝处，虔诚地道："因为无论是那年还在宁王府的我，现在的我，还是四十年后的我，心悦的都只有你一人。"

　　因为是冬天，房间里开了暖气，陆唤拉着被子罩在自己肩膀上，将只穿着吊带睡衣的宿溪拥抱住，两人肌肤相亲，像是两只依偎在一起过冬的动物。

　　橘色的加湿器上方缓缓升腾着雾气，散发出清香的橘子味蒸汽。

"我只喜欢你。"

陆唤生怕宿溪胡思乱想，咬着她的肩膀，低声道："你别不要我。"

"在我眼中，你头发好看，嘴唇好看，脚趾也圆润漂亮。你性格温柔坦率，最是难能可贵，比其他人好千倍万倍，比我也好千倍万倍，与你相比，我才有些过于平庸了。"

大约是爱惨了对方的人，都会或多或少生出些许自卑的情绪。宿溪会这样想，陆唤原来也会这样想，他会害怕宿溪遇见比他更生动有趣的人，然后就会觉得他仅仅是一个从古代来的，什么娱乐活动也不懂的乡巴佬。

宿溪心中感慨，回过头，却被陆唤吻了吻。

呼吸不畅的一个吻之后，她坐在陆唤怀里，任由他揽着自己光洁的肩膀，心中还是不解。

"可是，最开始的时候，我们怎么会被联系到一起呢？"

"我的意思是，"宿溪好笑地道，"为什么不是楼下打麻将的阿姨和你联系到一起，或者是广告牌上美艳动人的女明星和你联系到一起。

"而你们燕国，处于水深火热之中的大有人在，你二哥一向不受宠，也是个没落皇子，为什么我一开始的游戏页面不是在你二哥的房间呢？"

陆唤听着听着脸都要绿了，酸溜溜地道："你还对我二哥有非分之想？那盏灯……"

"打住，打住！"宿溪捂着脑袋，觉得脑壳疼，"陈芝麻烂谷子的事情了，陆唤你还在说！"

"我当时将那当成定情信物，结果扭头就看到你也送了我二哥一盏，接着你便消失了，我的心情可想而知。"陆唤幽幽地道，像是惩罚一般，揽紧了怀里的人，又忍不住低下头，在她嘴唇上咬了一口。

宿溪本来想骂两句，但是被他逐渐深入的吻给弄得七荤八素，忘了自己要说什么了。

这个冬天，两人一直黏黏糊糊地腻在一起，明明除了陆唤去上朝，宿溪去上课就没什么事，应当是觉得日子比较慢的，但因两人在一起，日子竟然过得飞快，渐渐地，回忆里全都是对方的眉眼。

干燥的肌肤贴在一起，温暖而舒服，窗帘微微合着，外面飘着雪花。

房间里除了一束昏暗的来自窗外的亮光，就只有橘子灯散发出的光芒，宿溪餍足得几乎要睡过去。但陆唤吃了好半天醋，倒是主动说起正事："我猜，可能和你从小比较倒霉有关。"

宿溪顿时清醒了，转过身去看他，双手搂着他脖子问："嗯？什么意思？"

"我从燕国民间一些方士口中听说，所谓龙气，一般都是沿着山脉游走的天地之气，也称为阴龙之气，囿于山川河海，生于山脉体内，但是若想成为人间天子，还需要得到阳水之气的交合，这样阴阳会通，才能稳固真龙天子之位。"

宿溪被他的一番古话绕晕了，啄了下他的下巴，道："你说人话。"

陆唤道："意思就是说，一般的皇帝坐不稳帝位，能坐稳帝位的都是真龙天子。我母妃并非有福之人，我八字也很单薄，而我最后却成了皇帝，且在宁王妃诸多迫害之下，安全无虞地活到了十五岁，或许冥冥之中，是借了你的福祉。"

宿溪道："意思是可能是我把运气分给你了？！"

陆唤卡了下壳，心虚地道："我是如此推测的……"

话还没说完，宿溪就揪住他的短袖衣领，疯狂地摇晃。"啊啊啊，陆唤你知不知道我从小喝口凉水都会塞牙，吃泡面没有调料包，出门倒个垃圾，垃圾袋有时候都会从垃圾桶里飘回来落到我头上……"

陆唤十分心疼，不知所措，只好将宿溪抱在怀里。"有我之后，我不会再让你受苦。"

宿溪虽然这么说着，但也只是吐槽几句罢了，实际上她根本不后悔。即便陆唤的推测是对的，她从小之所以那么倒霉，是因为将好运分给了陆唤一半，陆唤将厄运分给了自己一半，她也只是心中稍稍地有些心疼。

在没有遇到自己的时候陆唤过得有多苦啊，她根本无法想象，遇到自己前的陆唤，少年时期的陆唤，到底是在怎样的一种泥淖里挣扎着，吃不饱穿不暖只是其次，最重要的是他那时候根本看不到光，踽踽独行，身边没有一个人陪伴。

幸好能将好运气分一点给他，护着他平安成长。

宿溪将脸埋在陆唤胸膛，心中一阵酸涩。

幸好后来她从屏幕里看到了他。

陆唤的手掌落在她的头顶，轻轻揉了揉，也对她道："幸好你来了，若没有你，我不会是今日的我。"

不会恩怨泯之，或许成功后会折磨宁王府的一百多口人；亦不会宽厚对待下属，只因曾经从没有人宽待于他；可能也不会笑，不曾拥有美好的生日记忆，不抱有任何期待与希冀。

陆唤之所以是陆唤，是因为有宿溪。

若非要问为什么是宿溪，这便是原因。

换了任何一个人，不会心甘情愿将运气分给他那么多年，不会在无比倒霉的十几年乐观地对待生活，更不会因为怜悯他，就怒气冲冲地去踢那些小人的屁股，也不会一路陪着他成长，心疼他，爱护他。

换了别人，陆唤都无法成为陆唤。

所以宿溪她不平凡。

或许她很平凡，但她对陆唤而言，是唯一的无价之宝。

陆唤说他需要三年时间去完成剩下的两个任务，果然就只花了三年不到的时间。

这个时候宿溪和他已经在读研究生了，逢年过节的时候，陆唤会跟着宿溪回几趟宿家。

刚开始的时候宿溪父母也就只把陆唤当成宿溪的普通同学，但是每次宿溪放假的时候，陆唤都会跟着霍泾川一起串门，次数一多，宿爸爸、宿妈妈也就跟陆唤迅速地熟悉了起来。

见过陆唤的人几乎没有不喜欢他的，何况后来宿爸爸、宿妈妈又从宿溪那里知道了陆唤的身世。他母亲去世得早，父亲虽然有很多钱，但不怎么管他，是个小时候过得有些艰难的孩子。

哪家的父母都听不得这样凄惨的身世，听到宿溪的描述，宿妈妈眼圈都红了。

难能可贵的是，这孩子虽然在这样的环境中长大，却没有长歪，反而成长为温和有礼、宽容待人，白杨树一样的少年。

如果说先前宿溪父母对陆唤的好感只有九分，那么当宿溪给他编了一个现代身世之后，她父母对他的好感立刻到了十二分。

等陆唤再上门的时候，宿妈妈看他的眼神立刻就多了几分伤感。

电视不小心调到主人公从小没了母亲的电视剧，宿妈妈怕勾起陆唤的伤心往事，立刻喝令宿爸爸换台。

对此一无所知的陆唤："？？？"

他觉得十分受宠若惊，也从宿溪的家里得到了许多以前从未得到过的温暖。

陆唤坚持不懈地在宿溪父母面前刷存在感，到了研二，尽管没有在宿溪父母面前挑明，但宿妈妈几乎已经将他和宿溪默认是一对了。

看着他对宿溪那么好，宿妈妈心里很熨帖，也很放心。

宿爸爸心里虽然有点舍不得宿溪，但他也发现自从宿溪身边出现这个男孩子以后，宿溪的运气就好了不少，也不像小时候，走在路上都有可能被车撞那么倒霉了。

宿爸爸是不信玄学的，他认为是陆唤将宿溪照顾得很好。

于是时间一长，宿爸爸见宿溪每次放假回家都要将陆唤带回来，也就习惯了。

感情都是慢慢培养出来的，他们对陆唤也不例外。

之后陆唤来宿溪家里住的时候，宿妈妈都会提前晒好被子，被子上有了干净的阳光的味道，才给他铺好床。还会提前问好陆唤想吃什么，然后赶紧去菜市场买菜、杀鱼。

宿爸爸倒是没有什么大动静，但也习惯提前将上好的茶叶拿出来，等陆唤来了爷俩泡一杯，下下棋。

如果是霍泾川或者别的人来到自己家，自己老爸老妈照顾这么周到，宿溪八成要吃醋，但换成陆唤，宿溪倒是很开心。他从小孤苦无依，没感受过亲情和来自家人的温暖，如果这个也能分他一半，宿溪只觉得心甘情愿。

日子这样一天一天地朝前推进，看似平平无奇，但每一天又与之前的日子截然不同。

点数逐渐逼近300，宿溪几乎有些迫不及待了。

100点的时候，陆唤能看到她，两个人终于能交流。200点的时候，陆唤终于能来到她的世界。而按照系统所说，300点之后，她也能跟着陆唤去那个世界瞧一瞧。

也顾不上搞沐浴焚香什么的仪式，点数累积到300的这天，两个人待在公寓里，陆唤提前遣散太极宫的宫人，然后回到公寓，拉开幕布，就直接带着宿溪走进了那个世界。

宿溪这边正是夏天，蝉在公寓外面鸣叫不已，因为开着窗户通风，所以还能隐隐约约听到公寓外车来车往的声音，以及楼上新住户搬家的声音。

但是她跟着陆唤踏入太极宫的寝殿后，这些声音就全都在耳畔消失了。

身上感受到的空气流动与另一个世界没什么不一样。

宿溪忽然就理解了"人生代代无穷已，江月年年望相似"那句诗。

虽然横跨了近千年的光阴，但这个世界是真实存在着的。

她惊叹地看着殿里的各种东西，香炉里点着名贵的龙涎香，东南和西南两个角落都放了两口精致的大鼎，凑近看会发现里面装着冰块，让整个殿堂有着清凉的感觉。

宿溪又快步走到桌案前，伸手摸了摸。

陆唤还在宁王府的时候，用来读书写字的桌案不过是普通木材制成的，后来随着他官职渐高，桌案的材质也开始变得名贵，而现在的桌案是由紫檀木制成，上面的文房四宝放在现代也都是无价之宝。

陆唤平日就是在这里批阅奏折的。

宿溪通过屏幕看到过这桌案，但是看见和亲手触摸完全是不同的感觉。

宿溪十分没见识地发出一声喟叹。

陆唤忍不住笑了笑，信步走到她身边。"你可想象得出我那时的心情？见到你那个世界的景象，车子开得极快，宛如要在地上飞起来一般，几乎以为自己去了传说中可以御剑飞行的世界。"

宿溪还是觉得不真实，东摸摸西摸摸，又拿起桌案上的一颗蜜饯吃了一口，问陆唤："这是什么？"

陆唤道："听宫人说是不久前从云州弄来的野参，制成了蜜饯，我感觉吃了会上火，于是没有带给你。你若喜欢，应当有一些夏季可食用的，待会儿我们回家时带一些。"

"可是这也太……太大了吧！！！"宿溪看着整个后殿，不由得感叹道，光是太极宫就有四座宫殿，更别说整个皇宫了，还有兴庆宫、皇帝用来度假的芙蓉园以及各处行宫！

而且，京城还有烟花之地！

当皇帝也太爽了吧！

宿溪咬着陆唤的袖子想哭。

她这副样子落在陆唤眼中，可爱得要命，他忍不住捏了捏她的脸颊，道："随我来这边，我准备了衣物，你换上，我带你出去玩。"

宿溪激动得要命，连忙跟着他过去。

陆唤牵着她，边走边介绍道："先在皇宫里转转，东边有之前父皇还在位的时候兴建的摘星台，夜晚星河灿烂，可以去看看，御花园就在含元殿前，待会儿换好衣服咱们就去，还有太液池，我记得那里有许多红色鲤鱼，可以去喂鲤鱼……"

陆唤说着，眸子里也流露出期待之意，他之前从不觉得这些是多么稀罕的美景，但是有了她在身边之后，一切景色好像都变得新奇了起来。

他见宿溪摸一下屏风，又摸一下柱子的，忍不住噙着笑意问："你最想去哪里，我们便先去那处。"

"你真的问我吗？"宿溪激动起来，"我说先去哪里就先去哪里？！"

陆唤道："对。"

他有几分骄傲地道："小溪想要什么，朕都可以给你。君子一言，驷马难追。"

宿溪立马兴奋地举手："那我要去平康坊，听说那边有小倌儿，还有一些长相英俊的世家子弟吟诗作对！"

"……"

陆唤刚才还得意扬扬，一副"爱妃你想要什么朕都可以满足你，你即便想要朕，朕也不是不可以"的表情，一听见她这话，脸顿时黑了。

"你确定要去？"他绕到宿溪面前，脸上仿佛写着"难道你家陆唤还不够英俊吗"一行大字。

宿溪顶着压力，充满期待地问："想去，可以吗？"

陆唤不死心，又幽幽地问了一遍："即便我吃醋，你也要去？"

宿溪急了。"刚才不是你说的君子一言，驷马难追吗？这才几秒钟你就反悔？！"

陆唤被噎住，十分后悔刚才说那话的自己。

"我这不是乡巴佬没见识吗？实在是想去见识一下，而且我发誓，去了之后就单纯听听筝萧之类的演奏，视线绝对不在除了你之外的任何男人身上多停留一秒钟！"

宿溪见陆唤还是一副郁郁寡欢的样子，赶紧又道："今晚不让胆大上我的床，可以亲二十次！"

陆唤的态度开始有些松动了，犹豫地看着她。

宿溪又道："四十次？"

陆唤面无表情道："五十次。而且，只能去这一次，纯粹去见识一下，以后再也不能踏足这些风月之地。还有，就按照你说的办，视线不能在其他男人身上停留超过一秒。"

宿溪赶紧拉着他的袖子，眉开眼笑道："好好好！小气鬼，都听你的！"

宿溪心里小算盘打得飞起，不能看男人，她进去看看花容月貌的美女也是好的！

这辈子谁能有这种机会啊！

视觉盛宴，想想都是她这种人的狂欢！

看宿溪眼角眉梢都是抑制不住的兴奋，陆唤忽然有种不妙的预感，忍不住补充了句："视线也不能在女人身上多停留一秒。"

正要从箱子里挑衣服的宿溪："……"

"这是什么丧权辱国的条款？！"她怒道，"不让看男人也就罢了，女人也不让看？！"

"就只准看你？！

"每天都看你！"

宿溪还要说两句，陆唤垂下漆黑眼睫，神情有几分落寞，失魂落魄道："我就知道，终有一日，你会厌倦了我，这才三年……"

“打住打住！”宿溪想哭又想笑，对他道，“我答应你，但是每个人能看一秒，这你总得答应我吧？我不一直盯着看就是了。”

陆唤负手沉思片刻，十分大度地道：“嗯，三秒，许你盯着每个人看三秒钟，我会传令下去，令平康坊众人戴上面纱，每人只能在你面前揭开三秒钟。”

宿溪：“……”

我谢谢你了啊。三秒，还用一副“为夫是不是很大度”的表情得意地看着我……你可真是大度啊。

为了避免产生骚乱，宿溪没有穿女装，而是从箱子里挑了一件公子哥的常服，换上之后，活脱脱一个正直风流的世家子弟，陆唤忍不住盯着她看。很快便有陆唤叫来的宫女和宦官给宿溪束冠。

圣上在侧，宫女们不敢多言，只是宿溪的男装十分清秀，有两个为她束冠的宫女忍不住多看了她两眼。

陆唤：“……”

宿溪忍不住偷偷去看陆唤。

只见小气鬼脸又黑了。

陆唤左思右想，觉得该遮住的不是平康坊那些男男女女的脸，而是宿溪的脸。

片刻后，他拧着眉，不知道从哪里弄来一块轻盈的面纱，看起来干净无瑕，还有些透光，但是他往宿溪脸上一蒙，宿溪身边的几个宫女就都看不见宿溪的脸了，只能看见宿溪一双眼睛露在外面，滴溜溜地转。

宿溪：“……”

宫女们：“……”

宿溪不太服气地想把面纱拽掉，陆唤摁住她的手腕，制止了她，和颜悦色地问：“面纱不舒服吗？”

“这倒不是……”面纱十分透气，戴着跟没戴一样，但是凭什么她就不能露脸？以她清秀过人的扮相，说不定还可以吸引一些貌美女子的视线呢。

宿溪话头一转，道：“对，很不舒服，太厚重了。”

陆唤不知道又从哪里弄来了一块更加轻盈的绯红色面纱，上面还绣着两只蝴蝶，柔和地看着她，一副"全天下最轻的面纱我都可以为你弄来"的表情。

宿溪："……"

算了吧，绯红色骚里骚气的，等下把小姐姐们都吓跑了。她心不甘情不愿地戴着面纱，抬眸看着陆唤还露在外面的一张俊脸，十分不甘心地道："要戴两个人一起戴，只有我戴算什么，就凭你是我男朋友就可以双标?！"

谁知陆唤听了她这话，反而面露喜色，有些害羞地又让人送过来一块玄色的蒙面，道："小溪非让我戴，不让我示人，也是可以的。"

宿溪："……"

旁边的宫女大约早就被训练过，无论看到什么，听到什么，都不可以做出任何表情，发出任何声音，不然就会被杀头。此时看到和往日不苟言笑、面无表情的圣明君主判若两人的年少皇帝，竟然也能生生忍住，待在一边宛如木桩子。

只有宿溪一个人内心像是住了只尖叫鸡。

她对陆唤怒目而视。"两个人都戴面纱，还去什么声色场所?！不知道的人以为我们要去劫囚场！"

陆唤顺杆往上爬，眼睛一亮。"那便不去了，多的是只有我们两个人的地方可去！"

"不行。"宿溪咬咬牙，道，"戴就戴。"

陆唤郁郁寡欢地将面罩戴上了，他俩看起来就像是一个即将抛绣球招亲的公子哥和一个即将劫囚场的帝王。

陆唤同样换上了便装，与宿溪穿的是一个色系，只是他比宿溪高得多。三年以来，少年颀长的体形逐渐高大伟岸，即便戴上了面罩，站在人群中仍然很有辨识度。

他摆了摆手，那几个宫女退下了，随即几个他已经安排好的侍卫穿着便装走进来。

这几个侍卫穿得像是京城中普通世家的家丁，看起来也比较低调，不张扬。

陆唤牵着宿溪往皇宫外走。

因为有意带着她逛一逛，所以没有乘鸾驾，只有身后侍卫撑着两把伞，也不是皇帝专用的黄罗伞，而是京城贵族子弟常用的轻绸伞。

　　沿路的人已经被提前清散，宿溪一路跟着他出了大明宫，绕过太液池，穿过含元殿，从朱雀门进去，见到前边还有巍峨的太极宫，简直大得让人眼睛发晕，偌大的宫城，夏蝉嘶鸣，两边高深院墙与琉璃瓦，池子里荷花接天连叶，美不胜收。

　　终于走出了太极宫，陆唤问身侧的人："是不是累了？"

　　"为什么这么大？！"宿溪感到晕眩，"有五个我们学校那么大。"

　　陆唤估算了一下距离，道："应当不止，方才从大明宫出来的路程，已经走了有十个大学了。"

　　宿溪："……"

　　陆唤走到宿溪面前，一掀衣袍蹲下，对她道："我背你。"

　　身后的侍卫纷纷识趣地看向天，仿佛天上有什么不得了的东西吸引了他们的视线。

　　宿溪道："回去再背，在这边就不了。"她凑到陆唤的耳边，"否则你皇帝的威严放在哪里。"

　　陆唤似笑非笑。"你是害怕自己成为祸国殃民的妖妃吗？"

　　宿溪瞪了他一眼。

　　陆唤想了想，让侍卫牵来两匹马，对宿溪道："倒是有一条捷径可以直接出朱雀门，我们骑马过去。"

　　"我在那边也骑过马，不过是在景区，那些马都很温顺，这两匹马……"宿溪摸了摸马背，发现这两匹马比自己在景区见到的那些马还要温顺，其中一匹枣红色，另一匹雪白色，和自己当年送给陆唤的马有些相似，但又不是那一匹。

　　"无碍，有我，我与你一匹马。"

　　陆唤说完，见宿溪盯着两匹马看，便道："你送我的那匹马已经到了退休的年龄了，此时在皇宫的马厩中安享后半生，明日带你去看看。"

　　宿溪顿时有些伤感："这就老了？"

　　"小梨花是你六年前送我的，当时它正值壮年，约为五岁，如今六年过去，它已经十一岁了。纯血马十五岁之前大多仍在使用，但皇宫内的马到了十岁便开始安享晚年了。"

　　宿溪的重点顿时被带偏："等等，你叫它什么？！"

陆唤忽然有些不好意思起来，有一下没一下地摸着身边马的前额，低声道："小梨花。"

宿溪盯着他："这是什么勾栏院的名字?!"

陆唤耳根有些红，不答话，只道："过来，我扶你上马。"

收到宿溪送的那匹马的时候，他还不知道宿溪是谁，长什么样子，有着怎样的相貌，那时对他而言，看不见的宿溪是他日思夜想的人。他见到京城外树下拴着的那匹她送给他的马时，就在心里想，等到开春——最迟等到开春，梨花开的时候，他就鼓起勇气对她说，想见她。但后来，还没等到开春，他就按捺不住，贸贸然提出了那个请求。

那恐怕是陆唤做过的最没有计划、最唐突、最忐忑、最意气用事的一件事情了。他一度以为因为他提出了这个请求，她就彻底在他的世界消失了，但好在，后来她回来了。

因而这匹马叫小梨花。

梨花开的时候，她就来了。

他希望有一天，马蹄声响起的时候，能一并将她带来他的世界。

宿溪上了马后，陆唤翻身上马，落在她身后，环抱着她，持着缰绳，嘴里轻喝一声，雪白色的马便向前奔去。

身后几个侍卫匆匆跟了上来。

夏日的风吹过耳畔，宿溪不禁往后靠了靠，靠在陆唤的胸膛上。陆唤带着她策马穿过城门，深街长巷，目之所及，一片繁华，热闹祥和，正是当年她在陆唤衣橱里所见到的那幅河清海晏的画卷。

京城十分繁华。不过可能宿溪乍一来到燕国，第一眼看见的就是皇宫内的雕梁画栋，由奢入俭难，因此出了皇宫之后，看到外面的集市虽然热闹有之，但富丽堂皇自然比不上皇宫。

不过，人声鼎沸，她从来没见过这种盛世百态，比起现代都市人人匆匆忙忙地挤地铁，互不交流地进入各种高楼大厦的样子，京城的街市简直热闹得不行。

这会儿正是夕阳西下的时候，整个街市犹如浸入了橙黄色的染缸之中，明暗交界线一点点朝着西边移去，街市上摆摊的小贩正在大声叫卖，茶肆酒铺为了招揽生意大声吆喝，有的棚子里摆好了刚出锅的热气腾腾的包子、馒头，再加上糖葫芦、桂花糕等香气糅杂在一起，扑鼻而来，令人食指大动。

在街市东边，陆唤翻身下马，抬头看向宿溪，微微扬眉问："是不是饿了，要不要下来买点东西吃，一路逛过去？"

宿溪闻到各种甜酒的香气，情不自禁咽了口口水，陆唤实在是可恶，不直奔平康坊，竟然先来这里，各种美食小摊、衣裳铺子当前，谁还惦记着去看美人？

陆唤坦然道："又没说不带你去，先吃点东西，晚上再去也不急。"

"好，先吃东西。"宿溪撑着马背，小心翼翼地踩在马鞍上，想跳下来。还没来得及往下滑，陆唤就揽住她的腰，将她抱了下来。

宿溪连忙去看他身后的那些侍卫，那些侍卫纷纷望天，装作什么也没看见。

宿溪这才松了口气，不放心地道："晚上一定要去，你答应了的，不要又赖账。"

陆唤笑着道："好。"

他牵着宿溪往集市那边走，神色间有几分得意。宿溪偏头看他，真不明白他有什么好高兴的，不过是拖延了几个小时再带自己去看美人，居然一副他打败了那些美人，在自己心中荣登第一的兴高采烈的神情。但见到他嘴角的笑容，宿溪撇了撇嘴，也忍不住带上了笑意。

京城海纳百川，多的是胡人牵着骆驼来来往往，因而两人戴着面罩，带家丁走在其间，虽然因为身量和气质颇引人注目，倒也没人怀疑这就是皇宫里的那位。

宿溪被一个卖胭脂的小摊贩叫住，他冲着宿溪道："小公子，你可有心悦之人？来看看胭脂哪！赠予你心上人，必能促成一段良缘！"

宿溪拽着陆唤过去看，发现居然还是从前卖胭脂的那个小摊贩。

傻狍子陆唤当时被他坑了好大一笔钱。

而几年过去，他小摊上的胭脂也没有什么变化，还是相同的色号，就是装胭脂的盒子贴了些新的花钿。

宿溪觉得很新奇，当时在屏幕里看起来不过是指甲大小的一个小人，此时居然活生生地站在自己面前，朝自己挤眉弄眼，脸上看起来比几年前多了几条皱纹。

这令宿溪看着觉得十分亲切。

不过亲切归亲切，已经买过了的东西她是不会再浪费钱买的。

"不用了。"她笑着摇了摇头，拉着陆唤要走。

那小摊贩急了，又对陆唤道："公子，看您一身贵胄之气，也不缺几个钱，给您的心上人买几盒胭脂吧，不买不是心上人！"

宿溪："……"

陆唤："……"

陆唤仿佛被这话激到，回头看着他摊上的胭脂，扭头就朝侍卫索要银两："拿碎银来。"

宿溪："……"

宿溪趁他还没完全被这个小贩在相同的地点再坑一笔钱时，连忙拉着他赶紧走了。"不买！"

丢下小摊贩在身后，两人继续朝前逛。宿溪其实也不饿，但是大约是因为对街市上的一切都感到十分新奇，无论是什么没见过的美食，都想凑上去尝一尝，这就导致不一会儿她就品尝了三四种小食，已经撑得走不动路了。

她的脚步越来越慢，有些生无可恋。"我感觉很撑。"

陆唤将她手中的长竹签拿过去，递给身后的侍卫，无奈地对她道："太撑了就别吃了，先消消食。"

宿溪望着才走了三分之一的长街，怨念道："可是还有好多东西没吃到。"

陆唤轻笑一声道："一天吃不完，便两天来吃，两年都来吃。时间还多着呢。再说，除了这条街市之外，还有东、西市，西市胡商带来的西域之物琳琅满目，全是小饰品，你也定会喜欢。离了京城，还有各地特产。等到了冬日，便可去云州看万里白雪了。"

宿溪被他说得心中无比向往，这些地方她之前在屏幕里见过，但屏幕里的原画再精细，和可以亲手触摸、亲眼见到是不一样的，屏幕里精致的美景，只有身临其境，才能感受到它的磅礴。

宿溪按捺住贪心，暂时不再吃了，一心一意往前走，感受着街市上热热闹闹的生活气息。

夕阳彻底坠下地平线之前，陆唤带着她来到京城里的一处高台，高台地处皇宫外的芙蓉园内，有皇家侍卫把守，因为这里没有触发过任务相关的剧情，所以宿溪之前虽然把整个京城解锁了，却没有来过这里，只知道这里有一座尖尖的塔。

现在跟着陆唤沿着台阶往上走，才发现，这座名为"澹台"的高阁，居然是整个京城地势最高的地方，再加上修筑得又高，于是站在栏杆旁，竟然可以将整个京城的景象尽收眼底。

随着夕阳渐渐落下，京城里的百姓家中逐渐亮起一盏盏油灯，四处闪亮。

宿溪觉得心旷神怡，什么也不想说，就静静俯瞰着整个京城。

陆唤拥住她，道："你不是还想瞧瞧长工戊、兵部尚书等人是个什么样子吗？改日把人叫来给你瞧瞧，不过你看了大约要失望，即便是短手短脚的模样，我也是比旁人出众的，不是所有人的真人模样都如我一般。"

宿溪乐不可支。"哈哈哈。"

陆唤道："……你不信？"

宿溪道："哈哈哈，没有不信。"

陆唤看着她脸上一副"行吧，你说什么就是什么"的敷衍模样，一时之间无话可说，甚至蠢蠢欲动地想立刻把这些人都叫来，这样宿溪就知道他即便是卡通小人形态，也比其他卡通小人要好看了。

尝过美食，看过美景，陆唤以为宿溪差不多应该已经忘了要去平康坊看美人的事情了。

他不动声色地对宿溪道："太阳落山了，回去看电视吧，你昨天追的那部剧似乎要大结局了。"

"哦，好。"宿溪被他牵着往澹台下方走。

就在陆唤悄悄扬起嘴角时，宿溪忽然想起什么来，她猛然顿住脚步，把陆唤往身边一搋。陆唤以为她要说什么，俯身去听，却被她捏住了脸。她用力在他俊脸上捏了捏。"等等，不是说晚上去看美人跳舞的吗？！当皇帝的金口玉言，陆唤你怎么能这样？！"

陆唤："……"

默默跟在身后的侍卫有一个终于忍不住笑出声来。

陆唤脸都黑了。

是夜，想方设法让宿溪忘掉去看别人的陆唤没能得逞，无奈之下，只能带着宿溪去了一趟平康坊。乍一进去，眉眼温和、盈盈带着笑的宿溪显然比他更受欢迎，一堆女子围了上来，将他挤到了一边。

陆唤的一张脸精彩纷呈。

宿溪终于能体会到诗句里所说的"从此君王不早朝"了，她乐不思蜀，但还没等她钻研哪个舞娘更好看这件事，就被黑着脸的陆唤灌醉了。

陆唤想，他就不该答应她来这种地方，明明约好不能多看别人，结果她的视线完全黏在别人身上扯不下来。

他背着宿溪回到皇宫，嗅着脖颈旁宿溪身上混着酒味的脂粉香气，见到她脸颊上甚至还多了一个舞娘的嘴唇印，脸色难看得不行。

宿溪做梦做得非常愉快，软绵绵地抱住陆唤的脖子。"再来一杯！小姐姐好香！"

陆唤："……"

陆唤快气死了，将宿溪丢在床上的冲动都有了，但黑了半天脸，还是轻手轻脚地将她放下来，并蹲下来给她脱去鞋袜。

脱到一半，歪倒在床上的宿溪忽然又直挺挺坐起来，朝他怀里一扑，仿佛还在梦中。"不过，小姐姐不要惦记我，我只要陆唤！"

她抱着陆唤的脖子，"吧唧"在陆唤脸上亲了一口。

陆唤心头郁闷顷刻全散。

他咳了两声，眉梢染上得意之色。"是吗？若只要我，便再亲一下。"

宿溪闭着眼睛，摸索着朝他嘴唇亲了过来，但因为醉了，亲得不得章法，在他嘴角胡乱地啄，反而燎起了一把火。

陆唤耳根微红，眸色逐渐不甚清明，他终于忍不住，将帘子放下来，将人按进了怀里。

燕国地域广阔，此后很多年，宿溪和陆唤经常去一些地方游玩。

而燕国逐渐开始有了一些谣言：此代帝王只钟情于一人，在皇宫里金屋藏娇，封后当日，皇后金钗流珠重重，将脸遮掩得无人能瞧见，甚至连丞相等重臣都没瞧见过。

于是，燕国此代帝王在后世的传说中，又多了一项十分难以开口的传闻。

史书上没有记载，野史却层出不穷，称衍清是史上最善妒的君王。

从坊间读到这些野史的宿溪正在和霍泾川、顾沁吃火锅，差点没笑死，截图发给陆唤看。

很快收到了陆唤的回复。

陆唤十分坦然地承认：我的确很善妒，所以吃完火锅逛街时，不要让霍泾川像学生时代那样搭你的肩膀，不然十分钟后我就来了。

"看什么手机？快吃！"霍泾川不满地看向宿溪。

说着就要凑到宿溪身边，钩住宿溪的肩膀看她在给谁发消息，还笑得一脸春意荡漾。

宿溪急忙躲开他的手。"坐回去！"

霍泾川不由自主打了个喷嚏，揉了揉鼻子。"感觉谁在咒我。"

宿溪似有所觉，朝着火锅店外的楼下看去，只见底下懒懒散散站着一人，似乎是刚从停车场停完车过来等她，顾长身影在热闹的火锅店前伫立着。

陆唤下意识抬起头，朝着楼上窗户边的宿溪看过去，眉目鲜明，一如初见。

无论过了多少年，还是令人怦然心动。

宁王府一日游

宿溪后知后觉地意识到自己穿书了——不对，穿游戏了。

她环顾四周，天空呈现出一种还未被现代工业污染的苍青色，远处是隐隐约约层峦叠嶂的群山，近处则遍眼都是碧瓦朱墙和斗拱飞檐。寒意料峭，她正站在一条通衢上，天色还未黑，左右店铺却已华灯熠熠，尽管寒风卷着积雪呼啸个不停，但酒肆叫卖之声、戏曲咿呀之语仍是不绝于耳。

"驾！"由远及近传来一道喝声。

两名头戴狐皮帽，身着锦衣裘服的富家子弟策马扬鞭从她身旁经过，那喷着热气的马仿佛下一瞬就要将宿溪撞飞，宿溪慌忙闪避，那两人却像没看见她一样，径直而过，周围的百姓赶紧躲避，一些人还向宿溪撞了过去。

宿溪吓得闭上眼睛，一屁股坐在地上，然而，想象当中的撞击并没发生，她这才意识到马匹和那些人竟从自己身体穿过去了。

就这么穿过去了？

也就是说，她在这里是透明的，人来人往的长街上，没有一个看得见她，所以她出现在这里好几分钟了，都没有一个人对她奇怪的穿着投来诧异的目光。

宿溪呆呆地坐在大马路上，好半晌才站起来拍了拍牛仔裤上的尘土，她不敢相信自己的眼睛，昨天是她连续登录游戏一百天的日子，游戏弹出来一个消息框，说在第一百零一天将会赠送一个大礼包，她没有细看便点了接受。

难不成所谓大礼包就是这个？

【是的，京城一日游。】

系统适时跳出来解释道。

宿溪深吸了一口气，道："这也太突然了，我什么准备都没做。"

系统道：【你要做什么准备，揣上钱包？这边的人又看不见你，何况，即便看得见，二十一世纪的钱在这个朝代和废纸有什么区别？】

宿溪无言以对。

她怀疑自己是在做梦，虽说她已经意识到这款无意中发现的游戏很有可能是连接两个世界的媒介，但她还是不敢相信，怎么说穿越就穿越了？还京城一日游，怎么会有这么好的事情？那她回去的时候揣上一些古董，到现代岂不就可以发家致富了？

仿佛是猜到了她的想法，系统道：【不行，回去的时候什么也不可以带，不然现在立马没收大礼包，将你传送回去。】

宿溪忙道："别别别。"

好不容易来到这里了，她怎么可以不去看看陆唤？虽然她站到他跟前，他也看不见她，但他是宿溪玩这款游戏的唯一动力，宿溪不止一次幻想亲手捏捏他的包子脸会是什么手感了。

宿溪昨晚放下游戏的时候，游戏里是多雨的春季，陆唤已经进了太学院。但现在京城却是朔风刺骨的寒冬，看来她穿越来的时间并未接着游戏进行的时间节点。

好在穿进来之前系统给她套了件羽绒服，她暂时还不觉得冷。

宿溪在长街上左右张望，努力辨认宁王府的方位。

她玩游戏这么久，对京城里的布局已经十分熟悉了，然而长街上的景象，譬如店铺、酒肆的分布，却和自己印象里的大不相同，这更加印证了自己的猜测，无论现在是哪一年，都不是自己接触到游戏之后，陪伴陆唤度过的那几年。

难不成现在在太学院的剧情之后？

宿溪一时之间不确定该去哪里找陆唤，站在烛光通明的长街上有些茫然。

熙熙攘攘的人群从她的身体中穿过，像是开了快进一般。

犹豫了一会儿后，她决定还是先去宁王府瞧瞧。

宁王府不是那么好找的，京城繁华，街道纵横交错，犹如星罗棋布的棋盘，一个不小心就不知道拐到哪里去了。宿溪穿进来的时候是八点，她看着自己眼前右下角的倒计时不停变动，一直跳到十点，她才满头大汗地摸到了宁王府的院墙下。

玩游戏的时候只需要切一下场景就好了，万万没想到当她置身其中，光是走上一个时辰的路都这么艰难。

见叫卖糖葫芦的小摊贩远远从巷子里走过来，宿溪正在思考带一串什么样的糖葫芦给陆唤，系统在她耳边提醒道：【待会儿要想被传送回去，你还得回到来时的地方。】

宿溪："！！！"

有没有人性？还要跑回去？那么又少了两小时！

她没时间思考了，赶紧从小摊贩的糖葫芦垛上偷偷拿了一串。小摊贩只听见"叮咚"一声，地上掉了几个铜板，茫然四顾，却没见人影，面露惊恐，差点以为见到鬼了。

宿溪借着可以穿墙而过的便利，轻而易举地进了宁王府。

进了王府，找路才变得容易起来。看来宁王府这几年没有修缮，与游戏里的布局没太大区别。

宿溪举着糖葫芦，朝着记忆中的那处小柴院奔去。

远远地，她看见破旧的柴院，其中一间小屋点着蜡烛。

宿溪精神一振，悄无声息地穿门而入。

进去之后她顿时愣住，和她想象的不同，此时并非"太学院剧情"之后，而是早于她在游戏中第一次见到陆唤。眼前这个蹲在地上一边补靴子，一边默记旁边小马扎上书卷的内容的小豆丁，分明只有七八岁嘛。

小陆唤很瘦，因为屋子里没有其他的小马扎，他便只能蹲在那里。过大的长袍拖地，打了补丁的袖子挽起，乌黑长发用布条束着。他的小脸泛着明显处于饥饿中的苍白，唯独一双乌黑的眼珠映着烛光，坚定孤傲。此时小小的他虽然处境落魄，可背影隐约已有后来少年玉树临风的雏形。

宿溪玩游戏的时候页面一直开的是卡通模式，游戏里的小陆唤一直都是二头身、包子脸的形象，宿溪一直以为他的脸捏起来应该手感很好，万万没想到竟然瘦得只剩二两肉。

宿溪顿感心酸。她是知道陆唤从小过着苦日子的，但没想过当自己通过游戏见到他时，已经是他独自熬了许多年后处境稍好一些的时候了。

宿溪走过去蹲在他面前，默默瞧着他。

烛光在宿溪的左侧，不过因为宿溪是透明的，并未挡住烛光。昏暗摇曳的烛光穿过她，落在书页上，小陆唤抓紧时间一字一字默记，时而蹙眉，时而展眉，以一个极快的固定频率翻着书。

他看不见宿溪。

他同时拿着长靴，一板一眼地穿针引线，将破了洞的靴子一针针缝补起来，不过针脚不是很细密，较为粗糙，看得出来他无心将过多时间花在这上面，靴子只要能穿就好。

宿溪看着七八岁的小陆唤，觉得可怜又可爱，忍不住试探性地伸出手，朝他瘦弱的小脸掐去。但是万万没想到，小陆唤异常警觉，在她的指尖戳到他脸蛋之前便好似察觉到了什么一般，猛地一巴掌朝脸上拍去——他以为是哪里爬来了只虫子。

宿溪吓了一跳，慌忙缩回了手。要是小陆唤抓到她的手，他一定寒毛倒竖。

她还是不要吓他了。

只是，小陆唤的力道未免太重了些。

宿溪看着他又白又嫩的脸上落下了他自己的五根手指头的小手印，心疼又好笑。

而小陆唤对此一无所觉，脸上什么感觉都没有，他放下手，见烛火被不知何处来的风吹得摇曳得厉害，皱了皱眉。

宿溪知道自己打搅到他了，起身站到一边，不敢再动。

烛光不再摇晃，小陆唤继续看书。

宿溪环顾着家徒四壁的柴院，开始琢磨自己有什么可以帮到他。

她站起来，走到院子外面去，刚要做一点挑水之类的力所能及的事情，系统便跳出来提醒道：【此次大礼包是京城一日游，只可观赏，不可插手这个世界的事。】

宿溪愣了愣，问："为什么？"

系统道：【你一旦对他做了什么，便会改变历史。历史一旦被改变，就会带来无法预料的变数，很有可能会让你现实世界发生过的一切都荡然无存。】

宿溪问："那我岂不是什么都不能做，只能眼睁睁地看着？"

她看了眼自己存储在系统里的糖葫芦。"就连这个也不能给他吗？"

系统道：【不可，除非……】

宿溪道："除非什么？"

系统道：【除非你所做的事情本来就会发生。】

宿溪仔细分析着系统这句话，领悟到了什么。她不能直接为小陆唤做些什么，因为一旦留下了她的痕迹，被小陆唤察觉或者怀疑，未来就会被改变，但是她可以间接做些什么啊。

宿溪瞅了眼凌乱破旧的柴院，先从系统那里兑换出来一些铜板，将其中一部分撒在柴院的各个角落，然后穿过院墙，故意掉落几个铜板在两个正在洒扫的下人面前。

这两人见到地上凭空冒出来的铜板，瞪圆了眼睛，慌忙去捡。捡起来以后，发现陆唤小少爷的院门前似乎也有，难不成是哪位姨娘或者丫鬟掉的？于是惊喜地拖着大笤帚跑进院子里。

两人一边低头捡铜板，一边用大笤帚反复扫着落叶，恨不得掘地三尺。

最后这么一来二去，院子里的落叶和角落里的蜘蛛网，都被他们打扫干净了。再高一点，小陆唤够不到的院墙上面，也被他们拿笤帚仔仔细细地清扫过了。

柴院里多少整洁了一些。

其中一个下人很快发现水缸里有一小颗白珠，压低声音对另一人道："你快来看，那里面是不是哪位小姐掉的细珠？"

另一人凑过来，吃了一惊。天色已暗，不大看得清那水缸底端泛着幽幽白光的到底是什么，但是那物事黄豆大小，的确很像小姐们头上经常会戴的细珠，这细珠在市场上要价是一千两银子一颗，可不是什么俗物！如果没有瑕疵的话，只怕会更贵。

第一个人已经伸长手去捞了，可捞了好半晌什么也没捞到，借着微弱的月光，根本什么也看不清。

另一个人压低了声音道："快，打水来，这细珠很小，应该是可以浮上来的。倘若捞上来了，我们对半分。"

两人分工，一人守在附近，一人来回奔跑挑水倒进水缸里。

这水缸又大又重，至少得来回跑十趟，才能将其灌个差不多，因而两人不停换岗，折腾了半个多时辰才将水打够。

然而他们能够着之后再一看，哪里是什么珠子，水上分明什么也没有，只是月光投下去的一个小圆点罢了。

两人忙活了个寂寞，悻悻地离去。

水缸里的水却是满了。

小陆唤也听到了外面的动静，只是以为是陆裕安那边的哪个下人来找碴，他只静心看书，不予理睬。等院子外面安静下来后，他站起身，打开窗户往外看了一眼，微微一怔。

片刻后，厨房里的下人送来晚膳。

小陆唤将补好的鞋子放在一边，收起书，洗干净手，将食盒放在小马扎上，打开来，却错愕地发现今日薄薄的一层青菜下面，却不是和往日一样的米粥，而是色香味俱全的鸡鸭鱼肉。

最底层居然还有一串色泽鲜亮的糖葫芦，一看就叫人流口水。

陆唤想问问厨房来送饭菜的人，但是对方已经走了。

是送错了？

七八岁的小豆丁还不似十几岁时那么有戒心，他肚子饿得直叫，顿时狼吞虎咽起来。

小陆唤一边吃一边想……今天的运气未免也太好了，简直是有记忆以来运气最好的一天。

宿溪撑着脸蹲在小陆唤对面，见小陆唤苍白瘦削的小脸上露出满足的表情，也忍不住微微一笑。她很想摸摸他的脑袋，但是又怕吓到他，最后便只是将掌心落于他头顶上方，轻轻抚了抚。

好运气似乎持续了一整晚，今夜门板没有被寒风吹开，竟然也没有下人吵架的声音传来——这边的下人仗着离王爷、王妃居住的地方远，没人管教，经常大半夜的喝酒，吵嚷不休，吵得小陆唤无法安眠，只得用被子捂住耳朵，今晚却安静得只剩下呼啸的寒风，叫小陆唤睡了个餍足的好觉。

事后小陆唤才听说这天晚上下人居住的那间屋子似乎发生了闹鬼事件，导致他们消停了好几天，不过那已经是几天之后的事情了，从不信鬼神的小陆唤只认为是他们胆小，并没将这事放在心上。

翌日，天将将亮的时候，小陆唤踮起脚推开窗，看到了日出。

窗棂年久失修，经常推不动，但是今天早晨却推得格外轻松，像是有人站在他身边，和他一道用力将窗推开似的。

一道风轻轻拂过耳侧。

小陆唤下意识地看向右边。

然而右边什么也没有。

他收回视线，只觉得浑身轻松许多。看来他也不是永远都那么倒霉，好运似乎偶尔会眷顾他一次。

这一日的小陆唤依旧重复着之前每一日的单调生活，砍柴挑水，换些银两，读书写字，纸张不够用时便一手拿着书，一手拿着小木棍在院中地上写写画画。

他总是孤零零的，如果没有陆家其他人带着下人来挑衅，他便会一整日都紧抿着唇，不开口说一句话。

小陆唤对此习以为常。

然而今日不知道为什么，他总觉得有人在他身边陪着他，在他侧过身换地方的时候，对方也跟着他换位置，而且动作笨拙且大，令他鬓发凭空被风拂了拂；在他拿起树枝，一动不动蹙眉沉思的时候，对方似乎也在盯着地上复杂的文字挠头；在他突然站起来，用鞋底将写过字的地面擦平时，对方则像是吓了一跳一般，赶紧跟着站起来……

自己一定是孤单太久了。

小陆唤凝视着身边空无一物的院子，心想。

他以前的确想要一个朋友。他再小一点的时候，偷偷养过一只蛐蛐，尽管蛐蛐不会说话，可那是唯一能陪伴他的活物。但是被陆文秀发现之后，那个家伙故意拎起他的蛐蛐，摔在地上，用鞋底狠狠地将蛐蛐跺死。在那之后，他便再没养过什么东西了。

这里的下人见到他，要么如见洪水猛兽，怕与他扯上关系，被宁王妃赶出去，要么便与陆文秀为伍，一道欺负他，因此他没什么朋友。

渐渐地，他告诉自己，他并不需要朋友那种无谓的东西。

可昨晚到今日，自己为何一直会生出有一个人正陪着自己的错觉？

小陆唤摇了摇头，告诫自己不要胡思乱想，子不语怪力乱神，青天白日的，难不成有鬼？

时间很快到了酉时，夕阳渐渐落下。

系统对宿溪道：【你已经陪了他一整天了，连京城也没好好逛过。】

"没逛过京城没什么好可惜的。"宿溪看着小豆丁，"他太孤单了。"

宿溪没有见过这样孤寂的童年，被打发到最偏僻的院落，日复一日待在一个狭小的地方，没有人跟他说话，也没有人对他笑一笑。他终日听到的，除了不怀好意的讽刺，便只有风声、鸟鸣、蝉聒。

她想如果自己能一直待在这里，让七八岁的小豆丁意识到自己的存在，他会不会露出惊喜开心的神色，黏着自己不放，黑漆漆的眸子里全是喜悦和讨好。小陆唤很早熟，然而再怎么早熟，现在的小豆丁也才七八岁，不大会遮掩情绪。而自己在游戏中初见的陆唤，早已警惕心十足了。

如果再早一点下载游戏就好了，如果再早一点遇到小陆唤就好了。宿溪心中头一回生出了这样的情绪。

【你该走了。】系统不合时宜地提醒道。

宿溪现在不走，就赶不上两个小时后的传送了。她只得站起来，由于蹲在小豆丁旁边太久，站起来的时候有点头晕，差点摔个趔趄。"怎么我都穿越了，体质还这么差？"

系统催促道：【快点走，快点走，等下时间不够，你只能一路跑过去，体质会更差。】

宿溪依依不舍地朝着柴院门口走去，一步三回头。

她无声地对小豆丁告别："我走啦。"

就在此时，正在低头写字的小陆唤忽然抬起头来，他那张苍白的小脸上满是疑惑，朝着四周瞧了瞧，又朝着柴院门这边看来，最后视线定定落在门口。

尽管知道他看不见自己，但宿溪这一瞬还是莫名有种在与他对视的感觉。

小陆唤的小手紧紧攥着树枝，不知怎么了，他心口突然变得空落落的，像是有什么要离开自己了一样。好不容易得来的不那么孤单的时光转瞬即逝，像是流沙飞快从指间溜走般，他重新变回一个人，又要被遗留在黑暗的缝隙里。

真奇怪，为什么会有这种难过的感觉？

真奇怪，为什么他看向空中的眼神那么孤单，带着点恳求，像是希望她多陪他一会儿？

"不要怕，我们将在未来重逢。"宿溪张了张嘴，无声地告诉小陆唤。

空气中当然没有任何声音。宿溪也不敢发出声音。

小陆唤握着树枝，仍安静地看着院门。

宿溪一直回首望向他，但到底是走了，时间已经来不及了。她离开宁王府后，便拔足狂奔，希望赶在八点之前，回到那条长街的传送点。

在她身后，夕阳一点一点落下山，余晖越来越少，直到暖热的光彻底消失，宁王府的这处偏僻的院落再度陷入一片漆黑，像是随着她的离开，天地间失去了颜色一般。

八岁的小陆唤不知自己呆呆地看了柴院门口多久，等他回过神来，天色竟已经全黑了。

他沉默地起身，默默地将地上的字迹全都用鞋底抹掉，然后回到屋内，掩上柴门，点燃蜡烛。

蜡烛的光摇曳。

我们将在未来重逢。

不知道是从风里，还是从梦里，他恍若听见了这么一句话。

是吗？那你记得，一定不要忘了赴约。

图书在版编目（CIP）数据

唤溪 . 完结篇 / 明桂载酒著 . -- 长沙：湖南文艺出版社，2022.9

ISBN 978-7-5726-0737-0

Ⅰ . ①唤… Ⅱ . ①明… Ⅲ . ①长篇小说—中国—当代 Ⅳ . ①I247.5

中国版本图书馆 CIP 数据核字（2022）第 107012 号

上架建议：青春文学

HUAN XI. WANJIE PIAN
唤溪 . 完结篇

著　　者：明桂载酒
出 版 人：陈新文
责任编辑：匡杨乐
监　　制：毛闽峰
策划编辑：张园园　史振媛
特约编辑：史振媛
营销编辑：刘　珣　焦亚楠
封面设计：recns
版式设计：梁秋晨
插图绘制：正版青团子　一盏眠　十七悠　大咩鸭
出　　版：湖南文艺出版社
　　　　　（长沙市雨花区东二环一段 508 号　邮编：410014）
网　　址：www.hnwy.net
印　　刷：三河市鑫金马印装有限公司
经　　销：新华书店
开　　本：640mm × 915mm　1/16
字　　数：306 千字
印　　张：19
版　　次：2022 年 9 月第 1 版
印　　次：2022 年 9 月第 1 次印刷
书　　号：ISBN 978-7-5726-0737-0
定　　价：49.80 元

若有质量问题，请致电质量监督电话：010-59096394
团购电话：010-59320018